MONSIEUR VENDREDI EN CORNOUAILLE

DU MÊME AUTEUR :

Je suis noir et je n'aime pas le manioc, Max Milo, 2004
Au-delà du Noir et du Blanc, Max Milo, 2005
Pour en finir avec l'alibi racial, Ifrikiya, Yaoundé 2007
Les Blancs m'ont refilé un Dieu moribond,
Desclée de Brouwer, 2007
Parlons enfants de la patrie, Max Milo, 2007
Les Hirondelles du printemps africain, J.-C. Lattès, 2008

Chez Michel Lafon :

La Bible de l'humour noir, Michel Lafon, 2012

Gaston Kelman

MONSIEUR VENDREDI EN CORNOUAILLE

Michel LAFON

7-13, boulevard Paul-Émile-Victor – Île de la Jatte
92521 Neuilly-sur-Seine Cedex

www.michel-lafon.com

À Anasthasie, mater nova
À la Caille et à Mister Clé

I

SUR LES PAS DU PÈRE BLANC

– 1 –

Comment aurais-je su ce matin-là, en me levant de ma natte dans notre concession clanique, qu'une espèce de savant Cosinus blanc, vêtu comme une bonne femme d'une inattendue robe blanche et juché sur une antédiluvienne machine, une espèce de vélocipède, un authentique anémélectroreculpédalicoupeventombrosoparacloucycle, comment aurais-je donc pu deviner que ce drôle d'étranger allait modifier le cours de ma vie et m'empêcher de grandir paisiblement dans l'ère préhistorique où continuait à ronronner mon village en toute béatitude, comme tous les pauvres en esprit qui n'attendent que le royaume des cieux qu'on leur a promis ? Comment aurais-je su que je démarrais une odyssée…

Qu'auriez-vous fait à ma place, je vous le demande, si un beau jour, un homme étrange, on ne peut plus étrange, un homme blanc, on ne peut plus blanc, vêtu d'une interminable robe de femme, était arrivé dans votre village du fin fond de l'Afrique du golfe de Guinée et s'était mis à vous regarder de manière intense et intéressée comme on regarde une friandise, un papillon coloré ou un bel oiseau de la forêt tropicale ?

Eh bien moi, je n'ai même pas eu peur.

C'était il y a une éternité. Je me souviens. J'avais à peine sept ans et j'étais haut comme trois goyaves. Pardon ? On dit haut comme trois pommes ? Ah bon ! Désolé pour les puristes, les nostalgiques, les tenants d'une linguistique figée. Que les dragons de la vertu faite langue n'en prennent pas ombrage. Les expressions, c'est comme tout le reste. Elles doivent s'adapter au contexte spatio-temporel. Je me souviens de ce surprenant griot qui interprétait *Les Bergers* de Jacques Brel à Bamako, à Kayes, à Ségou, à Tombouctou, à Gao et dans bien d'autres villes du Mali. Il chantait très faux, mais faisait une analyse très juste du texte de Brel. Brel parle des bergers de Noël dans sa chanson. Mon griot expliquait : « C'est un peu la Tabaski, vous dis-je, et ses trésors, qui s'arrêterait chez nous au temps des épis d'or. » Vous l'aurez compris, il mettait la Tabaski, autrement dit l'Aïd-el-Kébir, à la place de Noël. Ce qui était plutôt bien pensé en terre d'islam. Le temps des épis d'or est celui de la récolte du mil. Et à quoi lui aurait-il servi de vanter l'équinoxe de Brel qui chez lui n'en connaît que deux par an, dans un pays où il y en a trois cent soixante-cinq les années ordinaires et trois cent soixante-six les années bissextiles ? Ici, le jour se lève à six heures et se couche à six heures. Du génie à l'état brut, tout simplement. Malgré sa voix de corbeau enrhumé, notre griot rencontrait un succès fou. Les gens étaient contents d'entendre chanter la Tabaski.

J'admire avec amusement ces personnes qui, au fin fond d'un village africain, dans les plaines désolées du Sahel ou dans les forêts inextricables du bassin du Congo, vous disent que quelque chose a fondu comme neige au soleil. Ils ne sont compris par personne. S'ils disent que cela a fondu comme huile de palme coagulée, alors ils sont compris par tout le monde. La référence au soleil devient inutile, car ici il fait chaud même sous la pluie.

Alors, comme il n'y a pas de pommes sous les tropiques et puisqu'une langue est dynamique et doit s'adapter au contexte, j'utilise les goyaves que tout le monde connaît, et qui ont globalement la même taille et la même coloration que les pommes. Haut comme trois pommes, c'est bien. Mais c'est faux quand on parle des enfants du golfe de Guinée. C'est comme si on disait d'un petit Inuit qu'il est haut comme trois corossols.

Nous jouions dans la cour commune, mes petits camarades et moi. Aiguillonnés par l'intérêt que nous manifestait l'homme blanc et dont nous n'étions pas peu fiers, nous avons fait ce qu'aurait fait n'importe quel gamin bien portant de notre âge, à part évidemment quelques poules mouillées qui avaient peur de leur ombre et des filles. Si mes souvenirs sont bons, et ils le sont – cette scène est revenue mille fois dans mon esprit et y demeurera pour toujours –, nous avons réalisé force galipettes et autres sauts périlleux, sans oublier les grimaces qui vont avec. Nous nous arrêtions pour voir l'effet que cela produisait chez notre unique spectateur et repartions de plus belle. J'ai dû être le meilleur à son goût. Pourquoi, je n'en saurai jamais rien. Ce qui est certain, c'est qu'il n'aurait sûrement pas porté son choix sur moi si j'avais été médiocre !

*
**

Il faut que je vous dise toute la vérité. Mon village, à l'époque – oh, il n'a pas beaucoup changé depuis, juste quelques maisons en dur –, n'était pas loin de l'habitat de la famille d'Ernest. Vous connaissez peut-être ce néanderthalien surdoué et avant-gardiste – il n'y en a pas deux comme lui dans toute la préhistoire et dans un rayon de cent mille ans – qui raconte les aventures de son clan dans le livre que leur a consacré Roy Lewis. Faire le nègre pour Shakespeare, je comprends, mais pour un néanderthalien ! Les fils de la perfide Albion ont de ces idées ! Ce n'est pas un Français qui irait raconter les prouesses préhistoriques d'un clan révolutionnaire. La révolution, nous les Français, on la fait. On ne raconte pas celle des autres. Nous, nous avons Astérix et Obélix.

Les aventures d'Ernest ont quelque peu mal tourné puisque notre héros a été obligé de manger son père. Il a donc écrit ce livre pour nous expliquer pourquoi. En effet, même en ces temps que l'on peut dire immémoriaux à juste titre, où le cannibalisme était courant et bien implanté dans les us et coutumes, manger son père n'était pas acte banal. La nature regorgeait de gibier humanoïde qui ne demandait qu'à être croqué : un ennemi vaincu, un escroc démasqué, un pauvre voyageur étourdi et perdu, un récalcitrant banni, un bellâtre un peu trop entreprenant, un australopithèque hors du temps et albinos, un revenant de guerre, un montreur de la dernière mode à ces dames de la préhistoire, un rigolo porteur de fausses nouvelles, une carcasse humaine abandonnée par un lion des cavernes repu ou par un aurochs atrabilaire. On trouvait de tout et en toute saison et les prix étaient abordables : un coup de poing bien placé et vous emportiez une cuisse que convoitait votre voisin, un clin d'œil de la nana et vous lui cédiez un tibia garni… Alors, avec toutes ces opportunités qui permettaient un cannibalisme sans parricide, il fallait un mobile solide pour manger son père. Ce mobile, vous le trouverez dans le livre d'Ernest. À vous de juger par la suite s'il est valable ou non. Mais de grâce, tenez compte du temps du récit et n'allez pas porter des jugements anachroniques, comme si le gars avait mangé l'auteur de ses jours au XXIe siècle après Jésus-Christ.

Quant à moi, je puis affirmer deux choses. Nous n'étions pas – ou plus – cannibales. Je sais que certains rapports coloniaux en mal de sensation bon marché ont dit le contraire ici ou là. Mon peuple n'a pas été nommément cité, mais je me sens solidaire de tous ces peuples de Papouasie sur lesquels on a dit des choses abominables que l'on ne trouve dans les saintes écritures d'aucune religion. Quant au supposé cannibalisme du golfe de Guinée, vous n'êtes pas obligés de croire tout ce qu'on dit.

Même avec nos masures troglodytiques, nous étions plus évolués que Vania, l'oncle d'Ernest qui vivait encore dans les arbres, plus évolués que le surdoué Ernest lui-même. Néanmoins nous voguions encore dans des ères lointaines de la préhistoire. Cependant, nous avions décidé de ne pas vivre une préhistoire banale. Nous y avions apporté une touche locale. L'ère dans laquelle nous évoluions n'était pas la même pour tous les habitants du village. Elle variait selon l'âge et le sexe. C'est peut-être difficile à comprendre, mais c'était comme ça, et pas autrement. Alors je vais vous expliquer.

Les femmes vivaient dans l'âge de la pierre. En effet, nos mamans disposaient trois pierres grossières en un parfait triangle équilatéral – la seule règle intangible – pour faire leur foyer. Quand elles voulaient écraser les condiments et autres éléments de notre régime alimentaire, elles les posaient sur une pierre plate et les pressaient avec une pierre rondoïde ou ovoïde et plus petite, dans un harmonieux mouvement de va-et-vient, d'avant en arrière et vice versa. Ces pierres étaient travaillées, il n'y avait aucun doute là-dessus. On ne pouvait pas l'affirmer pour les pierres brutes qui formaient le foyer. On prenait ce que l'on trouvait, pourvu qu'elles eussent une forme plus ou moins pyramidale avec une base assez plate pour tenir debout. Mais en voyant les pierres polies qui servaient de meule, un juge impartial aurait accepté de classer les femmes dans le paléolithique. Et si ce juge avait fait preuve d'un peu d'indulgence, elles auraient pu carrément se retrouver dans le néolithique inférieur.

Les hommes du clan, eux, étaient logiquement plus modernes, plus évolués et avaient visiblement atteint l'âge des métaux, puisqu'ils exploitaient les mines de fer, ce minerai avec lequel ils forgeaient des outils de labour et de chasse. Les enfants dont je faisais alors partie s'épouillaient vaille que vaille dans l'âge indéfinissable et transversal du cache-sexe qu'avaient quitté les adultes, même si les femmes n'étaient pas toujours très couvertes, avec leurs seins à l'air libre, surtout quand un bébé non sevré était désespérément accroché dessus.

*
**

L'homme blanc, vous l'aurez compris, moi je ne le saurai que plus tard, était un prêtre. Les anciens avaient déjà vu un Blanc dans le village. Mais une hirondelle ne fait pas le printemps et un Blanc ne fait pas la civilisation ni l'occupation, ni la colonisation, ni aucune de ces choses que je découvrirai par la suite dans les livres. Nous les enfants, nous ne savions pas ce que c'était, un Blanc. Il n'y avait même pas un albinos nain au village. Peut-être les avait-on sacrifiés dès la naissance. Peut-être n'y en avait-il pas, tout simplement !

Le premier Blanc, disaient nos parents, sans que nous y comprissions grand-chose, était une espèce de chef suprême qui portait un costume kaki, un casque colonial et commandait tout le monde. Et puis est arrivé dans mon village cet autre Blanc, le deuxième Blanc, dans sa robe blanche, avec sa longue barbe et juché sur un anémélectroreculpédalicoupeventombrosoparacloucycle. Je sais que le mot est imprononçable alors, désormais, j'essayerai de l'éviter au maximum. Si ce n'est pas possible, je dirai tout simplement anémélectro.

Après avoir observé mes galipettes, mes sauts périlleux et mes grimaces qui vont logiquement avec ce qui précède, il m'a demandé où étaient mes parents. Là, j'ai été un peu inquiet. Et moi qui croyais qu'il me voulait du bien ! Je ne m'attendais pas à grand-chose – il ne faut pas trop demander au Blanc non plus, il n'est pas le Bon Dieu –, une friandise ou une caresse sur la tête auraient suffi à faire mon bonheur. Mais là, rien. Or quand un adulte, chez nous, demandait à voir les parents d'un enfant qu'il avait longuement observé, cela signifiait souvent qu'il avait quelque chose à lui reprocher. Mes camarades m'ont regardé avec cet air malicieux et néanmoins compatissant qui voulait dire dans notre enfantin jargon des yeux : « Pauvre Kofi, tu as eu tort de faire le malin plus que tout le monde. Tu t'es toujours cru plus doué que tes camarades. Maintenant, cela va être ta fête ! »

Si, à l'époque où se déroulait cette confrontation, j'avais connu *La Guerre des boutons*, le fameux film d'Yves Robert, je me serais certainement dit : « Si j'aurais su, j'aurais pas venu jouer aujourd'hui. » Mais même si j'avais connu ce film, même si j'avais prononcé cette phrase, je n'aurais pas eu les moyens de jouer le rôle du petit Gibus et de ses camarades. Nous n'avions pas de boutons, seulement des lianes assez flexibles pour servir de ceintures à nos cache-sexe. Comment aurais-je pu deviner que je me faisais du souci pour rien ? Un grand n'est pas un petit et les Blancs ne sont pas des Noirs. J'allais avoir tout le reste de ma vie pour le découvrir.

Le Blanc est allé voir mes parents. J'appris très vite qu'il s'était mis à leur dire que leur enfant était intelligent et qu'il voulait le ramener en ville pour le mettre à l'école. Comment avait-il compris que j'étais intelligent ? Qu'avais-je donc fait plus que les autres pour être jugé plus intelligent qu'eux ? Je n'avais pas la puissance de Chuck Norris alias Walker Texas Ranger. Si j'avais été capable de compter de moins l'infini à plus l'infini – Walker l'a déjà fait deux fois –, si j'avais connu, comme lui, la dernière décimale de pi, j'aurais compris pourquoi le Blanc était épaté par mes performances. L'intelligence serait-elle proportionnelle à la hauteur d'un saut ou d'une galipette ?

Ou était-ce tout simplement le destin qui jetait son dévolu sur moi ? Ce fut la première fois que ces questions qui ne me quitteraient plus jamais commencèrent à bourdonner dans ma tête : pourquoi moi, pourquoi maintenant, pourquoi déjà, et pour où aller ? Alors, quand quelques années plus tard j'ai su que le grand Jacques Brel se posait les mêmes questions, je me suis senti flatté.

Cela dit, je me posais des tas de questions, mais je n'avais pas de réponses. Je ne comprenais rien à rien. Je ne comprenais rien à cette histoire, mais au bout du compte, je n'étais pas peu fier. Comme quand un étranger arrive et déclare que vous êtes le meilleur chasseur de grillons de la concession et des concessions voisines. Le problème, c'est qu'il s'agissait justement de me faire arrêter la chasse aux grillons. Le problème, c'est que je n'allais plus voir ma mère, ni le reste de ma famille, ni mes camarades de jeu. Je ne comprenais pas, à ce moment précis, que les choses allaient prendre une tournure radicale et irréversible pour moi. Mais si je pouvais plus tard devenir chasseur d'hommes, comme les apôtres avant moi sont devenus pêcheurs de la même espèce, le jeu en valait la chandelle. Alors j'ai crié : « J'arrive ! » Quelle importance, si c'est moi qui suis en avance ou si c'est mon peuple qui est en retard ! J'arrive ! Nous devons rattraper le train de l'histoire afin que nul ne dise plus jamais : « Ces gens-là ne sont pas entrés dans l'histoire. »

*
**

Les Blancs ont de la suite dans les idées, je vais vous le démontrer. Avec l'homme en robe blanche qui débarquait dans mon village, on se serait cru dans *L'Idée fixe du savant Cosinus*, la bande dessinée de Georges Colomb, dit Christophe, comme tous les Colomb dignes de ce nom. Vous connaissez le savant Cosinus, personnage inventé par Christophe. Cosinus, c'est en fait Pancrace Eusèbe Zéphyrin Brioché, le génial inventeur de la chose au nom interminable. Et que pensez-vous que Cosinus allait faire avec son anémélectro ? Il avait décidé d'aller évangéliser les « Nègres » de l'Antarctique. Des Nègres dans l'Antarctique ! Tout le monde sait pourtant qu'il n'y avait pas plus de Nègres dans l'Antarctique que de mâchoirons des tropiques dans l'Adriatique, de lions en Corrèze, de zèbres en Cornouaille, de loup dans le Serengeti ou d'ours au Zambèze. Si encore il avait jeté son dévolu du côté de l'Arctique, plus proche, moins désertique et plus poétique… Mais le gars était hors normes. Et puis, quoi de plus excitant que d'évangéliser des êtres qui n'existent pas ? Cosinus était têtu, mais il n'avait pas les moyens de sa politique. C'est certainement pour lui épargner une peine inutile et une grande désillusion que le destin a fait en sorte que l'intrépide Tartarin parisien de Georges Colomb ne dépasse jamais les portes de la capitale.

Voilà pourquoi un demi-siècle plus tard, les Blancs ayant de la suite dans les idées, un autre Cosinus, avec un peu plus de logique, est arrivé un jour dans ce village africain plein de vrais Nègres. Si le premier Cosinus n'avait pas réussi à dépasser les portes de Paname, si un deuxième était probablement mort de soif et de fatigue dans le désert de Nouadhibou, de Boutilimit ou du Ténéré et qu'un troisième et peut-être bien d'autres, arrivés dans la forêt, s'étaient fait bouffer par une tribu anthropophage du golfe de Guinée, le jour était enfin venu où un ultime Cosinus conquérant parvenait à bon port pour parachever la tâche entreprise par le premier Cosinus : l'évangélisation des Nègres. Et ce port, ce fut mon village. Pourquoi ? Nul ne le saura jamais.

Notre Cosinus à nous se nommait le père Dauphin. Un Dauphin au pays du crocodile… Ça sentait la provocation à plein nez et à des kilomètres à la ronde. C'était comme de mettre deux coqs dans un poulailler. Quelque chose me disait que cette rencontre au sommet entre deux princes des eaux, l'un venant des eaux saumâtres de la mare et l'autre des eaux salées de la mer, que cette rencontre chez les maîtres de la terre ferme et du fer forgé n'était pas banale. Quelque chose me disait que des bouleversements se préparaient. Quelque chose me disait que le prince des mers allait empiéter sur l'hégémonie du prince des mares qui n'allait pas l'entendre de cette oreille.

L'émotion est nègre et la raison hellène. L'intelligence rationnelle des dauphins n'était plus à démontrer, pas plus que le côté émotif de notre saurien.

On pouvait se demander ce que cette rencontre allait produire. Ce dauphin qui venait sur les terres du crocodile devait être bien téméraire. Des histoires où l'on parle de dauphin et de crocodile, je n'en ai pas connu beaucoup. Pour tout dire, une seule. Et juste pour rire. Un jour, on demande au dauphin où il ira passer ses vacances. Il répond qu'il a une belle nageoire, que sa femme et son enfant en ont une tout aussi belle. « Alors, j'irai en Méditerranée du côté de Marseille, peuchère ! » Quand on pose la même question au crocodile, il répond qu'il a une grande gueule, sa femme et son fils aussi. « Alors, où voulez-vous donc que j'aille, sinon en France, du côté de Marseille, peuchère ! » C'est à ce genre de fatalité que l'on comprend que le destin est incontournable et que le dauphin et le crocodile étaient appelés à se rencontrer.

Ce qui est certain, c'est que l'arrivée du père Dauphin a généré un sacré ramdam dans notre concession. Mon grand-père a dit que la famille ne pouvait pas prendre toute seule la décision de me confier à Cosinus-Dauphin. Il fallait demander au crocodile du marigot ce qu'il en pensait. Mais avant d'en appeler à la sentence du patriarche, les adultes avaient passé des soirées et des soirées à débattre de la proposition du père Dauphin. Ils s'en étaient donné à cœur joie, sans complexe, et non sans fierté. Ils avaient mangé, ils avaient bu. Puis ils avaient commencé à déballer des vérités acidulées sur les villages voisins qu'ils avaient dans le nez, pas étonnant que les pauvres n'aient pas été choisis par le Blanc pour faire une escale ! Ils les avaient lapidés, mais avec un humour enrobé dans des calembours et autres calembredaines mouillés de solabi et de bière de mil, en criant haut et fort : « C'est nous les vrais hommes, qu'on se le dise, et non comme ils disent. » Charles Aznavour en eût sûrement tiré une chanson. Du rififi dans le golfe de Guinée, mais version douce, juste de la palabre, sans mort d'homme ni bagarre.

Ce n'est pas tous les jours qu'un Blanc du début de la deuxième moitié du XXe siècle arrive dans un village à cheval entre le paléolithique et le néolithique, en pleine *Odyssée de l'espèce*, et décide d'en prélever un spécimen pour rattraper en dix ans quelques dizaines de millénaires. À part quelques cas exceptionnels, on ne voit pas les gens découvrir, le temps d'une vie, la pierre taillée, la pierre polie, le feu et les métaux. On ne peut pas demander aux simples hommes de passer du steak tartare obligé – nous parlons ici du temps où l'on n'avait pas encore découvert le feu – au méchoui après la découverte du combustible, de la combustion et de la cuisson des aliments, au prix, bien entendu, de quelques brûlures formatrices. Moi, j'étais appelé à faire beaucoup mieux. Quand je pense au succès qu'a eu le film *Man to man*, je crie à l'injustice, je crie au plagiat. Ma vie, ce n'est pas du cinéma, mais c'est bien plus sensationnel que *Man to man*.

Vous comprendrez aisément la nécessité absolue des débats vespéraux pour décider de la réponse à donner au père Dauphin. C'était *Fantasia chez les ploucs*, version locale. Personne n'avait jamais eu à débattre d'un tel sujet. Parler des semailles et de la moisson, des épousailles et des grossesses, des enfantements et de la circoncision, de la disparition de la fonderie et de l'apparition du premier Blanc, tout le monde l'avait fait mille fois. Écouter oncle Kamatche raconter les histoires de pays lointains où il s'en était allé guerroyer et nous était revenu authentique cul-de-jatte que tous les cirques du monde nous auraient envié, pas un simili-cul-de-jatte d'opérette, cela rejoignait les habituelles soirées au cours desquelles nos parents taillaient la bavette et nos mamans nous apprenaient les contes de la savane et de la forêt, de la montagne et de la rivière. Mais trouver la bonne réponse à donner à quelqu'un qui veut prélever l'un des vôtres !

Oncle Kamatche trépignait. Lui, il avait vu du pays depuis le temps où il avait quitté le village pour la ville, pour la Seconde Guerre mondiale et pour son malheur. Lui, il avait été prélevé quelques années plus tôt par les Blancs et les choses avaient mal tourné. Dieu merci, comme tout le petit monde de chez nous, avant de partir en voyage, il avait dû manger la tête du chat qui garantit que l'on ne mourra pas loin de sa terre natale. Cela lui avait fait une belle jambe et lui avait coûté ses deux, mais il nous était revenu avec l'essentiel, toute sa tête, pleine de souvenirs merveilleux. Et le bougre n'était même pas rancunier.

– Le pays des Blancs m'a pris mes jambes. Mais ça reste quand même un pays bien, même s'il fait froid comme… Comme…

Kamatche ne trouvait pas d'élément de comparaison, le pauvre homme ! Quand je suis revenu plus tard au village après un long séjour au pays du froid, moi j'ai su trouver un élément de comparaison. Je disais à mes concitoyens que dans ces pays lointains, il faisait froid comme dans un réfrigérateur ou un congélateur. En effet désormais – tel n'était pas le cas du temps où mon oncle Kamatche rentrait de son lointain voyage –, beaucoup de gens de chez nous avaient vu ces appareils électroménagers. Cependant, je n'osais pas parler de chambre froide, parce que j'étais conscient qu'il ne fallait pas aller plus vite que la musique. Évidemment, ils ne me croyaient pas, pas plus qu'ils n'avaient cru le pauvre oncle des années plus tôt, quand il leur racontait les histoires de ces pays lointains et si différents de notre village. L'oncle Kamatche, dépité de ne pouvoir comparer le froid des Blancs avec un quelconque modèle local, concluait sa tirade.

« Et quand il sera grand, notre fils ira là-bas.

– Tu ne crois quand même pas qu'il va te rapporter tes jambes ? avait suggéré quelqu'un, et tout le monde avait ri de cette bonne blague, le cul-de-jatte le premier.

– Et puis, s'il faut qu'il revienne comme toi tu nous es revenu, on ferait mieux de ne pas l'envoyer dans cette aventure. Un Kamatche ça va, deux Kamatche…

– Bonjour les dégâts. »

Toute l'assemblée, qui connaissait ses classiques avant l'heure, avait repris en chœur. Les gens de chez nous sont comme ça. Rien n'est jamais trop grave pour que l'on n'en rie pas. Ils sont prêts à rire de tout avec tout le monde. Personne ne pourra se plaindre qu'il est passé chez nous et qu'on ne l'a pas invité à partager une bonne tranche de rire, à ses dépens, aux nôtres, ou à ceux des absents qui ont toujours tort. Chez nous le propriétaire d'une bonne farce vous met dans le bain. De bonne grâce il en fait profiter les copains. « Y a un mort à la maison, si le cœur vous en dit / Venez l'pleurer avec nous sur le coup de midi… », chante Brassens. De la même façon, nous partagions les blagues et le rire. Il y a des pays où les gens ne sont pas si généreux. Quand ils possèdent une blague, ils la gardent pour eux. Quelle tristesse !

Quand on leur disait que dans d'autres peuples on ne pouvait pas rire de tout, les gens de chez nous se tordaient de rire. Et quand on ajoutait que les mêmes pensaient que l'on ne pouvait pas rire avec tout le monde, alors c'était le délire. Notre philosophie était diamétralement différente. Plus la chose était grave, plus il fallait en rire comme pour montrer à la victime qu'il n'y avait pas drame en la demeure, qu'avec ou sans membres supérieurs ou inférieurs on restait un membre de la communauté, et à la même place ; que personne ne s'apitoierait jamais sur son sort, comme si perdre une jambe, même les deux, en avait fait un être désormais inférieur aux autres. Après tout, disait mon grand-père, on distingue les hommes par leur tête et non par leur queue, c'est-à-dire leurs jambes. Grand-père avait pleinement raison, même si sa façon de mettre la queue et les jambes sur le même pied d'égalité me surprenait un peu.

Un exemple pour illustrer le bien-fondé de la sagesse des paroles de l'aïeul. À cette époque où la maîtrise de la langue française n'était pas assurée sous ces hémisphères, les policiers, les militaires, les gendarmes locaux demandaient la carte d'identité aux populations en disant : « Figure pour toi. » Ils ne disaient pas : « Pieds pour toi. » Oncle Kamatche avait donc fait le bon choix en perdant ses pieds plutôt que sa tête. Imaginez qu'un homme nous soit revenu un jour au village en disant : « Les gars, c'est moi, c'est Kamatche. J'ai juste perdu la tête. Regardez mes pieds, c'est bien moi. » Personne ne lui aurait répondu : « C'est vrai, tu as raison, où avais-je donc la tête ! » On lui aurait plutôt donné des coups de pied et il aurait eu à prendre ses jambes à son cou pour sauver sa peau. Par contre avec ou sans jambes, devant personne, oncle Kamatche n'a jamais perdu la face. Je ne l'ai jamais vu se débiner la queue entre les jambes. Vous allez me dire qu'il n'avait ni l'une ni les autres.

Au bout du compte, le fétiche, le crocodile totem, le grand-père, le père, la mère, les oncles, les sœurs, les frères, tout le monde fut d'accord pour que j'aille à l'école des Blancs. Très peu savaient ce que c'était, l'école des Blancs. Chez nous, les gens se fiaient à leur instinct. Personne n'avait eu besoin de lire Cheikh Hamidou Kane, qui n'avait d'ailleurs rien écrit à l'époque, pour savoir que l'école des Blancs était une aventure ambiguë, mais une aventure où l'on vous apprenait à lier le bois au bois, à vaincre sans avoir raison, à tuer sans avoir forcément tort, à arracher les jambes à un pauvre Noir qui aurait bien préféré les garder si on lui avait demandé son avis, à guérir toutes sortes de maladies, et à réaliser bien d'autres prouesses encore, que Kamatche prétendait avoir vues de ses propres yeux et à la réalisation desquelles il avait parfois contribué. Comme d'habitude, personne ne le croyait. Le comble pour un cul-de-jatte, c'est d'avoir été aussi loin pour perdre ses jambes, et de ne pas être cru à son retour, après un voyage si long et si périlleux. C'était à vous dégoûter d'aller loin de chez soi pour acquérir une infirmité parfaitement inutile.

La crédibilité accordée à un infirme local devrait être proportionnelle à la distance qu'il a parcourue pour récolter son handicap. Si on se fait bouffer sa jambe ou son bras par le crocodile du marigot, si on se fait amputer à la suite d'une piqûre de serpent ou de scorpion, honnêtement, on n'a pas grand-chose à dire. On ne va quand même pas vous dresser une stèle parce que vous êtes mort d'une glissade en rentrant du marigot ou d'une morsure de mamba vert derrière la concession clanique. Par contre si vous traversez les mers et les monts et que vous revenez avec une infirmité, on devrait croire tout ce que vous racontez. On tiendra aussi compte, bien évidemment, du poids de votre handicap. Être aveugle, sans bras ou cul-de-jatte, c'est bien autre chose qu'être borgne, manchot ou unijambiste. Mais depuis que les gens de chez nous avaient décidé d'interpréter à leur manière le dicton qui dit que « a beau mentir qui vient de loin », oncle Kamatche était devenu le suspect absolu, alors même que dans d'autres peuples, ceux qui venaient de loin étaient crus au bénéfice du doute, parce que personne ne pouvait vérifier leurs affirmations. Et pourtant oncle Kamatche ne mentait pas. Mais les gens de chez nous ne supportent pas qu'un membre du groupe soit différent, qu'il en sache plus que les autres. On aurait cru le père Dauphin et le commandant s'ils avaient raconté les mêmes histoires que le cul-de-jatte, mais jamais le pauvre homme.

À chacun ses images. Mon père n'avait pas eu besoin de lire Cheikh Hamidou Kane ou un autre philosophe pour savoir – comment le savait-il, je l'ignore – que grâce à l'école j'allais entrer dans un nouvel univers, un univers où, disait-il, les singes pilent le maïs pour les hommes, un univers où les chiens écrasent le mil, et où les hommes qui arrivent au sommet de l'échelle sociale n'ont plus à se torcher le cul eux-mêmes. Mon père avait des images plutôt chatoyantes. Pour toutes ces louables raisons, il était fier, fier que j'aie été choisi par le père Dauphin, fier que le crocodile ait donné un avis favorable. Plus tard, je serai surpris par l'avis favorable donné par le crocodile. N'avait-il pas compris que le Dauphin convoitait son univers ? Avait-il accepté l'évolution et les changements qui se profilaient à l'horizon ? Aujourd'hui encore, je ne me résous pas à imaginer que notre pythie locale n'ait pas senti la direction du vent nouveau qui soufflait.

***

Après avoir résolu ce premier problème – consensus général pour mon départ –, il en restait un autre d'égale importance. Mais pour résoudre celui-là, tous les crocodiles du pays et de Navarre ne pouvaient être d'aucun secours. Tout le monde était d'avis que l'enfant aille à l'école des Blancs, mais personne ne savait comment s'habillait un écolier. On n'allait quand même pas m'y envoyer en cache-sexe.

– Je vous le dis, moi, j'ai vu des écoliers. Je comprends que nous sommes devant un casse-tête chinois et j'assume ma part de responsabilité comme tout le monde. Mais si vous voulez envoyer cet enfant au casse-pipe, envoyez-le donc à l'école en cache-sexe pour jouer à cache-cache avec les enseignants, prophétisa oncle Kamatche.

Comme Monsieur Jourdain avec la prose, mon oncle faisait des allitérations sans le savoir – cache-sexe, casse-pipe, cache-cache –, et qui plus est, avec le son « K » comme l'initiale de son nom. Cependant il en faisait parfois trop. Par exemple, il n'avait pas pris la peine de se demander si les gens du village savaient ce qu'était un casse-tête chinois – ils n'avaient jamais vu de Chinois –, comme si les casse-tête locaux ne suffisaient pas. Sans parler des casse-pieds. Quelqu'un lui coupa la parole en lui disant justement qu'il était bien aise d'être un casse-pieds, du moment que les siens ne risquaient plus grand-chose. En attendant, tous ces débats et tous ces beaux mots ne nous menaient nulle part. La nuit avançait et toujours pas de solution à l'horizon. Le cache-sexe restait le seul costume que les enfants portaient au village. Quant à moi, je commençais à me piquer au jeu du grand voyage à travers les âges. J'aurais été triste comme un saule – je n'en connaissais pas à l'époque mais j'en ai vu depuis et j'ai écouté du Brassens, je puis donc en parler – si quelqu'un m'avait dit, la main compatissante sur l'épaule : « C'est fini l'aventure. »

*
**

Cela n'arriva pas, car c'est étrange la vie des humains ! Quand le destin vous a tracé une voie, le sort qui de l'honneur vous ouvre la barrière offre à votre conscience une illustre matière. Personne chez nous n'avait jamais lu *Horace* ni aucune autre pièce de Corneille ou de Racine. Si vous faisiez des jeux de mots du genre, « sur une Racine de La Bruyère, une Corneille Boileau de La Fontaine Molière », vous n'obteniez pas la moindre réaction. Personne n'avait jamais entendu parler de ces écrivains, ni de leurs beaux mots, mais tout le monde pensait la même chose : le destin trouve toujours une solution aux pièges les plus insurmontables qui se dressent sur le chemin des élus. Si on a faim, les cailles et la manne tombent du ciel. Si on a soif, l'eau sort de la roche et si l'on ne veut pas se mouiller les pieds ou que l'on ne sait pas nager, il suffit de fendre la mer Rouge en deux. C'est à ces petites choses que l'on sait qu'un peuple est élu. Alors, puisque le sort en était jeté – *alea jacta est* –, nous allions nous battre tout seuls et nous allions nous en sortir tout seuls. Non seulement j'allais me présenter à l'école habillé comme un écolier, sans même savoir comment un écolier s'habillait, mais – et Kakarka, un autre oncle salutaire, l'avait promis – j'allais être habillé comme un fils de chef, alors que personne ne savait comment s'habillait un fils de chef. Nous le sûmes bien vite quand l'oncle voyageur revint du pays voisin avec deux belles tenues couleur kaki. J'abordai donc ma nouvelle destinée, habillé de la conviction que tout allait être possible et d'un beau costume de fils de chef anglophone.

– Nom des mânes de nos ancêtres ! s'écria quelqu'un. Notre fils sera un grand chef un jour. Vous ne voyez donc pas qu'il est habillé comme le chef blanc qui venait de temps en temps ici ? Il ne lui manque que le casque colonial.

Devais-je me réjouir de la suggestion sur le casque colonial ? On ne trouva pas sur place cet attribut qui me manquait pour ressembler à un authentique chef blanc et il n'y avait plus assez de temps pour que l'oncle Kakarka aille en chercher un de l'autre côté de la frontière.

Quant à la prophétie qui faisait de moi un futur grand chef, tout était possible si je n'étais pas obligé de porter un casque. Une toque de chef peut-être, mais de grâce, pas un casque.

Et tout le possible sans casque allait arriver, en effet. Des insignes de distinction dus à mon rang, j'en ai porté. Avec fierté, j'ai enfilé l'écharpe de maire d'une commune de la France profonde, non une de ces improbables communes des banlieues des grandes villes où l'on se dit que dans cent ans, qui sait *inch Allah* – pour parler le français du 9-3 –, émergera un enfant noir, un enfant de la diversité, digne d'être l'édile local. J'ai été élu par un électorat cent pour cent blanc, parce que disait-on, j'étais le meilleur. Qui parle de couleur ? Peut-être tout simplement la réalisation de la prophétie de l'homme de mon village. J'ai endossé le costume de conseiller général. J'ai porté l'écharpe de député de la nation, élu par un électorat blanc, mais qui parle de couleur ? L'intelligence avait suffi, autant du côté des électeurs qui m'avaient choisi que du mien, moi à qui ils trouvaient les qualités requises à ce poste. J'ai été ministre coincé dans le costume gris ou bleu marine, avec chemise blanche et cravate ou écharpe hivernale rouge pour faire totalement couleurs républicaines.

Tous ces costumes, tous ces insignes, je les ai arborés avec beaucoup de fierté et une reconnaissance sans borne envers ceux qui m'avaient élevé à ces hautes distinctions. Mais je tiens à leur demander à tous de s'incliner devant la mémoire de mon oncle Kakarka, ce tonton qui a fait de moi l'enfant le plus fier de sa génération. Grâce à lui, et avant d'aborder l'univers du père Dauphin, je venais de gagner quelques millénaires dans mon odyssée individuelle de l'espèce. Avec ma tenue de para-commando, j'étais prêt pour le combat. J'étais passé de l'âge du cache-sexe à celui d'écolier civilisé, paré pour une aventure qui allait me mener loin. Du moins, tout le monde le disait.

– 2 –

Odyssée galopante de l'espèce africaine dont j'étais un des éclaireurs comme le père d'Ernest le néanderthalien l'avait été pour l'humanité tout entière, me voici donc téléporté de l'âge imprécis du cache-sexe infantile à l'âge de l'école française, vêtu de l'uniforme scolaire d'écolier anglais, paré pour parler le sabir rabelesque de « l'écolier limousin ». Quelques jours plus tôt, je ne connaissais ni l'école, ni les missions, ni la France. Mon voyage à travers les âges, les ères et le temps m'avait déposé dans la peau d'une espèce d'écolier limousin médiéval du golfe de Guinée. Il y avait dans cette école beaucoup de petits ébéniques comme nous, mais de plus ou moins haute futaie, qui étaient déjà au contact du XXe siècle, avaient goûté au français, au bonbon, au chocolat et aux biscuits et ricanaient à gorge déployée de notre naïveté d'outre-temps. Il fallait les entendre rire comme des Blancs, parler comme des Blancs, siffloter des airs de Blancs. Mais j'ai quand même trouvé dans cette école quelques camarades venus de villages aussi intemporels que le mien et qui, comme moi, vivaient la même odyssée de l'espèce. Cela m'a beaucoup rassuré, vous pouvez me croire.

Ensemble, écoliers limousins, pasticheurs rabelaisiens, l'air neuneu de gueux, mais heureux, laborieux, pieux, gaiement assis devant nos pupitres, sagement courbés sur les ardoises, les cahiers et les livres que nous découvrions émerveillés, nous *transfrétions* les *secula* des *seculorum* au *dilucule* et *crepuscule* à un rythme effréné. Nous déambulions par les *compites* et *quadriviez* du *tempus* et de la *sciencia* en criant avec force, *o tempora, o mores*. Nous *despumions* quelque peu fébriles, la *verbocination gallique*, car nous n'étions que des néophytes affublés d'une autre langue maternelle. *Verisimiles amorabundes* de Dieu et de ses saints anges, nous captions l'Évangile et le catéchisme et non la *benevolence* de l'*omnijuge*, *omniforme* et *omnigene* sexe féminin – nous étions trop jeunes pour penser à la chose. Il faut dire que nous ne cherchions pas à tout prix à ressembler à « l'écolier limousin » que nous ne connaissions même pas, et c'est bien *inviti* – malgré nous – que nous écorchions, tripatouillions, brutalisions, martyrisions, ébouillantions la *cuticule* de la *vernacule gallique*. Nous implorons humblement votre pardon. Et pour la traduction, ne cherchez point dans les dictionnaires français-latin et latin-français.

Je m'explique. En ce temps-là, notre français était idéal, au sens où l'entendait le Rimbaud de *Ma bohème*. Oh, rassurez-vous ! Je ne connaissais pas Rimbaud mieux que vous. Et elle ne le connaissait guère mieux, notre institutrice du cours préparatoire que nous appelions Mademoiselle, comme toutes les générations d'élèves qui nous avaient précédés, malgré ses cheveux grisonnants, son mari mort – je le saurai plus tard – et ses enfants dont tout le monde parlait, mais que je ne voyais jamais. Mademoiselle avait beaucoup de qualités, mais la plus grande de ces qualités était qu'elle venait de la même région que moi et que nous avions donc la même langue maternelle. Alors, là où certains camarades qui avaient fait le mauvais choix du lieu de naissance devaient s'escrimer à comprendre le français, moi j'ai passé les premières semaines de ma scolarité à faire le calcul mental et les sciences naturelles en ma langue. C'est quand je m'aventurais dans la langue de Molière que le résultat rejoignait celui des autres élèves et devenait un peu le galimatias de l'écolier limousin. Dans ce galimatias espéranto, nos langues maternelles tenaient la place du français et le français la place du latin, ou peut-être était-ce l'inverse. Nous faisions ce que nous pouvions pour sortir bien vite de la préhistoire.

Mademoiselle m'avait adopté. C'était peut-être à cause de notre origine commune. Elle était devenue un peu comme une mère de substitution. Oh, je n'ai jamais mis les pieds chez elle pendant toute ma scolarité primaire et elle ne m'a pas donné à manger. Mais malgré mon jeune âge, je sentais que le regard qu'elle posait sur moi était plein de tendresse. J'avais droit à quelque chose de plus que mes camarades.

« Tu sais, mon petit, tu es un pionnier, me disait-elle souvent. On attend beaucoup de toi, ne l'oublie jamais. Je serai toujours là pour veiller sur toi.

– Merci Mademoiselle. »

Que pouvais-je dire de plus ? Je m'en retournais à mes occupations enfantines, heureux de cet étrange intérêt que les adultes étrangers à mon univers – sans parler de ceux de mon propre clan – manifestaient envers moi, d'abord le père Dauphin et maintenant Mademoiselle. Elle me parlait souvent, presque tous les jours, répétant les mêmes mots, les conseils qu'une mère donne à son enfant, les mêmes que ma mère me prodiguait quand je retournais dans mon village.

– Il faut être sage. Après l'école, tu rentres directement à la maison…

La maison, c'était chez une de mes tantes, car l'école se trouvait à quarante kilomètres de mon village. Cela dit, la maison de ma tante était elle-même à six kilomètres de l'école, et ceux-là, je les faisais à pied tous les jours, aller et retour !

Je ne vais pas vous assommer avec mes années primaires, mais il est des initiations que l'on ne peut pas survoler quand on retrace une odyssée. C'est comme si Ulysse avait omis de parler du Cheval de Troie, de sa rencontre avec le cyclope Polyphème ou de ses prouesses autour de Charybde et Scylla. L'apprentissage de la langue française et l'introduction à l'église font partie de ces incontournables. De façon totalement inattendue et après les péripéties tragi-comiques de l'apprentissage de la langue française, une dimension dans laquelle je me trouvais très à l'aise, c'était l'enseignement religieux.

*
**

Une vulgate quasi universelle a souvent traité les peuples africains d'animistes, avec cet air de supériorité désuet, rococo et riquiqui qui ourle la lippe, plisse le front, rétrécit les yeux, lève le menton, en un mot enlaidit, et donne l'air idiot à ceux qui l'adoptent. Pour bien vous parler de l'animisme, je ne peux m'empêcher de recourir à ce poème qui me le doit bien, car je l'ai si souvent psalmodié les après-midi de canicule tropicale, quand l'instituteur hébété par la chaleur et peut-être la digestion au ralenti d'un repas gras, lourd et arrosé de bière et de solabi, dodelinant de la tête, nous collait les pensums plutôt récalcitrants. Le plus souvent c'était la récitation de poèmes interminables ou de fables à la morale patibulaire et accusatrice. Jean de La Fontaine et Jean Aicard s'y taillaient la part du lion. Parfois, c'était une interrogation orale de mathématiques ou de sciences naturelles que nous appelions *Premiers-pourquoi-premiers-comment.* Alors, vers la toiture de tôle ondulée et sans plafond de nos salles de classe, nos voix monocordes s'élevaient plus ou moins allègrement, à la mesure de notre connaissance de la leçon ou du texte. Parfois, ce n'était pas la récitation qui s'élevait dans l'air, mais le cri caractéristique de l'âne que l'on martyrise.

Il y avait aussi ce bon vieux Jules Supervielle, un super poète comme son nom l'indique. Il a inimaginablement bien décrit les tourments qu'enduraient certains de mes camarades de classe, peu matheux ou irrémédiablement cancres las – ceux qui étaient déjà des culs velus. Pour être précis, ces élèves n'étaient pas des bons à rien. Invariablement et irréversiblement, ils étaient mauvais en tout. Ils trébuchaient lourdement contre le parapet dur d'un trapèze, tournaient en rond comme une souris prise au piège dans le cercle infernal, sourd à leurs suppliques, ce cercle qui refusait obstinément de livrer le secret de son rayon, de son diamètre, de sa circonférence et même de son minuscule pi. Parfois, c'était cet angle dont la mâchoire généralement aiguë ou obtuse, parfois droite, vous terrorisait ; ces triangles à angle droit qui cachaient leur diablesse d'hypoténuse à des polichinelles, comme si c'eût été un trésor, un secret de premier ordre ; tous ces chiffres qui, comme des fourmis magnans aux pinces d'acier, tapissaient le sentier sinueux de ces galériens du savoir, dont on ne pouvait pas dire qu'ils poursuivaient les études, parce que c'est elles qui les poursuivaient désespérément ; ces galériens dont on pouvait dire sans risque d'erreur qu'ils maîtriseraient leurs leçons à la venue des coquecigrues, cette autre dénomination de la saint-glinglin. Et le problème, furieux, se tortille et se mord la queue.

Je n'avais pas beaucoup de souci à me faire. J'étais bon en tout. Mon cerveau était comme une éponge insatiable qui absorbait tout. Je récitais mes poèmes et mes fables avec une belle aisance et même une certaine théâtralisation, qui faisaient l'une comme l'autre le bonheur de mes enseignants. Le calcul mental n'avait pas de secret pour moi et je traquais sans peine les hypoténuses, les tangentes, les circonférences et les médianes.

C'est à cette même époque que le sieur de Lamartine – c'est de lui qu'il s'agit – m'apprit, avec son poème dédié à son cher village, bien des choses sur l'universalité de l'animisme.

Chaumière où du foyer étincelait la flamme,
Toit que le pèlerin aimait à voir fumer,
Objets inanimés, avez-vous donc une âme
Qui s'attache à notre âme et la force d'aimer ?

Alphonse Marie Louis de Prat de Lamartine, je ne t'oublierai jamais. Ton village ressemble étrangement au mien. En fait, tous les villages se ressemblent, quand on les regarde avec les yeux de l'âme et non avec les œillères d'une logique déplacée. Tous les villages de tous les pays se ressemblent quand on leur accorde une âme. Et chaque pèlerin qui, au bout de son long voyage aperçoit la fumée des cheminées de son village, comprend à quel point il est âme vivante, cœur palpitant, mère attentive, père de l'enfant prodigue.

Certes Lamartine, nous dit la chanson *Méli-Mélo* des Frères Jacques, tu étais « un poète qui rêvait soir et matin ». Mais le rêve est permis et les comptines ne sont pas des sciences exactes. On y reproche aussi à La Fontaine d'avoir fait « des fables où les bêtes ont des mains » ; à La Bruyère et Brunetière d'avoir « parfois ce presque rien, trois cents mètres de tirades que l'on trouve assez bien ». Et comme si cela ne suffisait pas, on traite Lamartine, Racine, La Fontaine, Verlaine, Molière et même Homère, de « tas d'pignoufs » ! Quant à moi, cher Lamartine, pour ton poème dans lequel tu attribues une âme aux objets inanimés, je pense que tu ne t'offusqueras pas si je dis que tu aurais fait un parfait fils d'Afrique, dans le golfe de Guinée.

Ils sont si nombreux ces artistes qui hébergent une négro-africanité profonde ou regrettent qu'elle ne le soit pas assez. Ne dit-on pas que Rimbaud – encore lui – voulait se faire nègre pour mieux parler aux hommes le langage des genèses ; que Matisse, Braque et Picasso se félicitaient d'avoir su retrouver sous la rigidité du cubisme, avec ses formes élémentales, le vieux secret des rythmes qui font chanter la vie. Ces affirmations ne sont pas de moi, mais de Guy Tirolien. Je me félicite donc que Lamartine, ce grand poète, ait pensé comme mon peuple et moi que les objets inanimés pouvaient avoir une âme.

Ce qui est certain, c'est que je me suis adapté sans la moindre difficulté au culte catholique. Son inclination au merveilleux me convenait à merveille. Qu'une Vierge qui revient de temps en temps nous visiter deux mille ans après sa mort ait conçu à la demande d'un saint ange ailé, envoyé par Dieu le Père ; qu'elle ait conçu un enfant Dieu et néanmoins mortel sans l'intervention d'un mâle humain ; tout cela trouvait sa place sans aucune difficulté dans mon propre panthéon et dans la cosmogonie de mes origines. Qu'une entité se démultipliât en trois éléments, Père, Fils et Saint-Esprit, comme c'était le cas pour la Sainte Trinité, cela ne me perturbait pas du tout puisque, je le savais très bien, tous les sorciers de mon village, sans même prétendre être des dieux ou des demi-dieux, jusqu'aux apprentis de première année des académies de sorcellerie, avaient un don absolu d'ubiquité. En fait, nous dit-on, l'apprentissage de l'ubiquité est la première leçon des cours de sorcellerie.

Pour moi et par mes origines, la nuée des anges, la foultitude des saints, tous étaient des dieux chacun à son échelle. Si avant de prendre la route sur la terre de mon village natal, sur la mer de ma Bretagne d'adoption, ou dans les airs de France et d'ailleurs, j'invoquais le bon saint Christophe, le saint patron des voyageurs, ce n'est pas parce que je rejetais le dieu du voyage de mes ancêtres. C'est parce que je m'étais habitué à la langue française. Saint Christophe ou Nyamangolo, qu'importe ! Ce n'est pas parce que je disais désormais maman quand je rentrais au village que ma mère n'était plus ma mère indigène, et ce n'est pas parce que Jupiter du *Pantheum* devenait Zeus à Olympe qu'il perdait son latin.

Pendant mes premières vacances au village, du haut de mes huit ans, j'avais beaucoup de fierté à dire à mon père que le dieu des agriculteurs se nommait Benoît chez les Blancs ; qu'Hubert était celui des chasseurs et que celui des forgerons, c'était Éloi. Je n'avais pas choisi ces dieux au hasard. C'étaient les plus importants pour mon père, agriculteur, chasseur et forgeron.

– C'est formidable ce que tu m'apprends là, mon fils, s'était-il écrié. Alors, cela veut dire qu'ils ont exactement les mêmes dieux que nous ! Cela veut dire que tes nouveaux papas sont comme nous ! Cela veut dire que la couleur n'a aucune importance ! Cela veut dire que le nom qu'on donne à sa croyance n'a aucune importance ! C'est une très bonne chose. Le nom n'a aucune importance, mon petit. Nous avons les mêmes dieux que les Bamilékés et les Yoroubas. Mais ils ne portent pas les mêmes noms. Nous pouvons donc avoir les mêmes dieux que tes nouveaux papas blancs. Ce qui est important, c'est qu'ils aient les mêmes pouvoirs. Je sais maintenant que même là-bas, tu es bien protégé. Si je comprends bien, il ne manque que le crocodile.

Je lui dis qu'il y avait bien un reptile dans les histoires des Blancs, mais que c'était un serpent, qu'il était méchant, qu'il avait fait manger une pomme à une femme et à son mari et que ce faisant, il nous avait transmis « le péché originel ».

– C'est quoi le péché originel et c'est quoi la pomme ?

Je dus avouer à mon père que je n'en savais rien. Il n'en fut pas plus offusqué que la décence ne l'autorisait.

– Ce n'est pas bien grave. Tu en sais déjà beaucoup après une année d'absence. Et puis, remarque ! Même ici, le serpent n'est pas l'ami des hommes. Alors, tu vois bien qu'eux et nous, c'est la même chose.

L'année suivante, j'ai changé de classe et Mademoiselle est restée dans la sienne. Mais elle était toujours présente à mes côtés, à me prodiguer des conseils.

– Maintenant, tu parles bien français. Je suis très fière de la façon dont tu as évolué cette année. Tu es l'un des meilleurs et je suis contente de toi. Continue comme cela, mon enfant. Tu verras que tu iras loin, très loin.

Je baissai les yeux, ne trouvant pas les mots pour lui répondre. C'était le temps où les enfants ne parlaient pas aux adultes et où les compliments des adultes aux enfants étaient plutôt rares. On avait plus facilement sa portion de taloches, d'oreilles percées par les ongles qui en pinçaient les lobes jusqu'au sang, d'insultes et autres sympathies de ce genre, que des caresses ou des mots tendres. Alors, pour toutes ces raisons, les compliments de Mademoiselle me laissaient sans voix. Elle ne me demandait pas de réponse, sachant, je le comprends très bien aujourd'hui, que j'étais tout simplement le produit d'une éducation. Mais comme le fait était répétitif, j'ai fini par m'y adapter et, petit à petit, à avoir des conversations avec elle.

Je sentais sa présence tutélaire. J'ai découvert qu'elle se renseignait sur moi auprès de mes enseignants successifs. Mes parents ne savaient même pas qu'il y avait quelque chose dans le circuit scolaire que l'on nommait devoir avec sa suite logique qu'était la note et, au bout de l'année, la sanction ultime : passage en classe supérieure, redoublement ou renvoi.

Cet intérêt me réjouissait et m'intriguait. Je n'avais jamais vu une femme aussi belle, aussi élégante, aussi instruite que Mademoiselle. Elle était grande avec des traits fins, le teint plus clair que celui de la majorité des femmes et des hommes de chez nous. C'était la seule femme du corps enseignant de toute la ville et la seule Noire à porter des pantalons, comme une Blanche. Une Blanche ! C'était cela. Mademoiselle était une Blanche à peau noire. Et elle en savait, des choses ! En plus du cours préparatoire, elle enseignait les arts ménagers aux jeunes filles de la mission, celles qui y venaient pour se préparer au mariage ou au service des Blancs.

Je n'avais plus aucun souci à me faire quant à ma capacité à suivre les leçons avec n'importe quel instituteur, pourvu qu'il parlât français. J'avais, depuis des mois, oublié l'écolier limousin que je n'étais plus. Désormais, je pouvais défier n'importe qui et même les grands des cours moyens, en vers, prose, français et catéchisme. Je reçus peu après le baptême et choisis le prénom de Martin qui était un saint très gentil dont vous connaissez tous l'histoire. J'aurais préféré Éloi, pour être en quelque sorte le symbole du dieu de mon père forgeron. Mais en fait, on ne m'avait pas demandé mon avis. Ici aussi, on m'avait collé un prénom, de la même manière qu'au village, le hasard avait fait que je me nomme Kofi, c'est-à-dire Vendredi. La première communion et la confirmation furent de pures et simples formalités que j'expédiai avec panache et bonne conscience. Mes ancêtres n'avaient pas à rougir de moi, de ma capacité d'adaptation à mon nouvel univers et de ma fidélité à mes origines.

*
**

Des observateurs magnanimes ont cru bon de plaindre les enfants africains. L'école française les aurait arrachés à leurs racines, aurait nié leur culture. Je demanderai donc à ces âmes charitables de se rassurer. Mon père et moi avions compris que la notion de Dieu unique que proclament les chrétiens ne perturbait en rien notre propre panthéon. Il n'y a pas un ministre africain, pas même un prêtre qui oublie ses amulettes et les mânes ancestraux. Il était peut-être hasardeux de faire chanter aux enfants des Antilles et du Congo que leurs ancêtres étaient les Gaulois. Mais si l'on enlève la couleur qui encombre toutes les relations humaines aujourd'hui, cette chanson n'a pas plus de sens pour la grande majorité des Français blancs, descendants de Romulus ou d'un lointain ancêtre slave. Le Gaulois peut bien être l'ancêtre symbolique de tous ceux qui se réclament désormais de la nation française. De toutes les façons, après les indépendances, le Congolais a récupéré ses ancêtres bantous et les Antillais ne sont pas plus ou moins gaulois que les Phocéens. L'affaire est donc classée. Est-ce qu'on peut passer à autre chose ?

On s'est aussi plaint ici ou là que l'on ait imposé la langue française aux petits Africains dans l'enceinte de l'école. Ce régime, rappelle-t-on, était également appliqué aux petits Bretons. En ce qui me concerne, je suis très heureux d'avoir subi le même sort que les petits Bretons. Je suis très heureux que l'on nous ait imposé cette règle qui, d'une part, nous inculquait les notions de droit et de devoir, d'autre part, nous obligeait à nous contrôler, pour acquérir plus facilement les rudiments de la langue qui serait désormais celle de nos apprentissages. Rentrés le soir dans nos familles nourricières et pendant les vacances, dans nos villages, nous ne rencontrions rien ni personne qui nous empêchât de reprendre nos langues maternelles. Beaucoup de parents ne parlaient pas français. Il était donc facile de faire la part des choses. Il eût été bien compliqué à un instituteur blanc ou autochtone d'apprendre les dizaines de langues qui composaient les curriculums de leurs élèves, de les enseigner à l'école, et de traduire les manuels scolaires en ces différentes langues. La seule langue applicable était donc le français. Aujourd'hui que ces nations sont indépendantes, elles sont libres de revenir à une langue nationale ou à tout autre système de leur choix.

– 3 –

Je réussis le certificat d'études primaires et élémentaires et fus admis au concours d'entrée en sixième, classé parmi les premiers. Cela me permettait d'intégrer la meilleure institution de la capitale, avec tous les avantages que cela impliquait. On m'accordait une bourse d'études qui couvrait tous les frais de ma scolarité, même le transport pour les vacances, l'internat, les fournitures scolaires. Une fois encore, Mademoiselle s'est manifestée.

– Maintenant tu es un grand garçon. Je suis fière de toi et de tes résultats. Est-ce que tu sais que tu es le premier de ton village à avoir le certificat d'études ?

Je ne le savais pas. Je ne m'étais pas posé la question. Je ne me sentais en compétition avec personne. Premier certificat d'études primaires et élémentaires de mon village, cela semblait avoir une réelle importance pour Mademoiselle. J'étais content pour elle, car je ne pouvais rien lui refuser, surtout pas ma joie.

– Avant de partir en vacances chez tes parents, passe donc me voir chez moi. On va fêter cela.

Mademoiselle occupait la dépendance du presbytère qui jouxtait l'école. Comme tous les élèves, je connaissais sa maison, mais n'y étais jamais allé. Elle ne nous imposait pas la corvée d'eau ou de bois, comme c'était son droit. Tous les autres instituteurs le faisaient. Quand je suis entré chez elle, j'ai été sonné par la qualité du lieu. Je ne savais pas que les Noirs pouvaient vivre dans un tel cadre, dont je pensais qu'il était réservé aux Blancs. En effet, ce n'est que chez les prêtres blancs que j'avais vu des maisons aussi richement équipées. Ni dans mon village, ni chez ma tante qui m'hébergeait près de l'école, ni chez les autres Noirs chez qui je m'étais rendu pour une quelconque raison, je n'avais jamais observé une telle qualité. Une preuve supplémentaire que mon institutrice était bien une Blanche à peau noire. Cela pouvait donc exister, des Noirs qui s'habillaient comme des Blancs, vivaient dans des maisons semblables à celles des Blancs. À bien écouter Mademoiselle, on détectait même comme un fond d'accent de Blanc quand elle parlait. Cela nous amusait quand nous étions des petits enfants dans sa classe de cours préparatoire et ne parlions pas encore français. Alors, nous l'imitions en faisant *chocoro chorori chi chocoqui heu ! Beeh bizi bizi heu ! Franci franci, hahaha !* On croyait parler blanc.

Je n'osais pas m'asseoir. Je n'allais pas pousser la familiarité jusqu'à poser mes petites fesses de petit Noir des cavernes sur des meubles de Blancs. Même le certificat d'études primaires et élémentaires ne pouvait autoriser cela. Mademoiselle observait mon manège, lisait dans mes pensées et s'en amusait abondamment.

– Assieds-toi donc, petit bonhomme.

C'était un ordre, certes tendrement intimé, mais c'était un ordre quand même. Je me devais donc d'obéir. Je posai mon derrière sur le bord d'un fauteuil qui, se révélant être un piège, me happa littéralement, tellement il était moelleux. Mademoiselle s'amusait de plus belle de mon trouble.

– Je vais t'apporter quelque chose à boire et à grignoter.

Je profitai de son absence pour jeter quelques œillades sur les objets qui m'entouraient. Je n'en avais nul droit puisqu'il faut parler net. Alors, je n'attardais pas mon regard, prenant juste ce qu'il fallait pour que ma curiosité ne fût pas plus répréhensible que le vol dont l'âne de La Fontaine s'était rendu coupable dans le pré du moine des *Animaux malades de la peste*, et qui causa sa perte, bien qu'il fût le moins coupable de tous. J'étais certain que si je me faisais prendre, je ne me ferais pas pendre, que Mademoiselle n'était pas aussi féroce que les animaux de la fable, qu'elle était juste et charitable, et que mon châtiment ne serait donc pas aussi terrible et aussi radical que celui infligé au pauvre baudet.

Mais ce n'était pas une raison pour tout dévorer des yeux.

Comme il fallait s'y attendre, je me fis prendre. Cette drôle de maison était truffée d'issues comme le terrier d'un rat palmiste ou, si vous préférez, comme celui d'un chien de prairie puisque vous n'avez jamais vu de terrier de rat palmiste à la télévision, quand le chien de prairie y est une vraie petite star. Alors qu'elle était sortie par une porte que je surveillais du coin de l'œil, Mademoiselle revint par une autre que je n'avais pas remarquée, parce qu'un rideau la cachait. Et ses pas feutrés sur le tapis firent le reste. Ah le tapis, ce ne fut pas la moindre de mes surprises dans cette drôle de maison où même le sol portait des habits, et quels habits, chamarrés à faire pâlir d'envie la reine de Saba et son Salomon d'amant que j'avais découverts dans les Livres saints. Mon ancienne institutrice déposa devant moi un plateau dont j'aurais pensé qu'il ne pouvait servir que pour les rois. Et sur le plateau, un plein verre d'un breuvage doux au regard, tellement il était d'un rouge suave ; dans une petite assiette, le contenu d'au moins un paquet de biscuits. Un calcul rapide et honnête me fit reconnaître qu'en cinq ans de séjour en ville – le temps de ma scolarité primaire –, je n'avais certainement pas consommé autant de petits gâteaux qu'il y avait dans cette assiette et que l'on m'offrait pour un unique goûter.

Je n'osais toucher à rien. Mademoiselle s'assit à côté de moi, prit le verre et me le tendit.

– Bois, me dit-elle. C'est pour toi.

Ah souvenirs, souvenirs ! Cruels souvenirs de mes peurs et de mes angoisses enfantines ! Je n'ai pu réprimer un petit frisson. Les seules injonctions que j'avais reçues jusqu'à ce jour pour boire un breuvage concernaient des médicaments. Tout enfant de ma génération et de ma région se souvient de ces tristes et sombres décoctions amères, imbuvables, dégueulasses. Je pense d'ailleurs que tous les enfants de ma génération, de toutes les campagnes du monde, ont connu ce traitement. Le produit n'est pas le même, mais la torture et la férocité des parents ont dû être ressenties à l'identique. Ces produits étaient des vermifuges et des lavements en tout genre. Et je comprends les oxyures, ascaris et autres trichocéphales qui préféraient déménager de nos intestins, plutôt que de goûter à ces boissons que nous étions forcés de prendre. Pour être sûres que nous n'allions pas fuir nous-mêmes et choisir l'exil dans la forêt sombre plutôt que d'ingurgiter le triste breuvage, nos mamans ne nous avertissaient jamais de ce qui nous attendait. Elles nous réveillaient un beau matin, portes closes et gardées par des oncles balèzes et qui affectaient la mine d'ogre patibulaire de circonstance. Alors le massacre commençait. Certaines aurores, quand on entendait des cris et des pleurs venir d'une maison, on pouvait être sûr que les enfants étaient soumis au supplice du vermifuge. Pour certains, il fallait leur coller un entonnoir de fortune entre les lèvres pour écouler le liquide dans leur bouche. Compensation non négligeable, le petit déjeuner qui suivait était souvent le meilleur de toute la saison. J'en étais à ces pensées d'agneau égorgé, de Mozart assassiné, de saints Innocents, de martyre, quand la voix de Mademoiselle m'a ramené à la réalité.

– Bois, a-t-elle répété.

Les images des calvaires de mon enfance villageoise étaient toujours dans ma mémoire. Je comprenais maintenant pourquoi il y avait ce monceau de petits gâteaux sur le plateau. J'ai pris ce breuvage qui cachait bien sa mission. Si ceux de mon village étaient horribles autant d'aspect que de goût, celui-ci présentait plutôt bien. En plus, il était dans un beau verre transparent alors qu'au village nous utilisions des calebasses opaques. Je ne comprenais pas pourquoi Mademoiselle me soumettait, en plein après-midi, à l'enfer du lavement matinal. Mais il fallait y aller sans se poser de question. Peut-être était-elle soucieuse de ma santé ? Peut-être voulait-elle que je retourne dans mon village le ventre sain, bien débarrassé de ses locataires clandestins ? Je ne pouvais pas décevoir ma maîtresse adorée. Alors, après avoir aspiré un bon bol d'air, j'ai bloqué ma respiration – c'est ce que nous faisions pour éviter les effluves nauséabonds des médicaments – et j'ai avalé d'un trait le liquide rouge. Avant même de me rendre compte qu'il avait un goût divin, j'avais vidé le verre. Mademoiselle a éclaté d'un rire sans fin.

« Tu aimes donc le sirop de grenadine tant que cela !

– C'est le si… le si… »

Je n'arrivais pas à dire plus que cela. Et pour cause ! Je ne connaissais pas ce mot. Je ne connaissais pas le sirop de grenadine, pas plus que celui de Dupond ou de Patagonie. Vous l'aurez compris, je ne savais même pas si ce cher « grenadine » était une personne ou un lieu. Cela importait peu. Qui que vous soyez, quelle que soit la forme que vous ayez, cher grenadine, votre sirop est comme le petit Jésus en culotte de velours.

Mademoiselle n'arrêtait pas de rire. Très vite, je me suis joint à elle et nous avons ri aux larmes. Hoquetant et larmoyant, j'ai réussi à lui expliquer ma méprise.

– J'ai cru que c'était du vermifuge. C'est quand maman nous en donnait qu'elle nous disait : « Bois ! bois ! » Mademoiselle, c'est quoi grenadine ?

Elle apporta la bouteille. Elle contenait un liquide rouge assez épais. Elle m'en servit un nouveau verre.

« La grenadine vient de la grenade, le fruit avec lequel on fait ce sirop. Le sirop, c'est une boisson très sucrée, épaisse comme le miel. Il faut la diluer dans beaucoup d'eau. Tous les enfants l'apprécient particulièrement. Les deux miens me vidaient une bouteille en moins d'une semaine. On peut faire du sirop avec la mangue, le citron, l'ananas, l'orange, bref, avec tous les fruits.

– Pourquoi nous n'en faisons pas ici, avec tous les fruits que nous avons ?

– C'est une bonne question. Au départ, le sirop ne fait pas partie de notre culture. Mais puisqu'il est bon, nous pouvons imiter les autres et en faire. C'est comme le français que nous parlons ou comme ces personnes qui sont déjà des instituteurs ou des infirmiers. C'est pour cela que nous allons à l'école. Tu pourras donc être le fabricant du sirop de corossol ou de goyave, toi le futur Blanc de notre région. »

Elle avait terminé sa phrase avec un sourire.

– 4 –

La maison de Mademoiselle était remplie de beaux meubles : des tables basses et des tables hautes, des petites et des grandes, des chaises et des fauteuils, des armoires vitrées avec à l'intérieur de belles assiettes couvertes de fleurs. Les murs étaient ornés de tableaux de toutes les tailles. Sur une armoire basse, il y avait des photographies en noir et blanc dans de beaux cadres dorés. Deux cadres attirèrent mon attention. Sur une des photos, on voyait deux enfants, un garçon, visiblement l'aîné, et une fille. Ils étaient très clairs de peau – c'était perceptible même sur ces portraits en noir et blanc – et portaient de très beaux habits. Ils n'étaient pas blancs, mais ils n'en étaient pas loin et leurs cheveux, comme leur peau, étaient entre les deux, ni crépus comme les miens, ni fins comme ceux d'un Blanc, un beau frisé. Sur la deuxième image, il y avait Mademoiselle en plus jeune. Elle était assise à côté d'un Blanc qui lui tenait la main. Et de part et d'autre, le garçon et la fille.

– C'est mon mari et ce sont mes enfants.

Mademoiselle suivait mon regard. Elle avait compris que je prêtais une attention particulière à ces photographies.

– Mon mari était un Blanc. Il est mort. Mes enfants sont donc des métis. Est-ce que tu as déjà vu un métis ?

La voix de Mademoiselle était calme, comme lointaine. Ce n'était pas de la tristesse qui s'en dégageait, mais comme de la mélancolie. J'avais douze ans. Je n'étais qu'un enfant dans un espace où l'enfant ne parle pas aux adultes. Je me maudissais de n'avoir que douze ans et de ne pouvoir rien dire à Mademoiselle d'autant plus que je venais d'accepter cette évidence que j'avais si longtemps essayé de me dissimuler à moi-même, depuis cinq ans, depuis le premier – disons le deuxième – jour de classe. J'étais amoureux de ma maîtresse. Maintenant qu'elle paraissait triste, j'aurais tant voulu lui dire qu'elle ne serait plus jamais seule, que j'étais là, que je l'aimais. Je n'eus pas besoin de prononcer des mots qui ne seraient jamais sortis de ma bouche. Comme si elle avait deviné mes sentiments, elle me regarda avec tendresse, me sourit et déposa un doux baiser sur ma joue. Je me fis solennellement le vœu de l'aimer toujours, de venir la chercher quand je serais grand. En attendant, je n'allais plus laver cette joue qui avait accueilli le premier baiser de ma vie.

Ne prenez donc pas cet air de surprise contristé. Le baiser n'est pas un geste universel et toutes les cultures n'en usent pas pour exprimer l'amour et la tendresse. Et ceux qui en usent ne l'utilisent ni de la même manière, ni pour les mêmes fins. Les Russes s'embrassent sur la bouche même quand ils sont hétérosexuels et Judas s'est servi du baiser pour trahir Jésus. Tout est relatif... Dans ma culture, cette manifestation d'amour était inexistante et je n'avais jamais reçu de bisou de ma mère.

« Mes enfants sont déjà grands. Ils sont en France où ils travaillent. Chaque année pendant les vacances, je passe un mois là-bas avec eux. Ils sont mariés et j'ai des petits-enfants.

– J'aimerais aller en France moi aussi. »

Je ne saurai jamais ce qui m'avait fait penser que je pourrais un jour partir pour la France. Mademoiselle n'en parut pas surprise. Bien au contraire ! Elle semblait ravie de ma détermination à aller loin.

« Cela ne fait aucun doute que tu iras un jour en France. Tu es très bon à l'école et après ton bac, tu poursuivras tes études dans une université en France ou dans un autre pays occidental. N'oublie jamais ce que je t'ai dit. Tu iras loin si tu persévères.

– Oui, je vais persévérer et j'irai loin.

– Qu'est-ce que tes parents en pensent ? »

Je ne m'attendais pas à cette question. Je ne savais pas ce que mes parents en pensaient. Eux ne savaient pas vraiment ce qu'aller loin pourrait signifier. Pour le moment, c'était le crocodile qui décidait et il n'avait émis aucune objection à la poursuite de mon destin. Il avait englouti son poulet à chaque rentrée scolaire et j'avais repris la route de la ville pour une nouvelle année.

Comme je ne disais rien, Mademoiselle poursuivit :

– Désormais, c'est l'école qui forme à la vie. Ce n'est plus le village. Ce ne sont plus les parents qui apprennent un métier aux enfants. Tout le monde ne sera pas agriculteur, chasseur ou forgeron. Une nouvelle société s'installe chez nous. Pour l'instant, ce sont les Blancs qui la dirigent. Mais bientôt, ils auront besoin de plus en plus de Noirs. Et puis le jour va arriver où tous s'en retourneront dans leurs pays. Les villes vont de plus en plus accueillir les villageois. Les mieux formés auront les plus hautes places dans la société. Ils seront les nouveaux chefs. Tu en feras partie, il n'y a aucun doute là-dessus. Mais pour cela, tu t'éloigneras de plus en plus de ton village, de ta famille, de la façon de vivre de tes parents.

*
**

Aussi loin que je m'en souvienne, la nostalgie de mon village n'a pas duré longtemps. J'ai souvent pensé à mes frères, à mes sœurs, à mon père, à ma mère, sans ressentir une tristesse particulière. Mais j'ai souvent pensé à ma mère, je n'ai pas honte de le dire, quand j'avais l'impression que chez ma tante, à la ville, il n'y avait pas assez de nourriture dans mon assiette, qu'il y en avait moins dans mon assiette que dans celle de ses enfants !

La relation entre les enfants et les parents ne se manifestait pas par des effusions. L'amour était enseveli au fond de nous et la tristesse causée par la séparation et la distance s'estompa vite. Je n'avais pas besoin d'être à côté de ma mère et de mes frères et sœurs pour savoir que nous nous aimions.

Au départ, je craignais surtout que mes camarades et nos jeux d'enfants me manquent. Mais j'ai bien vite trouvé moult compensations dans ma nouvelle vie. L'école occupait une bonne partie de mon temps et je savais que le jeu était désormais au second plan. Quant aux gamins de mon âge, il y en avait assez dans ma classe et dans la cour de récréation pour que j'en trouve à aimer ou à détester. Il y avait des têtes d'anges, des têtes de turcs, des têtes à claques, des têtes de nœud et ceux qui arboraient déjà des nœuds papillons. Il suffisait de se baisser pour ramasser.

Je pense que l'enfant de chez nous acquérait très tôt l'instinct de guerrier, d'indépendance. La bravoure était le sentiment le plus noble. Un garçon ne devait pleurer sous aucun prétexte. Il ne devait pas non plus traîner dans les jupons de sa mère, mais comme les mères n'avaient pas de jupons, la chose était vite réglée. Si mes parents avaient ressenti de l'angoisse à l'idée de me laisser partir, cela n'aurait pas été à la pensée que j'allais souffrir ou être dépaysé dans mon nouvel univers. Ils n'auraient pas craint que je ne sois pas capable de m'adapter. La seule appréhension aurait été que je me retrouve dans un univers qui ne ferait pas de moi un homme. Mais ils n'avaient pas de souci à se faire : le crocodile, qui savait tout, ne m'aurait jamais laissé partir en arrière. Mon odyssée de l'espèce ne pouvait me pousser que vers l'avant, vers le haut, vers les sommets, vers le perfectionnement de mon état d'homme.

Une anecdote me revient en mémoire. C'était au début de mes années d'école primaire. Je revenais au village tous les week-ends. Ensuite, mon frère aîné me raccompagnait à pied à l'école, chargé des denrées alimentaires que mes parents envoyaient à ma tante qui m'hébergeait. Un jour, par jeu, par bravade ou pour tout autre raison imbécile dont je ne garde pas le souvenir exact, je ne suis pas resté à l'école et j'ai suivi mon frère qui rentrait à la maison. Nous avons ainsi parcouru quarante kilomètres sans qu'il s'aperçoive de rien. Il était bien tard quand nous sommes arrivés au village où l'on s'est rendu compte que j'étais revenu sur les pas de mon frère. Malgré les protestations de ma mère pour que je me repose, mon frère n'a rien voulu savoir et nous avons repris la route dans le sens inverse. Je pense que l'amour de mon frère, sa volonté de me voir aller à l'école, la souffrance qu'il a endurée à parcourir pour moi cent soixante kilomètres d'une traite, voilà la raison qui a fait comprendre à l'insouciant gamin de sept ans que j'étais que l'école avait une grande importance et que ma famille tenait beaucoup à ce que j'y aille.

*
**

Mademoiselle avait repris la parole.

– Je sais, les gens de chez nous sont plus philosophes qu'on ne le pense. Pour eux, la société n'est pas figée, les enfants – disons les garçons – peuvent partir vers d'autres univers, d'autres apprentissages. Ils pensent qu'ils reviendront toujours…

Elle s'était tue, laissant sa phrase presque suspendue, inachevée. Elle me fixa longuement. Je ressentis une certaine gêne et baissai les yeux. Elle me caressa les cheveux, passa son bras autour de mon épaule.

– Mais est-ce que la nouvelle civilisation va nous laisser revenir ? Est-ce que ce ne sera pas un chemin de non-retour ? Ici en ville, les gens ne se posent pas beaucoup de questions. L'école a été globalement acceptée depuis quelques années. Ceux qui sont allés à cette école sont des personnes plus ou moins importantes. Mais toi, tu es le premier de ton village, de ton peuple. Comment accepteront-ils de ne pas te voir revenir ?

Sa façon de parler était amusante. C'était un mélange imprévisible de notre commune langue maternelle et de français. Elle passait de l'une à l'autre sans préavis, ou bien, en parlant la langue maternelle, truffait son discours d'expressions et de mots français que l'on ne trouvait pas dans les langues locales et vice versa. Quant à moi, je m'astreignais à un strict français, de rigueur quand on s'adresse à un enseignant, même si c'est votre père ou votre mère.

Mademoiselle s'était encore tue. Puis changeant totalement d'attitude, elle avait laissé tomber cette sorte de mélancolie qui couvrait sa voix, avait sauté sur ses jambes et changé de sujet.

– Mange donc tes biscuits, mon grand collégien. Bon ! Si tu en as assez, tu peux emporter ce qui reste. Allez, file maintenant. Demain, tu devras te lever tôt pour aller au village où ta famille t'attend avec impatience.

Je ne me fis pas prier pour faire main basse sur les petits gâteaux dont il restait une quantité suffisante pour que chaque enfant de ma concession familiale en eût au moins un. Je me disais intérieurement, mais pas en sourdine, que si j'avais aussi le reliquat de sirop de grenadine, je ferais une arrivée triomphale au village et offrirais l'événement le plus remarquable depuis le passage du dernier gouverneur à casque colonial.

– Tiens ! Prends aussi le reste de la bouteille de sirop. Cela fera plaisir à tes frères et sœurs. Tu as bien vu comment je fais le mélange. Un peu de sirop et beaucoup d'eau.

Incorrigible, imprévisible, inégalable, ma bonne vieille Mademoiselle, ma tutrice locale pour le monde nouveau. Elle avait entendu le tintamarre de ma pensée.

*
**

Le collège, c'est l'immersion dans un nouvel univers. Tous les enfants qui sont passés par là ressentent ce choc tellurique. La désignation de l'espace scolaire, le nombre et la couleur des dispensateurs de l'enseignement, tout changeait. Nous passions de l'instituteur unique et souvent noir à la foule de professeurs majoritairement blancs et religieux. Ces chers pères se relayaient sans arrêt, jusqu'à nous donner le vertige, pour transmettre les différents apprentissages dont nous avions besoin. En plus de cela, il fallait ajouter en ce qui me concernait – et nous étions bien nombreux dans cette situation – que ce collège n'était pas dans mon village ou dans une ville voisine où j'aurais été déposé par un service de cars scolaires qui, bien sûr, n'existait pas. Cela, je le savais, je l'avais vécu dès l'école primaire. Seulement le collège, c'était encore plus loin, à plusieurs centaines de kilomètres de chez moi. Mais voilà : il y avait désormais un gentil petit dispositif, une belle petite invention, une structure d'accueil des élèves, que l'on nommait l'internat, le bel internat. Je n'avais donc pas à parcourir la douzaine de kilomètres quotidienne que j'avais endurée dès l'âge de sept ans pour aller à l'école primaire.

C'est à partir de ce moment que j'ai commencé à comprendre les prévisions, les prophéties de ma chère institutrice Mademoiselle. Plus on monte dans l'échelle sociale, plus on accumule des avantages, des privilèges. À l'école primaire, bien que tout petit, pas plus grand qu'un nain de jardin, j'avais été obligé de parcourir de longues distances pour être digne de bénéficier des apprentissages que l'on me prodiguait. Après ce bizutage initiatique, je franchissais une étape décisive avec le certificat d'études. Au niveau du collège, alors que j'avais déjà de beaux mollets de marcheur et un régime alimentaire de champion, je n'avais plus à le faire puisque je bénéficiais de l'internat. À ce rythme, on finirait par me donner un vélo quand je passerais au lycée. Et si je passais le bac, alors, j'exigerais une voiture et un avion plus tard…

– Tu verras mon garçon, tu verras. L'école te conduira très loin, si tu persévères, avait prédit Mademoiselle.

Parfois, je vous plains, gens de bien. Vous êtes assis sur vos certitudes modernes et vous ne vous rendez pas compte ! Vous voulez apprendre au singe à faire la grimace, à grimper aux arbres et à aimer la banane. Parfois, vous réussissez à rendre la vache carnivore et le chat frugivore. La vache rit de se voir piquer son lait et son veau et le taureau se pâme de bonheur quand l'estoc se plante dans son dos, sous les olas frénétiques d'une foule en délire. Vous voulez faire le bonheur des gens malgré eux et le malheur de ceux qui aspirent au bonheur. Vous civilisez ceux qui ne vous demandent rien et, à ceux qui veulent sortir de la préhistoire quand vous leur avez présenté autre chose, vous demandez de n'en rien faire. Mais ce que je vous pardonne le moins, c'est d'avoir dit du mal des internats.

À l'âge de sept ans, tous les jours de la semaine, je devais parcourir une bonne douzaine de kilomètres pour aller à l'école et en revenir. Je m'en tapais une petite centaine toutes les fins de semaine pour rejoindre mon village et en revenir chargé de denrées alimentaires qui permettaient à ma famille d'entretenir les faveurs de ma tante nourricière. Et à douze ans, parce que lauréat du concours d'entrée en sixième, me voilà délivré de ces contraintes primitives. Je viens de faire un nouveau bond existentiel dans mon odyssée de l'espèce. Grâce au régime de l'internat, je vais enfin mener la vie d'un petit bonhomme du XXe siècle. Comme elle avait raison, Mademoiselle !

Je n'oublierai jamais que c'est l'entrée à l'école qui m'a sorti de l'âge du cache-sexe et m'a mis dans les habits d'un enfant de chef anglophone. Après les facilités apportées avec l'entrée au collège, je ne me demandais plus ce que cela allait être quand je passerais mon baccalauréat. Mademoiselle avait dit que je pouvais aller très loin si je persévérais. Après la quarantaine de kilomètres et autant d'ères et d'années-lumière entre l'école et mon village, avec le collège, j'en étais à des centaines de kilomètres et à autant d'ères et d'années-lumière. J'avais dépassé Bételgeuse et j'avais dépassé Antarès. J'avais mis le cap sur la Grande Ourse et la Voie lactée. Un jour, je le savais, je le sentais, j'irais voir les ours polaires qui étaient encore beaucoup plus loin et beaucoup plus gros que Bételgeuse et Antarès. Plus j'allais loin dans mon odyssée, plus je m'éloignais physiquement de mon village, de ma famille, de mon peuple et du crocodile. Je m'en éloignais aussi dans mes modes de vie, de pensée. Est-ce que je perdais quelque chose ? Est-ce que j'en devenais moins homme ? J'avais toute la vie devant moi pour me poser des questions existentielles.

Ah l'internat ! Le constat le plus flagrant, c'est que je grandissais deux fois plus vite qu'avant, grâce à un régime alimentaire d'exception, auquel je n'aurais même pas rêvé quelques mois plus tôt. Vous ne me croirez pas, je le sais, mais tous les jours, il y avait au menu du lait, du pain, du poisson, de la viande, des pâtes, du riz, des fruits. Avec ça, même un pygmée aurait gagné quelques centimètres. Je n'étais pas un pygmée, alors j'en gagnai beaucoup plus en une année. Mais je gagnai aussi très vite de l'assurance grâce aux responsabilités que les pères me confièrent.

Que dire d'autre sur les années collège ? Ah, j'ai failli oublier ma rencontre avec Mérimée, Prosper de son prénom. Je me dis souvent qu'un soir j'irai dîner à Sainte-Adresse, près du Havre, comme on retourne en homme libre dans un lieu où l'on fut incarcéré. Un jour, pour parler sans ambiguïté, je m'en irai à Sainte-Adresse, près du Havre, pour laver à jamais l'affront que me fit la dictée de Prosper Mérimée, moi le fort en thème, en version, en vers, prose, grec et latin, orthographe et grammaire. Mais je ne devrais pas trop me plaindre. Si l'on en croit les chroniqueurs de l'époque, avec ma petite douzaine de fautes, j'aurais occupé un rang très honorable à la cour impériale de Napoléon III. Je vais reprendre ici fidèlement le classement des participants qui subirent, les premiers, la fameuse dictée :

Sa Majesté l'empereur : 75 fautes
Sa Majesté l'impératrice : 62
La princesse de Metternich : 42
Alexandre Dumas (de l'Académie française) : 24
Octave Feuillet (de l'Académie française) : 19
Le prince de Metternich (ambassadeur d'Autriche) : 3

Depuis le prince de Metternich et même bien avant, que seraient la France et la langue française sans les étrangers ? N'en déplaise à ceux qui nous accablent de mille maux, voire du syndrome de Stockholm, ce syndrome nous est cher et nous aimions tant la langue française… Pour être exact, à tout seigneur tout honneur, nos maîtres nous la firent tant aimer que nous nous amusions à faire des concours de tout : de dictée, de grammaire, de poésie, de théâtre. Mais le concours le plus chatoyant était sans conteste celui qui consistait à composer des phrases avec les figures de rhétorique les plus croustillantes. Les prolepses firent notre bonheur à partir de la classe de cinquième quand les litotes et autres métonymies – nous leurs préférions désormais les synecdoques – nous paraissaient désormais bien mièvres. La quatrième et la troisième furent le royaume des épanadiploses et des épanalepses. Le plus petit solécisme était puni d'une pleine semaine de moquerie générale et une faute de concordance de temps pouvait, selon sa gravité, valoir un bannissement temporaire plus ou moins long.

Nous collectionnions de cette belle langue les perles les plus fines, les morceaux choisis, le ris et le caviar, les chefs-d'œuvre, les pièces insolites. C'est ainsi qu'une lointaine promotion, bien avant la mienne, était tombée, je ne sais plus dans quelle circonstance et dans quel manuel scolaire, sur la dictée de Prosper Mérimée. Elle était devenue un rituel auquel devaient se soumettre toutes les promotions qui allaient suivre. Tous autant que nous étions, des cancres indélébiles aux surdoués incollables, nous mettions un point d'honneur à la connaître par cœur. Je dois donc avouer que c'est ce qui permit à certains d'entre nous d'accrocher des scores de fautes bien inférieurs à ceux de la cour impériale. Ce fut la seule dictée préparée de toute ma scolarité. Quoi qu'il en soit, comme aurait écrit maître Mérimée, et malgré le fait que nous l'eussions appris par cœur, le texte restait coriace. Nous oubliions très vite les difficultés que nous croyions avoir maîtrisées. Nous ne nous souvenions plus lequel des deux animaux, du porc ou du chevreuil, offrait aux dîneurs de Sainte-Adresse le cuissot ou le cuisseau. Les accords grammaticaux et les accords logiques, les orthographes s'entremêlaient dans nos têtes. Mais par saint Martin, comme s'était écrié le bélître de Prosper Mérimée, nous étions contents, fiers et nullement traumatisés. Rien ne saurait traumatiser un enfant du golfe de Guinée.

II

L'HOMME DE LA MARÉE NOIRE

– 5 –

« Tu n'as rien oublié ?

– Non, je n'ai rien oublié.

– Tu as ton passeport ?

– Oui, j'ai mon passeport.

– Et ton billet d'avion ?

– Et mon billet d'avion. Et mon carnet de vaccination. C'est toi qui les as mis dans la poche intérieure gauche de ma veste, pour que je puisse les retirer sans difficulté puisque je suis droitier. Par contre, mon argent de poche est dans la poche droite pour que je ne dépense pas tout dans les boutiques *tax free* avant le départ. Pour te rassurer un peu plus, j'aurais pu le glisser dans la fente de mon slip kangourou. Il aurait été bien au chaud, il aurait été en bonne compagnie et il aurait été inaccessible. Ha ha ha !

– Très drôle ! Je peux quand même voir tes papiers ? »

Pour la énième fois, je sortais mes documents de voyage et les lui montrais. Elle les prenait de mes mains, les ouvrait comme pour vérifier que c'étaient les bons. Mon ange gardien veillait sur tout, mais surtout, se répétait beaucoup. Depuis une semaine, j'étais bombardé des mêmes questions. Je pense que l'enfer doit être la répétition sans fin de la même chose. Il paraît qu'un génial tortionnaire a trouvé le supplice extrême, faire tomber une goutte d'eau toutes les secondes sur la tête du supplicié. Il ne faut pas une éternité pour qu'il devienne fou. Tout doit finir par lasser, même de manger du caviar blanc. L'uniformité ou la répétition des jours, allongé sur le même lit, six pieds sous terre, c'est ça la mort. Je pense que si les corps des défunts pouvaient se déplacer, l'éternité serait moins éternelle et moins longue, et ferait moins peur. C'est le fondement de l'invention du fantôme. On est sûr de voyager à volonté, en traversant les murs, les mers et les monts. La variété et le mouvement, c'est la vie.

Depuis que j'avais rencontré Anne-Marie, c'était la première fois que nous nous séparions. Les événements cruciaux de ma vie surviennent toujours comme s'ils étaient le résultat d'une programmation mystique que je ne maîtrise pas. Certes pour me mettre avec ma copine, je n'avais pas consulté le crocodile, à cause de la distance, mais j'avais bien évidemment pensé à lui. J'étais le premier de mon village à m'expatrier vraiment. Je n'avais rien qui puisse m'indiquer la ligne à suivre. Certes il y avait eu Kamatche avant moi. Rien que de penser à mon oncle, je frissonnais. Était-ce parce qu'il avait oublié de ne pas oublier le crocodile qu'il nous était revenu sans pieds ? Je me rassurais comme je pouvais. Kamatche n'étant pas une référence fiable, je devais donc improviser. Qui sait, mon message télépathique lui était peut-être parvenu. Le ciel de la désapprobation de ma liaison avec une Blanche ne m'étant pas tombé sur la tête, je peux penser que la bête n'avait aucune objection à faire. Le saurien de mon village, c'est comme les fantômes ou les grands sorciers : il peut agir à distance. S'il ne fait rien, c'est qu'il consent.

Vous l'aurez compris, je n'avais pas oublié que dans mon village vivait un reptile qui avait mission de se mêler de tout, de donner son avis sur tout ce que faisaient les humains. Mais j'en étais arrivé sans m'en rendre compte à un point de mon odyssée où j'avais osé prendre une grande décision sans en référer à son arbitrage. Au début, je me disais que quand je repartirais là-bas, j'irais à la mare avec autant de poulets que les décisions que j'avais prises tout seul. Puis, petit à petit, j'ai pensé que s'il ne réagissait pas – *qui taceat consentit* – il était d'accord. Ensuite j'ai cessé de penser à lui au quotidien. Je le rangeais dans la rubrique des lointains souvenirs de la préhistoire d'où je sortais.

*
**

Après mon baccalauréat, j'avais obtenu une bourse pour la France. J'avais atterri en Bretagne à la suite d'un choix qui ne dépendait pas de moi. Je m'étais inscrit en classe préparatoire. L'année suivante, j'avais lâché la prépa, dans laquelle j'avoue que je m'étais bien ennuyé, pour intégrer la faculté de mathématiques.

J'ai remarqué Anne-Marie dès le premier jour. Elle était dans le même amphi que moi, mais surtout, il y avait quelque chose en elle qui m'attirait. Son visage était couvert d'un léger voile mélancolique. L'étranger que j'étais ressentit cela comme un signe, quelque chose qui nous rapprochait. Et afin que rien ne manquât à son charme, elle était grande et belle. Il ne me restait plus qu'à foncer. J'avais peaufiné mon laïus. L'attaque fut frontale, éclair, lumineuse et de grande classe.

– « Je n'amène d'Europe que cette enfant amie / La clarté de ses yeux parmi les brumes bretonnes. »

J'avais lâché ma belle tirade au creux de son oreille, comme une confidence, la bouche en cœur, le sourire charmeur, les yeux rieurs, le regard langoureux. Du moins je le pensais. Mais comme je ne me voyais pas, je ne puis jurer de rien, malgré les entraînements que j'avais faits devant le miroir de la porte de ma penderie. Une chose est de s'entraîner, une autre est de se produire sur scène devant un public, surtout si le public est un examinateur unique dont on est amoureux. La sentence ne peut même pas être soumise au vote d'un jury.

« Pardon ? avait-elle bredouillé, surprise par ma tirade.

– *Élégies majeures*. Tu connais ? LSS.

– Elle laisse quoi ?

– De quoi parles-tu ?

– Tu viens de dire “elle laisse je-ne-sais-quoi”. »

Je m'attendais à sa surprise. Alors j'avais apprêté le rire qui allait suivre, que j'aurais souhaité supérieur et moqueur. Mais j'étais un peu crispé et, à cause de mon état d'excitation, il avait sonné faux comme le rire d'une mauvaise prothèse dentaire. Je réussis cependant à poursuivre l'examen oral de contrôle, cette espèce de TP que je m'étais imposé, comme tous les animaux mâles en quête de femelle.

– J'ai dit L.S.S.

J'avais séparé les trois dernières lettres en prononçant le « point » après chacune d'elle.

« L.S.S., chère amie, cela veut dire Léopold Sédar Senghor. Rendons à Sédar ce qui est à Sédar. C'est à cet immense poète nègre comme moi, père de la négritude, que j'ai emprunté les vers que je t'ai offerts. “Je n'amène d'Europe que...”

– Père de quoi ? avait demandé Anne-Marie avec un rictus.

– La négritude ! Nom de Dieu, je vois qu'il y a du boulot.

– Il y a du boulot en effet, monsieur le poète nègre. Je sors de ma campagne profonde où il n'y a ni poète nègre, ni négritude, juste de la bretonnitude à perte de vue et nous ne nous en plaignons pas. En fait, tu es le premier Nègre sur pieds que je vois, à part Balthazar, bien entendu, quand j'allais encore à l'église de mon village. Mais lui, il ne faisait pas de la poésie et ne faisait pas de l'esprit non plus. Pour tout dire, il ne parlait pas beaucoup. Alors, essaye d'être indulgent, parce que je manque cruellement d'exercice. »

J'étais en Bretagne, cette Bretagne dont parlait Senghor. J'étais noir comme Senghor. Elle avait les yeux clairs senghoriens et revolvers comme les héroïnes de Marc Lavoine. Elle avait de l'esprit. Les brumes encombraient toujours le ciel de la Cornouaille et de tout le Finistère. Alors, j'ai compris que quelque chose allait se passer. Et quelque chose s'est passé. Trois ans plus tard, dont un de vie commune, je partais pour mon pays où je n'avais plus mis les pieds depuis quatre ans. Elle m'accompagnait à l'aéroport et pérorait comme toute bonne femme qui voit partir son homme vers un destin inconnu d'elle.

*
**

J'avoue que je repartais dans mon pays avec des sentiments troubles. J'aimais profondément Anne-Marie, mais je voulais me sentir encore assez libre et assez lié à mon pays d'origine pour devoir à celui-ci un attachement filial. Cet attachement impliquait que, comme j'avais atteint un niveau satisfaisant dans mes études, je rentre travailler pour le développement de ce pays qui avait un besoin criant de compétences, depuis qu'il avait acquis son indépendance. Mais, voilà, il y avait Anne-Marie. Titus et Bérénice. Drame cornélien, rage et désespoir, Horaces et Curiaces, mais surtout *Le Cid*, Rodrigue et Chimène : « Père, maîtresse, honneur, amour, /

Noble et dure contrainte, aimable tyrannie ». Les stances de Rodrigue, que j'avais apprises en classe de cinquième, me revenaient en mémoire. Je comprenais enfin l'importance de ces vers que l'on nous avait fait ingurgiter comme des pensums patibulaires. Les voilà qui devenaient maintenant des pensées formatrices, comme de bons vieux amis, prêts à me soutenir.

La rencontre avec la famille d'Anne-Marie n'avait pas causé d'énormes vagues. Certes, les unions mixtes demeuraient rares en Bretagne. Je suis convaincu que la raison en était simple. Il n'y avait pas autant de Noirs à marier que de sardines dans une boîte de chaussures. Mais nous en étions à l'ère post-senghorienne et notre couple, la main noire dans la main blanche, en plein jour dans les rues du Finistère, ça n'était pas la Belle et la Bête ou King Kong et sa bien-aimée. Cela pouvait juste causer quelques torticolis sur des cous usagés de retraités oisifs et en quête de sensations : un effet à peu près identique à celui que produisent les amoureux de Brassens quand ils se bécotent sur les bancs publics. Donc pas de massacre, juste quelques regards de travers.

Dans cet environnement jeune, estudiantin et associatif où nous évoluions, nous n'étions pas perçus comme des iconoclastes ou des provocateurs. Ce n'était pas la bohème et Montmartre. Nous pouvions écouter Joe Cocker ou Bob Dylan sans être des babas cool, sans rêver de séjour à Katmandou. Nous voulions un monde d'amour et de paix, mais nous ne fantasmions pas sur Woodstock et nous ne passions pas le plus clair de nos soirées dans les ambiances psychédéliques d'une arrière-salle enfumée. Anne-Marie et moi, nous ne fumions ni le licite ni l'interdit. Nous étions juste deux jeunes gens qui s'aimaient.

Personne parmi nos amis n'avait trouvé utile de me rassurer. Personne ne m'avait dit qu'il n'y avait pas le feu au lac, que je ne posais pas de problème, que je n'étais que trop bronzé, que les bronzés pouvaient passer le bac, qu'un Noir n'était pas qu'un Blanc de cirque, que c'était le soleil qui m'avait brûlé, que je restais néanmoins un homme pareil aux autres, toutes ces billevesées et autres niaiseries qui se seraient voulues apaisantes. Dans l'autre sens, personne ne m'avait craché au visage que chez Debussy, deux noires valent une blanche, que j'étais le chaînon manquant de l'humanité, que Mamadou faisait pitié dans les rues de Paris. Tous avaient remarqué que j'étais un garçon, que je ne pouvais donc pas être la *Lily* de Pierre Perret, quelque sympathique qu'elle fût, et que je ne me nommais pas Mamadou, mais Kofi.

Anne-Marie avait perdu ses parents dans un accident de voiture alors qu'elle était encore une adolescente au lycée. Peut-être la différence générationnelle les aurait-elle conduits à des sentiments plus racialistes. Par contre, ses frères et sœurs avaient globalement réagi comme les autres jeunes. Néanmoins, j'allais vite le comprendre, une union avec Anne-Marie pouvait encore soulever quelques questionnements, poser quelques menus problèmes. Mais il fallait savoir lire entre les lignes, mettre les bonnes ponctuations et surtout là où il fallait.

– Tu comptes t'installer en France !

C'est ce que m'avait dit sa sœur qui nous avait invités à dîner quand Anne-Marie leur avait parlé de moi. Ce n'était pas du tout une question. Il fallait donc éviter d'y chercher un point d'interrogation. C'était une affirmation claire, légèrement exclamative, pour souligner l'évidence du propos. C'est donc un demi-point d'exclamation qui s'imposait.

– Pour être franc, je ne me suis pas posé cette question… Pas encore, avais-je ajouté, après les trois points de suspension qui ne vous auront pas échappé et qui matérialisent un court silence qui aurait pu être interprété comme une hésitation.

La sœur d'Anne-Marie lui avait coulé un regard en biais.

– J'aime beaucoup la France… avais-je cru nécessaire d'ajouter.

Là encore, une oreille avertie aurait pu déceler des points de suspension. L'oreille du beau-frère d'Anne-Marie appartenait indubitablement à cette catégorie.

– Mais c'est vrai que l'on est bien chez soi…

La chose n'était pas aussi évidente puisque lui aussi avait eu recours aux trois points hésitants.

« Un homme est partout chez lui dans le monde, avait lancé Anne-Marie avec une pointe d'agacement aussi effilée et aromatisée qu'un clou de girofle.

– Ne t'énerve pas, Anne-Marie. Mon mari n'a pas tort. Moi, quand je vais à Toulon, je me sens un peu perdue. »

La sœur d'Anne-Marie n'avait jamais été à Toulon, mais elle avait perçu le parfum tenace de l'agacement piquant et avait volé au secours de son mari.

« Je le comprends très bien, même si je sais que tu n'es jamais allée à Toulon, avait répliqué Anne-Marie. Et même si tu allais à Toulon, tu saurais que c'est pour un temps précis. Mais si pour une raison ou pour une autre tu devais t'y installer, et même si tu devais vivre en Inde, en Chine ou parmi les Africains, tu te sentirais mieux que dans un zoo ou sur la planète Mars. Alors, je ne pense pas que cela poserait le moindre problème à Kofi de passer le reste de sa vie ici en France, en Amérique ou en Asie.

– Est-ce que cela t'en poserait à toi de passer le reste de ta vie en Afrique ? »

C'est moi qui avais retourné la question. Anne-Marie avait accusé le coup. Venant de moi qu'elle s'acharnait à défendre, à protéger, cela sonnait un peu comme de la haute trahison, un lâchage en rase campagne, ou mieux, en plein vol sans parachute. Le regard qu'elle m'avait lancé était plus pointu qu'un simple clou de girofle. C'était une balle de revolver.

– 6 –

Le cœur chargé d'angoisses existentielles, je débarque au pays. Mon ami Mensah, qui est venu me chercher à l'aéroport, est une vieille connaissance depuis le lycée. Il passait en terminale quand je suis entré en sixième. Le lien avait été facilité par le fait que sa région d'origine était assez proche de la mienne et que nous partagions sensiblement la même langue maternelle. Il était en quelque sorte mon grand frère, comme on dit là-bas. Le hasard avait voulu qu'il aille poursuivre ses études en Bretagne où il m'avait une fois de plus précédé, puis accueilli, prodigué moult conseils et servi autant de bizutages. On a toujours besoin d'un plus petit que soi et quant à moi j'avais apprécié de trouver un plus grand que moi. Mais tout comme au lycée, nous ne passâmes pas beaucoup de temps en Bretagne ensemble. Au moment où j'arrivais, il venait de terminer ses études – un troisième cycle d'économie – et faisait ses bagages pour rentrer au pays natal et rejoindre la femme qu'il avait épousée l'été précédent et qui venait de lui offrir « le plus beau bébé de la Terre et des planètes voisines », comme il disait non sans fierté. Je me souviens encore des propos qu'il me tenait alors, peu de temps avant le grand voyage, le retour définitif.

– Petit frère, écoute-moi bien. J'ai beaucoup appris au pays des Blancs. Maintenant j'ai tout pour être heureux. J'ai la plus belle femme du pays et de ses environs. Elle vient de m'offrir le plus beau bébé de la Terre et des planètes voisines. On m'attend au pays pour diriger un grand département ministériel. J'ai vingt-sept ans, de longues et belles dents blanches et toute la vie devant moi. Tu arrives au bon moment pour prendre ma place ici.

Pendant les quelques mois que nous avons vécus ensemble en France, le jeune homme heureux trépignait d'impatience et se ruinait en frais de téléphone pour prendre, tous les soirs, des nouvelles de la plus belle femme du pays et de ses environs et du plus beau bébé de la Terre et des planètes voisines.

« Et toi, quels sont tes projets ? me demandait-il souvent.

– Eh, tu vois, moi j'arrive à peine. Comme tu le sais, j'ai commencé une classe prépa et je voudrais être plus tard ingénieur. Je pense en particulier aux Ponts et Chaussées. Qu'est-ce que tu me conseilles ?

– C'est très bien. Tu construiras les infrastructures. Le pays a besoin de nous. Nous devons chasser tous ces Blancs et prendre leur place.

– Ce sont quand même les Blancs qui nous ont formés de l'école primaire à la fin de nos études. Je pense donc que nous n'aurons pas besoin de les chasser. Ils vont nous laisser tout simplement les places pour lesquelles ils nous ont formés. C'est logique.

– En fait, c'est peut-être tout à fait logique dans ta petite tête noire de boursier de la coopération française. Mais tu vas vite comprendre que ce n'est pas aussi simple que cela, mon cher petit frère. Bon, pour le moment, je te laisse à tes illusions. Je dois aller appeler la plus belle femme du pays…

– Et de ses environs et prendre des nouvelles du plus beau bébé de la Terre et des planètes voisines.

– C'est exactement ça. Tu retiens vite. Est-ce qu'on t'a déjà dit que tu iras loin ? »

Il esquissait un pas de claquettes à la Yves Montand ou était-ce plutôt du Fred Astaire, bien qu'il prétendît que c'était du Sammy Davis Jr, me saluait avec sa casquette et s'en allait, revenait à la charge le lendemain, sur les mêmes thèmes, comme tous les gens heureux qui ne se rendent pas compte qu'ils peuvent être répétitifs et ennuyeux.

– Tout est à construire, chez nous. On nous attend. Ma villa est déjà prête, ma voiture aussi. Mon salaire est confortable. Notre ambassade à Paris m'a alloué une belle somme pour les frais de déménagement et d'installation et un conteneur pour que je fasse partir tout cela au pays. Nous sommes les nouveaux Blancs.

Nous sommes les nouveaux Blancs… Cette phrase qu'il répétait souvent m'interpellait. Je comprenais sa double fierté d'avoir été à l'école et de pouvoir apporter à son pays les compétences qu'il avait acquises. Mais était-ce bien nécessaire de toujours penser en termes de Blanc, par opposition ou par comparaison au Noir ! Nous étions les nouveaux Blancs. Nous devions chasser le Blanc, prendre sa place et lui montrer de quoi nous étions capables. Je ne comprenais pas les raisons de cet enfermement idéologique. Voulait-il faire pour son pays, ou faire contre les Blancs ?

« Dès que j'arrive, je prends mon poste. Ensuite je me lance en politique. J'ai vraiment envie de participer au développement du pays.

– En devenant un nouveau Blanc.

– Eh oui monsieur. Pourquoi pas ? Laisse-moi te dire une bonne chose. Je ne fais pas partie de cette race qui se veut révolutionnaire, parle de communisme, de marxisme-léninisme et de maoïsme, chante *L'Internationale* à matines, nones et vêpres, vous dit que tout le monde doit vivre pareil. Non ! Je suis libéral. Je sais, c'est rare dans le milieu africain où tout le monde se pique de socialisme. On a vu les premières expériences. Pas fameux. Tout le monde en sera guéri un jour. Parce que nous avons été colonisés par les Occidentaux, le salut serait à l'Est. Non ! Quand je dis que je veux vivre comme un Blanc, c'est parce que je le mérite. C'est parce que j'ai le même savoir qu'eux, parce que s'ils ont trouvé de l'argent en Afrique pour avoir de belles villas et de belles voitures, j'ai été à la même école qu'eux et je peux donc comme eux gagner le même argent pour avoir une belle villa et une grosse voiture. Et c'est d'ailleurs cet argent qui te permettra de bâtir tes ponts et tes chaussées. Sacré veinard ! Que ferais-tu sans moi ! »

Il avait parlé avec passion. J'émis quand même une réserve.

– Le problème c'est que j'en ai entendu qui disaient que les quelques centaines de Blancs qui vivaient au pays prenaient tout, et que c'est pour cela que les millions de gens qui composent le peuple n'avaient pas assez pour vivre décemment. Ce qui veut donc dire que toi aussi, tu vas entrer dans la danse et priver le peuple.

Il eut l'air embarrassé. Je dois avouer que j'appréciais sa franchise. J'avais tellement soupé de ce discours généreux des étudiants qui voulaient aller sauver l'Afrique que d'entendre celui-là dire qu'il allait chercher son bonheur me rassurait un peu.

– On peut bien faire le bonheur du peuple sans se priver soi-même. Nous n'oublierons pas que ce sont nos frères, là où le Blanc les voyait comme des outils. Je vais me lancer dans la politique. Ce sera ma façon de participer à l'éducation des masses. Après, chacun se débrouille. Comme disent les commerçants du pays, « chacun s'assoit et Dieu te pousse ».

*
**

Il s'en était allé, athlétique, vers le bonheur individuel et la politique pour former le peuple. Je le retrouvais, empâté, qui m'attendait à l'aéroport où notre avion avait atterri vers six heures. J'eus de la peine à reconnaître l'homme qui m'interpellait dans la salle des bagages. Il portait un immense boubou richement décoré, une chéchia du même tissu et avait coincé une pipe recourbée, éteinte et vide, entre les dents qu'il laissait apparaître en un sourire carnassier et néanmoins de bienvenue. Il suintait le bonheur de vivre et l'arrogance tropicaux et tapageurs, comme je ne les avais remarqués chez aucun Blanc de mon enfance. Après quatre ans de vie sous les tropiques en cette fin de première décennie des indépendances, le bel athlète de plus de cent quatre-vingts centimètres tout en muscles que j'avais connu s'était transformé en Bibendum au milieu d'un peuple globalement rachitique. Il m'embrassa avec des effusions surfaites, puis se tourna vers une rangée d'adolescents qui attendaient de l'autre côté de la baie vitrée. Deux accoururent. Il leur indiqua mes bagages.

« Mais non ! Laissez, je vais les prendre moi-même.

– Tututut ! fit-il. Ils sont là pour ça. C'est l'un des charmes de ce pays. Alors on ne va pas se priver, quand même ! »

Il n'avait même pas l'air cynique en disant cela.

Il parlait haut, il parlait fort, il parlait fier, il parlait gras. Les gens le reconnaissaient et il les gratifiait, selon la place qu'il devait leur accorder, d'un silence supérieur et lointain, d'une petite tape condescendante sur l'épaule, d'un sourire variable ou d'une poignée de main plus ou moins franche, accompagnée d'un « comment-allez-vous-cher-ami ». Deux fois, il s'était arrêté pour présenter au directeur de l'aéroport – un Blanc maigrichon – et au directeur des douanes – un Noir rondouillard – son jeune-frère-qui-vient-de-France, comme on exhibe une merveilleuse attraction de cirque, bête savante ou femme à barbe. Puis il se retourna et aboya un ordre aux bagagistes qui avaient commis la faute de nous attendre, ne sachant où aller. Il parlait tout le temps et achevait de m'assommer comme si les dix heures de vol de nuit n'avaient pas fait le boulot.

– Je te l'avais dit, le pays, il n'y a que ça de vrai.

Nous traversâmes la ville bringuebalante, croisant un petit peuple besogneux qui allait dans tous les sens.

– Ici rien n'a vraiment changé, remarquai-je.

Je ne savais pas quoi dire. J'étais accablé de fatigue. Alors, j'avais placé cette courte phrase dans le flot de ses paroles.

« Que si ! rétorqua-t-il. Les choses évoluent. Le pouvoir est entre nos mains. Les gens sont contents du travail que nous effectuons derrière le père de la nation. Ce qui est sûr, c'est que l'arrogance des Blancs…

– … a été remplacée par l'arrogance des Noirs et le petit peuple est content. »

Les Noirs ne sauront jamais à quel point ils ont la chance de ne pas changer de couleur au gré de leurs émotions. Mais pour qui les connaît, un uppercut comme celui que je venais de placer dans les mandibules crypto-idéologiques de mon ami pouvait produire un effet certain sur les épidermes les plus anthracites. Mensah ne s'attendait pas à cette intrusion fracassante. Avait-il imaginé que son discours pourrait me plaire ? Je ne le pense pas, puisque depuis la France, nos positions n'étaient pas les mêmes. Se serait-il contenté de mon silence pour être satisfait, ce silence que, j'en suis intimement convaincu, il attendait d'un petit frère ? Sans doute ! En réalité, il avait réussi à me réveiller et je fulminais intérieurement que mes premières heures en terre natale soient bousillées par ce discours prétentieux. Ce qui m'étonna encore plus, c'est qu'une fois sorti de sa surprise, Mensah esquissa un sourire béat et reprit comme si de rien n'était :

– Les choses changent. Ceux qui ne le pensent pas ou qui pensent qu'ils peuvent mieux faire n'ont qu'à venir ici, faire mieux que nous. C'est si facile de parler de l'étranger. Moi au moins, je reste fidèle à mon libéralisme. Tous les prétendus révolutionnaires de gauche qui hurlaient dans les amphis, il faut les voir, cher ami. Ils courent désormais vers les richesses en niquant le peuple au passage.

Nous arrivâmes chez lui vers huit heures, une superbe villa coloniale que l'État lui avait attribuée, entourée d'un magnifique jardin – plutôt un petit parc piqué de grands arbres dont beaucoup de flamboyants –, avec un couple de paons, une volière, des chiens, des domestiques partout, quelques-uns en livrée qui travaillaient dans la maison, d'autres, ceux qui travaillaient à l'extérieur, jardiniers, gardiens ou hommes à tout faire, vêtus de haillons. Tout cela, sa femme, les oiseaux, les chiens, les domestiques, faisait partie de ses biens.

On avait porté mes bagages dans la chambre qu'il m'avait réservée.

– Je dois filer, frangin. Ma femme est déjà partie en fac où elle poursuit ses études. Tu te mets à l'aise. On te prépare le petit déjeuner et après, tu te reposes. Nous revenons vers treize heures pour le déjeuner. Cela te va, comme programme ?

Il n'attendit pas ma réponse. Était-ce en souvenir du bon vieux temps, à moins qu'il n'en usât désormais pour tout le monde, en guise d'au revoir, il esquissa le pas de danse Montand-Astaire-Davis.

L'homme n'était pas désagréable. Je pense qu'il était content de me recevoir. Était-ce à cause des quelques moments que nous avions passés ensemble, de la similitude de nos parcours, ou pour me montrer l'étendue de sa réussite sociale ? Nous avions maintenu le lien depuis son retour au pays. On s'écrivait parfois et il me téléphonait souvent. Je l'avais informé de mon arrivée et il s'était gentiment proposé pour venir m'accueillir. Allais-je lui reprocher de s'être transformé en Blanc local ! Comme il aimait à le rappeler – et c'était assez rare pour être méritoire –, lui, au moins, ne s'était jamais prétendu communiste ou socialiste en réaction au colon.

– Je suis économiste et non pas révolutionnaire. Je suis au moins aussi militant qu'un autre. C'est à l'étude des différents systèmes économiques que j'ai choisi le libéralisme. En fait, je suis plus proche de la social-démocratie ou du travaillisme. Je ne crois pas au rêve de l'égalitarisme mais à la réalité de la compétition dans un système où, au départ, l'État donnera les mêmes chances à tout le monde. Je milite pour la gratuité de l'école et de la santé. On n'y est pas encore, mais cela arrivera bien tôt ou tard. Rome ou Lutèce n'ont pas été construits en un jour. *Wait and see !*

J'ai demandé à la domesticité de ne pas se faire du souci pour mon petit déjeuner. L'en-cas que j'avais pris dans l'avion me suffisait pour tenir jusqu'à midi. Après le départ de son père, j'ai voulu jouer avec le plus beau bébé de la Terre et des planètes voisines. Il n'a pas voulu, m'a regardé comme si j'étais E.T., a braillé comme un écorché vif, peut-être effrayé par mes traits tendus à cause du long et inconfortable voyage aérien. Je n'ai pas insisté. J'ai pris une douche rapide et me suis allongé sur mon lit pour me détendre. Le sommeil m'a pris et j'ai rêvé d'Anne-Marie.

*
**

La plus belle femme du pays et des environs est rentrée à la maison avant son mari. Elle était très belle en effet. Quant au fait qu'elle soit la plus belle femme du pays et des environs, je dois avouer que je n'avais aucune base de comparaison. Je devais donc croire son mari sur parole.

« Vous êtes très belle, madame, et votre maison est drôlement bien tenue. Je vous en félicite.

– Merci, c'est très gentil de votre part, a-t-elle soufflé, visiblement intimidée.

– Je suis sincère. En plus, votre mari dit que vous êtes la plus belle femme du pays et des environs. Même si je n'ai pas pu comparer, je pense qu'il doit avoir raison. »

Elle a souri.

– Il dit ça. Mais cela ne l'empêche pas d'aller voir ailleurs.

Elle avait parlé avec le même ton que l'on utilise pour dire que quelqu'un qui prétend aimer la sole meunière est allé chercher de la sole braisée ou le tilapia sauce graine. Il n'y avait pas la moindre trace d'amertume ou de colère dans sa voix.

– De toute façon, ajouta-t-elle, c'est la règle ici et les jeunes filles sont tellement disponibles… Pourquoi s'en priver ?

Le soir, mon ami m'a emmené dîner en ville. Nous sommes partis sans son épouse.

« Elle ne vient pas avec nous ? lui ai-je demandé quand nous sommes entrés dans la voiture.

– Ah non ! Les femmes restent à la maison. La rue ce n'est pas bien pour elles.

– Je croyais que nous allions au restaurant.

– C'est quand même la rue. Écoute… Ici nous ne sommes pas en France où les femmes vous collent dessus comme des sangsues. Il y a une répartition naturelle des charges. Si les Blancs veulent la changer, c'est leur droit.

– Je croyais que nous étions les nouveaux Blancs. Dois-je comprendre que votre blanchiment est sélectif ?

– Je croyais ! Je croyais ! Ma parole, tu n'as que cette expression à la bouche ! Arrête donc de croire et contente-toi de vivre. Parfaitement, notre blanchiment est sélectif ! On ne va quand même pas tout prendre comme des imbéciles. Nous sommes des Blancs authentiques, pas les pseudo-Blancs qui se disent modernes. Sur certains côtés, je suis proche d'un parrain italien de Naples ou de Palerme, *porca madonna* ! Alors la mamma, elle reste à la maison. Elle s'occupe de son mari et de ses enfants. Pour d'autres, eh bien, j'accepte le progrès. La mamma, elle va au travail comme moi, pour chercher de l'argent. C'est ça la chance de nous autres Africains. On peut faire une belle synthèse de plusieurs systèmes. Je suis pour le métissage culturel. »

Quand Mensah était ainsi lancé dans ses théories sur les deux univers, il était impossible de l'arrêter. Je n'essayai donc pas de le faire.

– Je me suis converti au bouddhisme et je suis franc-maçon sans rien renier de ce que les Blancs appellent l'animisme. Rassure-toi. Quand je vais à la messe – eh oui ! je suis franc-maçon *et* catholique –, je prie avec toute ma conviction de chrétien et je prends la communion. D'ailleurs, chaque fois que je reviens en France, je fais un saut à Lourdes ou à la rue du Bac. En même temps, je ne sors jamais de chez moi sans avoir secoué les calebasses des ancêtres. Je suis diplômé d'économie. Je ne serai jamais polygame, mais comme le monsieur distingué que chante Édith Piaf et qui n'est pas un Africain, j'ai une belle femme et une belle maîtresse qui se connaissent. Que demander de plus au Bon Dieu !

Il s'était mis à chantonner *C'est un monsieur très distingué* d'Édith Piaf en battant la mesure sur son volant. Parfois, il s'accompagnait du klaxon comme d'un instrument de musique. Il chantait fort, très juste et gai. Sa bonne humeur était communicative et la nuit était belle. Je me sentis soudain très bien à entendre du Piaf sous les tropiques et me surpris à l'accompagner dans sa chanson.

C'est un monsieur très distingué.
C'est un monsieur qui est marié.
Ses enfants seront bien él'vés.
Sa femme est née dans le grand monde.
C'est un monsieur très demandé.
Tous les gens l'écoutent parler.
Il est de la haute société.
C'est c'qu'on appell' un homme du monde.
Il a aussi un petit chien.
On dit qu'il fait beaucoup de bien.
Sa femme, moi et puis le chien,
Nous faisons partie de ses biens.

Il en connaissait les paroles à la perfection. À ce niveau de la chanson qui est comme un hymne au *deuxième bureau* – à la maîtresse, si vous préférez –, nous sommes arrivés dans une espèce de cabaret restaurant fait de boukarous. Plusieurs de ces sortes de kiosques formaient des compartiments privés collés les uns aux autres. Ces compartiments étaient séparés par des murets d'environ un mètre de haut d'où émergeaient comme des boules mouvantes, des têtes de dîneurs, hommes et femmes. Nous nous sommes arrêtés à plusieurs tables pour saluer les connaissances de mon ami, des jeunes couples visiblement aisés. Il me présentait brièvement, échangeait quelques banalités et nous poursuivions notre chemin. Nous nous sommes rendus à une table qui était déjà occupée par deux jeunes femmes. Il s'est penché, a embrassé l'une d'elles sur les lèvres et l'autre sur les joues, et m'a invité à prendre place.

« Je te présente Mireille, ma petite chérie, et sa copine Anna. Je leur ai dit que tu venais en vacances. Elles tenaient à te dire bonsoir.

– Je suis enchanté. »

L'endroit était agréable. Sur le podium, une espèce de kiosque à musique, une chanteuse anonyme massacrait sans vergogne et sans discrimination aucune les paroles d'Édith Piaf – comme par hasard, mais était-ce un hasard, il s'agissait de la chanson chère à mon pote – et de Diana Ross. Elle avait cependant une voix d'ange. Le pianiste s'en tirait très bien et la musique était en sourdine. Avec la lumière tamisée, il se dégageait de l'ensemble comme une sensation de paix et de bien-être. Le cabaret *Coin de paradis* n'avait pas usurpé son nom. Dans notre petit carré privé de ce paradis à quatre, mon ami poursuivait les présentations. Il expliquait aux filles comment nous nous étions connus quand il terminait le lycée et que moi j'entrais en sixième, comment nous nous étions retrouvés en Bretagne et le lien que nous avions entretenu depuis cette époque. Puis il est passé aux choses sérieuses.

– Mireille voulait te présenter son amie Anna. Elles sont toutes les deux étudiantes à l'université. Comment tu la trouves ?

J'esquissai un sourire. L'arrivée opportune d'une servante en blouse blanche immaculée m'a permis d'avoir un peu de répit avant d'affronter la question qui m'était posée. Je me demandais ce qu'il convenait de répondre. Je ne voulais pas être un goujat, mais je ne voulais pas entrer dans le jeu dont je comprenais très bien le but. Anna était charmante et sûrement pleine d'avenir. Les étudiantes étaient encore peu nombreuses dans le pays. Elles demeuraient donc un parti enviable et les prétendants pour une relation plus ou moins longue ne devaient pas manquer. Je savais que mon statut de migrant m'assurait une valeur ajoutée inestimable dans le *mercato* conjugal. Mais il y avait Anne-Marie. En plus, cette manière de me faire une offre de fiançailles, à peine arrivé, était plutôt brutale. Mais les serveuses de cabaret, c'est comme tout le reste. Elles finissent par vous lâcher. Celle qui me servait d'écran a pris nos commandes et s'en est allée vers d'autres aventures.

« Comment tu la trouves ? reprit mon ami.

– Comme certainement tout le monde. Elle est charmante.

– Qui te parle de tout le monde ? s'est-il écrié, avec dans la voix un agacement à moitié feint. Tout le monde, on s'en tape. On parle de toi. »

Mensah avait acquis de l'autorité et l'on comprenait qu'il ne supportait plus la contradiction. Je n'avais aucune envie de le contredire.

« Je lui passe la bague au doigt ce soir si tu déniches une mairie ouverte.

– Cela suffira si tu lui laisses une bague de fiançailles – je suis prêt à te l'offrir – et que tu te présentes à ses parents avant de rentrer en France. C'est ce que j'ai fait, il y a cinq ans. Et si je me suis décarcassé pour toi, j'espère bien que tu ne vas pas me décevoir. On a besoin de toi ici, mon vieux. »

J'ai continué à faire l'idiot. J'avais choisi le parti d'être drôle. Il avait choisi de rester sur son idée fixe d'entremetteur accrocheur. Nous avons joué à ce jeu un court instant, puis je me suis tourné vers Anna.

« Qu'est-ce que tu fais comme études ?

– Je suis en licence de sciences économiques. »

Ma question était banale et sans arrière-pensée. Mais Anna ne l'entendit pas de cette oreille et la prit plutôt comme une marque d'intérêt. Dès cet instant, elle se fit prévenante, remplissant mon verre malgré mes protestations chaque fois qu'il se vidait, puis petit à petit, s'autorisa des incursions dans ma vie privée.

« Comment va ta fiancée ?

– Comment sais-tu que j'en ai une ? »

J'avais été tenté de lui dire qu'elle allait bien. Je ne sais pas quel effet cela aurait eu sur elle et sur Mensah. La soirée n'était pas désagréable et je sentais que je commençais à me piquer à ce que pour ma part, je considérais comme un jeu, un léger badinage sans conséquence. Je savais bien que le trio pensait autre chose. J'essayais de m'imaginer quel marché avait été conclu entre mon ami et la jeune femme. Mais cela n'avait pas d'importance. En fait il n'y avait pas de marché. Il y avait juste une pratique vieille comme le monde, une pratique que l'on retrouvait dans toutes les civilisations. Les gens essayent de se coopter dans des groupes sociaux. Mensah voulait être mon guide dans cette classe moyenne locale naissante. J'aurais juré qu'après m'avoir marié à Anna, il m'aurait proposé d'être mon parrain pour l'entrée en franc-maçonnerie, peut-être aussi en bouddhisme. Il aurait poursuivi avec les services de son sorcier préféré et l'accès à d'autres cercles plus ou moins traditionnels, plus ou moins importés, plus ou moins fermés, plus ou moins glauques, ces cercles où, semble-t-il, tout se décidait.

Anna avait des préoccupations moins aériennes. Elle me tira de mes rêveries.

« Nos frères, quand ils vont en France, il faut qu'ils ramènent une Blanche.

– Ce n'est visiblement pas le cas pour tout le monde, ai-je murmuré en montrant mon ami du nez.

– Il n'y a pas de règle sans exception.

– Bon OK ! Je vais essayer de te satisfaire et la prochaine fois que je reviens, ce sera au bras d'une Blanche, une vraie, une blonde aux yeux bleus. »

Ma réponse perfide avait fait mouche. Anna accusa le coup par une de ces moues un peu ridicules qu'adoptent les gamines que l'on a contrariées en leur retirant un cadeau qu'elles prétendaient ne pas aimer, pour des raisons de surenchère. Mireille dut voler au secours de son amie qui, assommée par ma réponse, voyait déjà son possible fiancé s'envoler au bras d'une blonde.

– Elle n'a pas dit que tu devais aller chercher une femme, blanche ou noire, puisqu'elle est là, prête pour toi.

Mireille avait réussi à faire passer le message de mes fiançailles avec une clarté de Voie lactée. Maintenant, je ne pouvais plus prétendre ne pas savoir. Du haut de son expérience, mon ami se devait de faire la lumière sur ce débat à propos des épousailles « dominos ».

– C'est vrai que certains de nos frères épousent des femmes blanches par complexe, par intérêt, ou le plus souvent pour les deux motifs. Ils se disent qu'avec une Blanche, ils ont leurs entrées dans les cercles blancs du pays, diplomatiques et économiques. Et ce n'est pas faux, il faut bien le reconnaître. Mais ces alliances complexées et intéressées finissent souvent mal et la femme repart dans son pays, amère. Le signe d'un amour sincère, si un de nos frères épouse une Blanche, c'est quand il accepte de vivre en France, parce qu'il sait que, quelle que soit sa bonne volonté, son épouse aura toutes les difficultés à trouver sa place ici. Il accepte alors de lâcher tous les avantages que le pays peut lui accorder.

Un ange passa, triste, et qui avait étrangement les traits d'Anne-Marie. Ce que disait mon ami m'intéressait. Je ne voulais pas nier les différences culturelles entre l'Occident et l'Afrique en général, mais je n'estimais pas nécessaire de les exagérer.

– Du point de vue bassement matériel, répliquai-je, nos pays offrent suffisamment de commodités pour que les Blancs ne ressentent plus le besoin de porter le casque colonial. Il y a des logements de qualité, des magasins bien garnis, des loisirs et des structures éducatives. Les expatriés en tout genre et de très haut rang social – cadres, officiers de l'armée, diplomates, professeurs d'université – y trouvent leur compte. Nous sommes chrétiens. Nous avons vécu dans leur pays. Nous connaissons leur culture. Nous pouvons disposer des moyens qui permettent de faire vivre décemment une famille domino moderne. Où est donc le problème ?

J'avais exprimé mon opinion dans un silence de cathédrale. Mireille et Anna savaient qu'elles n'avaient pas voix au chapitre et plutôt que de se perdre en péroraisons, elles avaient prouvé leur qualité d'étudiantes sages, en écoutant religieusement. Pour une fois, Mensah avait réussi à laisser quelqu'un d'autre développer une théorie. Mais il s'empressa de reprendre la parole.

– Mon jeune ami, il y a la culture livresque que nous acquérons à l'école du Blanc. Je suis économiste, tu es mathématicien. Il y a même un modernisme désormais universel qui nous permet d'évoluer avec tous les biens dont nos pères et nos ancêtres ne soupçonnaient même pas l'existence. Ces outils sont les mêmes dans le monde entier et, sur ce point, nous sommes certainement plus proches de nos camarades de classe européens que de nos propres parents restés dans nos villages. Mais ce n'est pas tout. Il y a quelque chose d'immatériel dans nos pays, comme une espèce d'arme bactériologique qui nous transforme petit à petit quand nous rentrons. Et ça, je ne peux pas te le décrire. Soudain, tu es happé par une autre réalité, presque mystique, qui cohabite avec l'être visible que tu es, cet être qui porte un costume anglais et des chaussures italiennes, conduit une voiture allemande, dirige un service, enseigne les mathématiques aux élèves et aux étudiants, et écoute Radio France Internationale, la Voix de l'Amérique ou la BBC. Mais à tout ce bel attelage, n'oublie jamais d'ajouter ceci, qui est de première importance : tes parents et relations qui vivent à des années-lumière de ton nouvel univers ne comprendront pas le besoin d'intimité et la conception de la famille que ton épouse européenne attend de toi et cherche à imposer aux autres. Elle a épousé un homme, pas un clan et, dans sa conception, les neveux ne sont pas des fils. Elle a raison car c'est ainsi que cela se passe dans son univers à elle. Va donc dire cela à ta mère. Et il y a encore bien d'autres choses…

Ces autres choses, il n'avait pas besoin de les décrire. Il voulut néanmoins être un peu plus explicite, comme si c'était nécessaire, et caressa la joue de Mireille avec un sourire d'une béatitude extrême. Moi, je pris une chiquenaude de l'ange triste, portrait d'Anne-Marie, qui nous survola toute la soirée, me reprochant je ne sais quoi. Elle voulait sans aucun doute m'expliquer qu'en effet, elle n'accepterait pas « les autres choses » et que si j'étais intéressé par ces en-cas, je pouvais tout aussi bien en faire le plat de résistance. Les filles me regardaient à la dérobée. Elles avaient dû entendre le battement furieux des ailes d'Anne-Marie. Mon ami aussi s'est senti comme obligé de nuancer ses propos avec une ouverture.

– Je sais que les mentalités vont encore évoluer et que ce sera sans doute différent avec nos enfants. Mais en attendant…

*
**

J'étais revenu au pays pour faire de la prospection, car je ressentais une forte envie de m'y installer assez rapidement. Et dans ce plan, il y avait Anne-Marie. Les choses n'étaient certes pas clairement définies entre nous. Mais la suite logique de notre histoire, comme toutes les histoires sages, était un mariage et des enfants, pas une équipe de football ou de basket, mais une petite paire mixte était envisageable. Je n'imaginais pas la vie sans elle et je m'imaginais la vie au pays.

Le repas s'est terminé dans des papotages moins intimistes et moins ethnologiques. Tout le monde avait compris que cette bataille ne se gagnerait pas en une soirée au restaurant. Tout le monde avait compris que j'avais quelque chose sur le cœur, qui pouvait très bien avoir les cheveux blonds et les yeux bleus. Que la mienne soit brune n'y changeait strictement rien.

– 7 –

Le lendemain, nous avons pris la route. Mon ami Mensah était accompagné de Mireille avec qui, m'a-t-il appris, il passait presque tous ses week-ends. J'avais décliné l'offre qu'il m'avait faite de partir avec Anna. C'était un vendredi après-midi. Nous allions faire escale pour la nuit dans la ville où j'avais suivi ma scolarité primaire. Puis samedi matin, nous continuerions vers nos villages qui étaient assez voisins l'un de l'autre. J'avais sollicité l'étape intermédiaire pour rendre visite à Mademoiselle. Nous y sommes arrivés à la tombée de la nuit. Mon ami m'a déposé et ne s'est pas attardé. Dans la répartition du temps entre ses femmes, Mireille était déjà lésée, alors il n'était pas question qu'ils perdissent une seconde en salamalecs envers une vieille institutrice de cours préparatoire à la retraite.

*
**

Mademoiselle était toujours aussi belle et aussi altière. Elle m'a embrassé avec effusion et une joie non feinte.

« Mets-toi de côté, que je regarde mon petit Blanc. Mes yeux ne sont plus si bons qu'autrefois.

– Pourquoi faut-il que je sois un petit Blanc, Mademoiselle ?

– Mais parce que tu es un petit Blanc ! C'est comme ça et tu ne peux rien y changer. OK, si tu veux, je peux t'appeler mon grand Blanc. Tu n'es plus petit en effet. »

Nous avons ri.

« Entre, ton dîner t'attend ! Je suis tellement contente de te revoir. Cela fait combien d'années que tu es parti ?

– Quatre ans.

– Quatre ans déjà ! Une éternité ! Qu'est-ce que le temps passe vite !

– En tout cas, il n'a aucune emprise sur vous, Mademoiselle.

– Quand je te disais que tu es devenu un petit – pardon – un grand Blanc ! Tu as déjà entendu un Noir mentir avec autant de sérénité à une vieille femme ? Mais cela me fait plaisir que mon plus brillant élève de CP me fasse des compliments plus de quinze ans après son passage dans ma classe. Ah, il est si loin le temps où tu étais amoureux de moi ! Au fait, est-ce que tu l'es toujours ? Est-ce que tu m'as remplacée là-bas ou bien est-ce que l'on t'a déjà proposé des fiancées depuis que tu es arrivé hier ?

Ici, ça va très vite, surtout quand on a tous les atouts que tu as, beau, jeune, blanc, instruit. »

Une fois de plus, je me rendais compte à quel point c'était une chance pour les Noirs de ne pas changer de couleur tout le temps.

« Vous… Vous saviez ?

– Quoi ? Que tu étais amoureux de moi ? Bien sûr ! Les meilleurs élèves sont toujours amoureux de leur maîtresse. Pourquoi crois-tu qu'ils se battent comme ils le font pour être tout le temps en haut du tableau ! »

Mademoiselle voulait tout savoir de moi, de ma vie, des difficultés que j'avais rencontrées, des solutions que j'avais appliquées, des progrès que j'avais réalisés. Elle ponctuait chaque étape de mon parcours que je lui racontais par un vibrant « extraordinaire ». Quand je lui ai parlé d'Anne-Marie, elle reprit la parole.

« Tu te souviens que j'avais commencé à te raconter ma vie, mon couple, mes enfants.

– Oui, je n'ai jamais oublié. C'est le fameux jour où j'ai avalé mon sirop de grenadine d'un trait, en pensant que c'était un vermifuge. »

Nous avons beaucoup ri de ce souvenir.

« J'ai connu une vie pleine de rebondissements. J'étais une adolescente, pas différente des autres filles du village, quand un jeune ingénieur blanc qui s'était installé dans notre canton est tombé follement amoureux de moi. Si je m'attendais à cela ! Certes, j'étais la fille du chef, mais je ne sais pas si cela a eu une quelconque importance. C'était drôle. Le destin frappe à certaines portes d'une manière inattendue. Je ne parlais pas un mot de français et n'avais aucune chance de l'apprendre assez vite pour le satisfaire et tenir une conversation. Alors, c'est lui qui s'est mis à ma langue maternelle. Puis il m'a envoyée en ville chez les pères et les religieuses afin que l'on me forme à ma future vie d'épouse. Un an après, il terminait sa mission en brousse et regagnait la ville. Entre-temps, j'avais fait d'énormes progrès aussi bien en français que dans les apprentissages de la tenue d'une maison de Blancs. Je savais faire leur cuisine, la couture, la broderie, le repassage. J'avais suivi le catéchisme et reçu le baptême. Bref, j'étais bonne pour le mariage. Il a fait ce qu'il fallait auprès de mes parents et nous nous sommes mariés.

– Un mariage mixte, ce n'était pas banal à l'époque ! »

Mademoiselle disait avoir quand même été très heureuse.

« Tu as raison. Nous formions le seul couple mixte de la ville. Et si un mariage mixte n'était pas banal à l'époque, les problèmes les plus graves ne venaient peut-être pas du côté où on les aurait attendus. Quand nous nous sommes installés ensemble, mon mari et moi, mes domestiques africains avaient de la peine à m'obéir. Je souffrais de deux handicaps majeurs. J'étais plus jeune qu'eux et surtout, j'étais noire. Ajoute à cela le fait que j'étais une femme. Notre cuisinier n'a pas pu le supporter et il a démissionné. La femme de ménage a commencé à tourner ostensiblement et vulgairement autour de mon mari.

S'il m'avait aimée, qu'est-ce que j'avais plus qu'une autre ! Une Négresse vaut bien une autre Négresse, n'est-ce pas ? Dans la rue, je faisais envie. J'étais la femme du Blanc.

– Et du côté des Blancs !

– Tu as raison de poser la question. Mais c'était plus subtil. Certains m'ignoraient purement et simplement. Même quand nous les invitions à la maison, ils ne me parlaient presque jamais. Je n'appartenais pas à leur monde. Alors Jean-Yves – c'était le nom de mon mari – a arrêté de les inviter. “Si ma femme ne leur convient pas, eux non plus ne me conviennent pas”, a-t-il dit. Les autres se montraient corrects autant qu'on pouvait l'être dans ce genre de situation. Ses parents m'ont reçue avec courtoisie quand nous sommes allés passer nos premières vacances en France. C'est d'ailleurs là que j'ai eu mon premier enfant. »

Le repas fut excellent, un mélange réussi d'arômes français et locaux. Nous nous sommes installés dans les transats de la véranda. Mademoiselle était la personne qui me faisait franchir les étapes initiatiques. Elle m'avait appris le français. J'étais venu la voir chaque fois que j'étais passé d'un cycle de vie à un autre. Elle m'avait toujours parlé, sans jamais avoir l'air d'aborder un sujet qui me concernât. Mais ces mots avaient été comme une boussole. Ce soir à côté d'elle, plus que nulle part ailleurs, je me sentais homme, je me sentais libre. Je n'avais aucune angoisse. La veille avec mon ami et ses femmes, j'avais été tout le temps aux aguets, craignant d'être piégé par une Afrique insolite, celle que l'élite des nouveaux Blancs était en train de fabriquer. Je savais qu'au village, je retomberais dans l'agréable préhistoire, tout en ayant conscience que je n'en faisais plus partie. Même en France, j'étais encore aux aguets, considérant que mon apprentissage n'était pas achevé et qu'il ne le serait peut-être jamais aux yeux de certaines personnes. Avec Mademoiselle, je retrouvais comme un être universel qui vivait sur la Terre des hommes et y avait toute sa place. Elle poursuivit :

– Jean-Yves est rentré avant moi en Afrique. Je suis restée en France pendant un an. Il voulait que je me forme encore à mon destin de femme de la haute administration coloniale. J'ai suivi des cours spéciaux chez les religieuses. On y voyait des femmes de diplomates et autres coloniaux de haut rang. Il y avait quelques femmes noires, antillaises ou africaines. Cela m'a procuré beaucoup de fierté et j'ai pu lever la tête, prête à affronter tous les regards et toutes les circonstances de la vie. Au début de mon séjour, c'était drôle de voir tout ce monde qui défilait chez ses parents pour un prétexte ou pour un autre. Franchement, on aurait pu réaliser des affaires en faisant payer tous ceux qui voulaient voir la Négresse dans la vie de tous les jours. Bien sûr, je n'étais pas dupe. Et ils se sont vite rendu compte que je n'avais pas d'exotisme à vendre. Je n'étais pas Joséphine Baker, ni la Vénus hottentote, ni une indigène comme on les imaginait. Mais l'un dans l'autre, tout se passait bien. Mes véritables problèmes ont commencé quand mon mari est mort.

Le temps s'était écoulé. Mais l'on sentait que l'évocation de ce souvenir réveillait comme une douleur sourde, comme une blessure jamais guérie, chez mon institutrice.

– Comme beaucoup de femmes de Blancs, je ne travaillais pas. Un jour, Jean-Yves tombe malade. Malaria ! Il est immédiatement évacué en France. Il meurt à peine arrivé. En moins d'une semaine, me voilà veuve avec deux enfants en bas âge. Je n'ai même pas pu assister à son enterrement. Je t'expliquerai pourquoi.

Mademoiselle se tut un instant. Pourquoi me racontait-elle tout cela ? Pourquoi faisait-elle remonter tous ces souvenirs qui, visiblement, lui faisaient très mal ? Cette femme toujours souriante et pleine de générosité couvait un gros chagrin, mais cela ne l'empêchait pas de lire dans mes pensées.

– Pourquoi je te raconte cette histoire ? Pour que tu saches que les hommes méritent d'être connus et aimés. Sur ce point comme sur beaucoup d'autres, il n'y a ni Blanc, ni Jaune, ni Rouge, ni Noir. Il y a l'homme. Le Mal suprême n'existe pas et j'ai toujours eu l'impression que les épreuves sont mises sur notre chemin pour que les solutions se présentent à nous et que nous sachions que le Bien l'emporte toujours. Est-ce que tu comprends cela ?

Je ne savais quoi dire.

– En fait, l'important, ce n'est pas que tu le comprennes là, maintenant. L'important c'est que tu saches que c'est ainsi et que tu restes toujours optimiste. Comme j'aimerais que cela rentre vite dans ta tête, comme tu as si vite fait rentrer le français, quand tu m'es arrivé de ton village sans savoir dire bonjour.

L'évocation du souvenir de mes premiers pas d'homme préhistorique dans le monde de la modernité nous fit sourire.

– Le jour même où la nouvelle de la mort de mon mari est parvenue ici, un comité de Blancs – le chef du canton, le chef de la police et deux autres – m'a rendu visite. J'ai cru naïvement que c'était pour des condoléances officielles. Eh bien non ! Ils venaient me demander de quitter la maison, parce que le remplaçant de mon mari était en route. En fait, il n'allait arriver que six mois plus tard, mais on ne m'accordait qu'une semaine. « Si vous voulez retourner dans votre clan, ne vous faites pas du souci, nous mettrons un véhicule à votre disposition. » C'est la seule proposition qui m'a été faite. Je ne sais pas comment j'ai pu prononcer les mots qu'il fallait en telle circonstance. Je leur ai dit une seule chose. « Vous savez au moins que les meubles nous appartiennent ? Pardonnez ma franchise, mais je trouvais de bien mauvais goût ceux qui nous avaient été attribués et Jean-Yves était de mon avis. Nous nous sommes meublés à notre guise. Les meubles de l'administration, vous les trouverez dans la remise au fond du jardin. »

Mademoiselle parlait sans haine et sans colère. Elle était visiblement fière d'avoir été digne de ce que son époux aurait attendu d'elle.

– Ils étaient littéralement sonnés. J'ai poursuivi en leur disant que je n'avais pas besoin d'une semaine pour libérer la maison, car pour moi ce cocon qui avait abrité mon amour ne pouvait pas héberger ma solitude et que je ne pouvais pas y demeurer une pleine semaine sans mon mari. « Envoyez-moi un camion de déménagement dans deux jours. Sur ce, messieurs, pardonnez-moi de ne pouvoir vous retenir pour l'apéritif et le dîner. » Ils n'ont pas compris ce qui leur arrivait. Quant à moi, ce déménagement précipité m'a empêchée de partir en France pour les funérailles de mon époux. J'en éprouve encore une amère tristesse aujourd'hui.

» Par la suite, tout est allé très vite. Le lendemain, je suis partie voir le curé. Je lui ai raconté mon histoire. Il avait toujours été comme un ange gardien pour moi depuis le jour où mon mari m'avait confiée à son équipe. Il m'avait formée, il nous avait mariés et avait baptisé les enfants. “Écoute ma chère enfant, m'a-t-il dit. Le Ciel ne nous donne jamais des épreuves sans mettre des solutions à notre portée. Il suffit de savoir les discerner avec les yeux de la foi. Je n'ai pas besoin de réfléchir longtemps pour imaginer une solution. La dépendance du presbytère est assez confortable et elle est vide. Tu t'installes quand tu veux. Maintenant, si Madame veut bien se donner la peine de découvrir son domaine et de me faire faire le tour du propriétaire." Il avait dit cela en me tendant le bras replié en un geste galant.

Mademoiselle, que son mari avait laissée sans aucune fortune, vu son jeune âge, et dont les beaux-parents ne semblaient pas pressés de lui porter de l'aide, devait chercher un travail. C'est encore le bon curé qui a résolu le problème.

– Ma formation à la vie de la haute administration coloniale m'a été d'un immense secours. On m'a confié le cours préparatoire et la formation ménagère des filles et des femmes de la haute société locale naissante. Toujours avec l'aide du curé, j'ai entrepris avec succès les démarches nécessaires pour que mes enfants ne soient pas lésés dans leurs droits de Français. Ils ont été boursiers. Ils ont fait leur collège ici et, dès la classe de seconde, ils ont été pris en charge par l'État français. Ils ont été admis dans des internats chics en France.

La nuit était très belle. La veille, je n'y avais pas prêté attention, pris dans le tourbillon du débat existentiel que nous menions sous le boukarou du cabaret. Quand j'étais enfant, dire qu'une nuit était belle était un oxymore. La nuit, c'était alors pour nous le royaume des fantômes et autres monstres obsédés par la chair des enfants. Les lucioles étaient leurs yeux et les bruits de la nuit, leurs sarcasmes. Maintenant, je pouvais apprécier les charmes de la nuit. Le ciel était constellé d'un champ d'étoiles, qui encerclaient la lune d'une luminosité laiteuse et humide.

Les grillons chantaient de tous les côtés et de toutes leurs forces et la pelouse scintillait du feu de mille lucioles. Le pays de mon enfance revint dans mon esprit, m'éclaboussant de sa beauté simple. Au loin, on entendait les bruits de la ville nocturne en ce début de week-end. C'est à ce moment que Mademoiselle m'a posé une question qui m'a fortement surpris.

– Est-ce que tu aimes l'opéra ?

Elle ne m'a pas laissé le temps de répondre. Il était très courant, avec Mademoiselle, que les questions n'attendent pas réponse. Elle est entrée dans la maison. Peu de temps après, j'ai entendu monter dans la nuit calme une musique assez nouvelle et pourtant familière. En fait, j'avais souvent entendu, en France, des airs de ce style en fond musical dans les magasins, les restaurants, les cinémas. Dans tous les lieux de fréquentation publique, c'était comme un bruit de fond auquel personne ne prêtait attention. Dans les rares avions que j'avais empruntés, on mettait de la musique douce du compositeur Paul Mauriat, je m'en souviens encore, le seul nom que je connaisse en fait. Elle me plaisait bien, mais sans plus. Je ne l'aurais certainement pas choisie parmi d'autres, mes oreilles étant plus habituées au cha-cha-cha, à la rumba congolaise et à tous les autres rythmes français, américains ou anglais qui nous faisaient danser dans les bals de jeunes. La musique de Mademoiselle montait dans la nuit, lente, limpide.

– La *Traviata,* de Verdi. C'est un compositeur italien.

Elle s'était allongée dans son transat, les yeux fermés, sa main posée sur la mienne. Je la regardais du coin de l'œil, elle paraissait en extase, sans âge, vestale dans sa longue tunique blanche immaculée qui scintillait, comme luminescente, sous la nuit noire. Je n'osais pas bouger. La musique montait, montait, montait, parfois lente, parfois syncopée. Des phases langoureuses, mélancoliques, étaient suivies de déchaînements orageux, fougueux. Des voix étrangement belles et expressives accompagnaient la musique ; des voix d'hommes et des voix de femmes, des applaudissements de temps en temps.

Un jour, au collège, nous avions traduit une version anglaise, « *A Strauss waltz in a florentine villa* ». C'était le temps où j'avais rencontré Charles Dickens et Mister Pickwick, le temps où nous lisions *Goodbye Mister Chips* ou encore les sœurs Brontë, en essayant vaille que vaille d'apprivoiser un accent anglais des plus récalcitrants et aussi insaisissable qu'une anguille. C'était le temps des découvertes collégiennes. Une valse de Strauss dans une villa florentine, l'événement avait paru insolite, même à notre professeur. Alors, vous imaginez, un opéra de Verdi dans une maison du golfe de Guinée, même sous le charme d'une nuit étoilée ! Il avait fallu que je revienne au pays pour vivre cette sensation. Plus la musique avançait, plus elle me prenait. Je plongeais imperceptiblement dans une espèce de féerie. Mademoiselle, quant à elle, semblait complètement ailleurs. Nous sommes restés ainsi une bonne heure, mon hôtesse s'étant levée une seule fois pour retourner le disque.

– C'est aussi beau que les mélopées de nos pleureuses ou les airs des griots. C'est aussi mélodieux que les voix lointaines des pêcheurs sur la lagune. C'est aussi ensorcelant qu'un rang de percussions. Bonne nuit mon petit.

*
**

J'ai très peu dormi cette nuit-là. Nous en avions passé une bonne partie à écouter de la musique, à parler du passé, du présent et de l'avenir. Le peu de temps qui restait avant l'aube, je n'ai pas pu trouver un sommeil profond, mes pensées étant tournées vers ma famille et mon village que j'allais rejoindre le lendemain.

– 8 –

À mes yeux, mon village avait énormément évolué, mais à mes yeux seulement. Non qu'il eût changé, il avait tout simplement évolué dans ma façon de le voir. Ce que je veux dire et que je n'arrive pas à exprimer clairement parce que mes pensées s'emmêlent, c'est que ce sont mes yeux qui avaient évolué. Mon village étant resté incroyablement figé, j'avais l'impression qu'il était devenu plus petit, comme ces expositions de villages miniatures, des maquettes urbanistiques que l'on présente dans les halls des mairies, ou plutôt, les villages africains que l'on voit sur des publicités touristiques des agences de voyages pour des safaris au Kenya. Mais cette impression a été fugace, vite remplacée par celle que ma mère me faisait, elle dont j'avais l'impression qu'elle avait aussi rapetissé.

De toutes les souffrances que mon exode, mon odyssée depuis mon enfance, de toutes les souffrances que cette évolution m'a fait endurer, ce phénomène de décalage a été la plus vive. J'avais le sentiment d'avoir abandonné mon clan à un destin peu enviable alors que moi je caracolais d'expériences en expériences, toujours plus valorisantes, toujours plus grisantes les unes que les autres. J'ai passé cette première nuit avec ma mère à pleurer.

Je me rendais compte pour la première fois que ce changement avait commencé dès le jour où le père Dauphin avait posé les pieds dans mon village et les yeux sur moi, me cooptant pour l'école nouvelle. Pourquoi moi ? Dès cet instant, tout le monde s'était mis en quatre pour m'aider à accomplir mon destin. Tout le monde avait fait acte de solidarité, comme si je devais être l'ambassadeur de mon village, comme si j'allais être le symbole de notre capacité à évoluer. Pour aller à l'école, j'avais porté un beau costume kaki en laissant mes camarades avec leur petit cache-sexe.

La deuxième étape avait été l'internat. Je vivais avec les Blancs, comme un Blanc, buvant du lait blanc, mangeant du pain blanc avec du bon beurre, du poisson et de la viande à tous les repas. Je me servais d'une cuiller, d'un couteau et d'une fourchette, sans oublier la serviette de table et le verre, un vrai. J'essuyais ma bouche avant de boire. J'essuyais ma bouche après avoir bu. Parfois, j'essuyais le bord de mon verre comme le prêtre essuie le bord de son calice. Je ne posais pas les coudes sur la table et ne parlais pas la bouche pleine, je ne prenais la parole que lorsqu'il y avait colloquium. Je me développais à vue d'œil. Je suis devenu très rapidement et au sens propre, c'est-à-dire par mon physique, l'homme le plus grand de mon clan. Ensuite ce fut le lycée et enfin la bourse pour la France.

À cette époque, je ne m'apercevais pas des changements qui s'opéraient en moi. Pour dire les choses telles qu'elles sont, je m'en apercevais mais j'appréciais ces changements comme des faits positifs pour tout le clan. Chaque fois que je revenais pour les vacances, je faisais bénéficier tout le monde de mon évolution. J'apportais toujours une friandise que je partageais avec tous les gamins. J'avais d'abord introduit la grenadine dans mon village, et voir tous les enfants exhiber leur langue colorée d'une belle teinte rouge m'avait empli de fierté. Je les entraînais une année au football, l'année suivante au basket, et leur offrais chaque fois un nouveau ballon pour remplacer le précédent dont je savais avant même d'arriver au village qu'il avait rendu le souffle au contact d'une épine traîtresse. Cela suffisait à leur bonheur et au mien. Pour les adultes, au fil du temps, je suis devenu l'écrivain public et même le traducteur à mes heures. Ce qui faisait leur fierté. Puis je suis parti. Loin, très loin, trop loin pour garder le contact trimestriel ou annuel, beaucoup trop loin pour maintenir les solidarités saisonnières, bien trop loin et trop longtemps pour ne pas voir à quel point je n'étais plus un membre à part entière du groupe.

Le lendemain matin, « je me suis levé tôt pour saluer l'aurore, / mes ablutions faites et mon pagne noué, / dispos pour les travaux et pour les luttes du jour ». Cette tirade d'un poète dont j'ai oublié le nom, souvenir de mes apprentissages scolaires – je tiens à le signaler avant qu'un lecteur averti ne crie au plagiat –, correspond exactement à mes gestes et à mes états d'âme du lendemain de mon retour au village. Je fus le premier aux champs, comme pour rattraper le temps perdu. Parade grotesque, mission impossible. Personne n'attendait plus cela de moi. J'étais le seul à jouer de cette sensiblerie mièvre qui me rendait ridicule et faisait que tout le monde guettait mon premier faux pas qui allait confirmer ma déconnexion des réalités locales. Cette sensiblerie qu'affectent les êtres, quand ils se croient supérieurs !

Dans son livre intitulé *Les Damnés de la Terre*, Frantz Fanon a écrit des mots d'anthologie sur ces étudiants noirs qui rentrent d'Europe et se mettent à mimer l'exotisme : « Lorsque (…) l'intellectuel décide de retrouver le chemin de la quotidienneté, il ne ramène de son aventure que des formules terriblement inféconds. Il privilégie les coutumes, les traditions, les modes d'apparaître et sa quête forcée, douloureuse, ne fait qu'évoquer une banale recherche d'exotisme. (…) Le boubou est sacralisé, les chaussures parisiennes ou italiennes délaissées au profit des babouches. Retrouver son peuple c'est parfois dans cette période vouloir être nègre, un chien de Nègre tel que le veut le Blanc. » Oui, Fanon avait raison et comme j'avais encore cette citation toute fraîche d'une récente lecture, j'essayai de ne pas être un chien de Nègre, de redevenir normal. La chose n'était pas aisée.

Pourtant je ne fis pas de faux pas. Je fus même excellent, ce qui fit le bonheur de mes pairs, autant que mes maladresses l'auraient fait. Ils m'aimaient, un point c'est tout. Ils ne me tendaient pas de pièges, ni ne me jugeaient. Je resterais toujours l'un des leurs, malgré les changements, avec les changements qui n'angoissaient que moi. J'admirai leur grandeur, leur générosité, et me sentis bien petit avec mes états d'âme.

Après cette première semaine passée au village à travailler dans les champs et à rendre visite à tous ceux qui le méritaient – le crocodile en tête –, à collectionner des fiancées villageoises dont la plus précieuse des dots qu'on me promettait était leur indéfectible soumission, je repartis pour la ville. Pendant les deux mois de vacances, je fus très mobile, restant souvent en ville la semaine, mais revenant au village au moins tous les week-ends. Je n'avais pas oublié mon désir de rentrer m'installer au pays. Le temps passait. J'observais la société. Je participais aux débats que nous avions presque tous les soirs au domicile de mon ami Mensah, à celui d'une de ses relations qui voulait m'inviter par amitié ou pour me montrer l'étendue de sa réussite, ou dans un maquis. Je sentais s'éloigner inexorablement de moi cette envie de me fixer ici, car il était de plus en plus clair que je ne pouvais pas y vivre avec Anne-Marie.

*
**

Je suis rentré de mon pays natal avec une belle moisson de fiancées potentielles, de problèmes insolubles, avec le triste constat que Cheikh Hamidou Kane avait raison de penser que l'aventure des nouvelles nations africaines était ambiguë.

III

VENDREDI LIBÉRATEUR

– 9 –

« J'arrive ! » Ainsi avais-je répondu à Anne-Marie qui me demandait au téléphone si je pouvais rentrer assez tôt du bureau pour aller accomplir je ne sais quelle mission vitale pour le destin de l'humanité, mission qui en fait devait relever de la banalité du quotidien. Je m'en étais donc allé où le destin de l'humanité, vu par ma femme, m'appelait. Anne-Marie est ainsi faite. Il y a toujours péril en la demeure. Il faut savoir que pour elle, le destin de l'humanité pourrait dépendre de la tonte d'une haie, du rendez-vous chez le dentiste ou de l'achat de la trousse scolaire pour un enfant de maternelle. Ne dit-on pas que le battement des ailes d'un colibri ou d'un papillon peut transformer la face de la Terre ? Mais les choses ne se passent pas toujours comme on les a prévues et, heureusement, tous les battements des ailes de papillons n'ont pas changé le cours de l'humanité. Néanmoins ce jour-là, Anne-Marie elle-même ne pouvait pas savoir que cette sortie prématurée de mon bureau allait chambouler mon destin, celui de ma famille, celui de mon village de Bretagne et marquer l'histoire de France.

Dans *Le Fâcheux*, Horace raconte l'histoire d'une rencontre avec un personnage des plus rébarbatifs, la tête à claques parfaite que l'on trouve dans toutes les civilisations. *Ibam forte via sacra.* « Je flânais sur la Voie sacrée, l'esprit ailleurs comme à mon habitude. » C'est ainsi que commence le texte. Ou alors cette belle mésaventure dont Socrate aurait été victime.

Un jour, Socrate, comme Horace, marchait dans les rues d'Athènes. Soudain, il se fit arrêter par une patrouille de police. « Où allez-vous donc de ce pas, ô cher Socrate ? », lui demanda-t-on avec cet accent aujourd'hui suranné, mais si courant à cette époque, dont on n'entend plus les imitations, d'ailleurs de très mauvaise qualité, que dans les péplums ; avec ce sourire carnassier, cet air de politesse mièvre et moqueuse que depuis l'Antiquité les policiers affectent en vous abordant, le doigt sur le couvre-chef, quand ils ont la certitude absolue que vous n'échapperez pas à la contravention.

« Où allez-vous donc de ce pas, cher monsieur Socrate ? demanda la maréchaussée version antique.

– Je n'en sais rien, répondit le philosophe, plus ironique, plus maïeutique, en un mot, plus socratique que jamais. »

Le gardien de la paix, courroucé, demanda si l'on ne se moquait pas un peu de lui. Ce à quoi le grand philosophe grec répondit qu'il ne se le permettrait pas, mais maintint néanmoins qu'il ne savait pas où il allait. On l'emmena donc au poste, pour qu'il voie le chef. À la même question, fort logiquement, il servit la même réponse.

– J'ai dit à votre agent que je ne savais pas où j'allais. Comment aurais-je su en partant de chez moi que j'atterrirais ici ?

Le chef dut admettre malgré lui que Socrate avait raison. En le faisant libérer, il marmonna entre ses dents : « Je l'aurai un jour ! Je l'aurai ! Et je lui offrirai un verre pour lui apprendre à se moquer des forces de l'ordre, sous prétexte qu'il a l'intelligence d'un grand philosophe. » Il paraît que c'est ce jour-là que l'on se mit à penser à quel verre à l'effet radical on pouvait lui offrir, et cette réflexion déboucha plus tard sur la ciguë. Ce fut aussi le jour de l'invention d'une certaine théorie de la relativité : sait-on toujours où l'on va quand on s'en va ?

*
**

C'était un crépuscule d'hiver. Naïvement, je pensais rentrer directement à la maison. J'avais passé ma journée comme toutes les autres à croire naïvement que ce serait un soir comme tous les autres soirs. Les jours se suivent et se ressemblent, me disais-je alors. C'était un soir d'hiver au lieu-dit La Croix-de-Penarros, à peine à un kilomètre de mon domicile. Ce carrefour n'a aucune histoire. Pour une raison que j'ignore, aucun esprit n'y a élu domicile.

On ne le trouve dans aucun guide touristique. Il n'a jamais causé le moindre carambolage, car la visibilité est parfaite à des lieues à la ronde sur ce qu'il est convenu de considérer comme un plat pays. Imaginez donc. À ce carrefour champêtre du fin fond de la Cornouaille, trois routes venues de nulle part et qui s'en vont flânant au petit bonheur la chance, se rejoignent en une figure imparfaite comme les trois arrivées de bois du foyer à trois pierres brutes de la cuisine de ma mère. C'est là qu'un soir, rentrant de mon travail, alors que je roulais paisiblement mais fièrement dans ma Renault 5 de service – à l'époque, la R5, ce n'était pas n'importe quoi ! – j'ai trouvé deux hommes qui attendaient je ne sais quoi, assis sur leurs tracteurs, à causer de je ne sais quoi et à me barrer la route : deux attelages de guingois, antédiluviens, plus antédiluviens que l'anémélectro, tractant la ruralité figée de leurs ballots de foin et de leur bois de chauffage. Un visiteur mal renseigné ou simplement malotru aurait pu avoir l'impression que ces braves hommes et ces rustres femmes de nos villages de Bretagne n'étaient pas suffisamment entrés dans l'histoire. Il ne faut pas se fier aux apparences.

Dans toute la France, cette année-là, l'hiver était rude. Même en Bretagne. C'était au mois de janvier et, plus que jamais, les nuits furent très précoces. Personne n'en accusa pourtant les socialistes qui, deux ans plus tôt, avaient pris le pouvoir pour la première fois depuis l'avènement de la Ve République. Qui ne se souvient de ces froidures canadiennes qui avaient investi l'Hexagone au début de l'année 1983 ? Aurillac demeurait le coin le plus froid du pays. À Paris comme dans l'est de la France où il fait toujours froid et même en Bretagne où il ne fait jamais ni trop chaud ni trop froid, puisque la pluie a choisi d'y élire domicile, en ces mois d'hiver – janvier, février, mars –, les mares, les rus, les ruisseaux, les canaux et même les rivières et les fleuves étaient gelés. Les canards et les poules d'eau, les escargots, les grenouilles et les têtards se gelaient les chairs, les glaires et les sangs. Les congères essaimaient dans la nature comme de l'herbe folle. Les stalactites et les stalagmites rivalisaient à qui mieux mieux avec les colonnes bicolores qu'un sculpteur génial – de ce génie que l'on dit aérien parce que bien caché au petit peuple – nous avait imposées et qui dénaturaient une place de la capitale. Quand on lui demandait à quoi ses colonnes pouvaient bien servir, le génie répondait qu'il fallait voir son commanditaire, le ministre du Patrimoine, tout en sachant que l'homme était devenu intouchable depuis qu'il avait inventé le fil à couper l'ennui, la fête de la guinguette, les journées du patrimoine et les nuits blanches ministérielles dans les cabarets olé-olé de la capitale française et ses environs bourgeois.

Dans ces conditions de froidure extrême, de nuits précoces et de stalagmites artistiques, quand ils sortaient du travail, les humains ordinaires n'avaient qu'une envie, rentrer au plus tôt au plus chaud chez eux, même si la bourgeoise était acariâtre et les enfants merdiques, ou faire une escale dans un bistrot quand il y en avait un. Dans de telles circonstances thermiques et météorologiques, se voir barrer la route par des agriculteurs en goguette assis dans leurs chars à bœufs ne faisait pas partie des charmes qu'on avait envie d'apprécier. Pourtant ils étaient là, nos deux gaillards, campés comme des Bretons qui ont quelque chose sur le cœur.

S'il est une chose qui prouve que les Bretons, qu'ils soient du Finistère en Basse-Bretagne, sur la terre sacrée de la Cornouaille, de l'Armorique ou d'ailleurs, sont des Français comme les autres, quoi qu'on en pense à Paris et quoi qu'ils en disent eux-mêmes, c'est qu'ils font des grèves en automne exactement comme tous les Français, jamais en hiver. Certains vous diront, mais ça les regarde, que la grève n'a d'autre valeur sociale que d'être une transition douce entre le farniente de l'été offert par Léon Blum aux prolétaires, et le temps des patrons qui commence. On se jauge, on se juge, on s'ausculte, on arrête de travailler, on menace, dernier baroud d'honneur, en sachant qu'aux dernières notes d'une ultime *Internationale* vespérale vociférée place de la République ou de la Bastille, le devoir révolutionnaire accompli, l'on va s'aligner sans états d'âme, pour tout le reste de l'année, même si le pouvoir d'achat baisse et que le prix de l'essence augmente.

Ce n'est pas moi qui le dis et je n'invente rien. Je l'ai entendu de la bouche d'un authentique syndicaliste des années 1930 qui nous racontait l'histoire des premiers acquis sociaux. C'était dans le train que les Jeunesses socialistes avaient affrété en 1986. Ce train, nous l'avions baptisé « Un train nommé 36 ». C'est le projet qui avait été choisi pour la commémoration du cinquantenaire des congés payés institués par le socialiste Léon Blum, le père du Front populaire. Ce train partait de la gare de Paris-Montparnasse avec pour terminus Ouistreham, destination privilégiée des premiers congés payés. Je ne l'avais pas emprunté à Montparnasse, j'y étais monté à une étape du parcours avec mes camarades de Bretagne. Il était chargé des hordes socialistes venues de la France entière, du ban et de l'arrière-ban du parti, de ministres dont le premier de tous – il descendra en cours de route et empruntera sa voiture, qui suivait le train, pour rentrer à Paris – d'historiens et des survivants de cette époque. Et dans le train, ces témoins de la belle épopée de la naissance des congés payés nous racontaient leurs combats et leurs victoires. De leurs défaites, ils ne dirent mot. Mais quand ils marmonnaient un césarien *acriter pugnandum est* – « nous avons combattu vigoureusement » –, nous ne poussions pas l'indécence jusqu'à leur demander le résultat de ces batailles vigoureusement menées.

Or ce soir-là, au carrefour de La Croix-de-Penarros, nous n'étions pas en automne, mais bien en hiver. Il ne viendrait à l'idée d'aucun Breton, même de gauche, de faire une grève au beau milieu de cette saison. Et comme je vous l'ai dit, le temps était alors si rude que l'imprévisible Henri Krasucki, dans son époque la plus faste, n'aurait pas imaginé de menacer le pire gouvernement de droite d'une grève. De toute façon, le gouvernement était de gauche avec des ministres communistes. De toute façon, personne ne l'aurait suivi dans une grève, même perlée. Alors, pourquoi me barrait-on la route ?

*
**

Il y a des associations d'idées dont on se demande où le cerveau humain s'en va les chercher. Après celle tout à fait illogique, insolite et vite écartée d'une improbable grève hivernale, mon cerveau s'en est allé comparer ces Bretons à tous les duos du cinéma et des bandes dessinées américaines. J'ai pensé à Starsky et Hutch. Mais mes gaillards n'avaient pas l'air de se prendre pour de nouveaux chevaliers au grand cœur, même si, comme tout Breton qui se respecte, ils n'avaient peur de rien ni de personne. Ils ne correspondaient pas non plus aux duos dissemblables comme Laurel et Hardy – en plus ils ne donnaient pas l'impression de se chamailler. Rentré en Gaule, j'ai pensé à Astérix et à Obélix dont ils n'avaient pas les mensurations. C'étaient juste deux braves fermiers tout ce qu'il y a de banalement bretons bretonnants. Et les Bretons, je les connaissais bien, puisque j'en étais. En fait, toute cette gymnastique de comparaisons et d'associations d'idées n'avait qu'un seul but, m'empêcher de chercher la vraie raison de ce blocage.

Je suis arrivé à leur niveau et ai arrêté ma voiture. Le moteur de ma fougueuse R5 que j'avais surnommée Jolly Jumper, parce qu'elle connaissait le chemin de la maison et m'y ramenait comme en pilotage automatique quand j'étais très fatigué et que je somnolais au volant, a continué à tourner, manifestant ainsi notre souhait de ne pas nous éterniser en salamalecs interceltiques ou en circonlocutions gallo-romaines. La journée avait été assez belle. Le soleil déclinait du côté où l'on pouvait deviner l'océan. Les deux véhicules des champs dominaient ma petite voiture de ville et ressemblaient à deux scarabées nullement sacrés et passablement géants comme on en voit dans les films de science-fiction. Le soleil, derrière eux, leur donnait une allure des plus menaçantes et projetait leur ombre sur ma petite voiture qui en était totalement couverte. L'ombre d'un des fermiers, celui qui était dans le bon angle par rapport au soleil couchant, se profilait elle aussi à l'infini. La scène avait quelque chose de drôle, comme ces ombres chinoises de dragons à plusieurs têtes ou de sorcières au nez et aux doigts crochus, qui dans les dessins animés se détachent sur les murs et couvrent le jeune héros qui bien entendu, et pour le bonheur des enfants et des plus grands, finira par l'emporter sur la méchante créature. Avec son vrombissement calme et sournois, ma R5 semblait accepter le défi des dragons multicéphales, des sorcières cornues ou des scarabées peu sacrés, comme ces chiwawas asthmatiques qui grognent et montrent de petites dents blanches à des dobermans, à des bouledogues ou à des rottweilers grimaçants, convaincus que comme dans tous les contes pour enfants et adultes, David va triompher de Goliath, Dan va tuer le dragon, et Samba ne fera qu'une bouchée du guinarou et du caïman géant.

Les deux fermiers ne semblaient pas décidés à bouger. Je ne les connaissais pas vraiment, mais je crois que je les avais déjà aperçus ici ou là, dans ce petit pays où tout le monde voyait tout le monde. Quant à moi, je savais que la renommée de l'ingénieur des services publics, qui accessoirement était noir, avait fait le tour de la Cornouaille. Au bout d'un temps – qui m'a paru interminable – à attendre qu'ils bougent, je suis descendu de ma voiture et suis allé vers eux. Je voulais afficher ma tête la plus interrogative possible. Je ne sais pas si j'ai réussi mais ils n'avaient pas l'air de comprendre ce langage. J'ai donc dû me soumettre aux salutations d'usage. Elles ne sont pas aussi longues que celles des habitants malinkés du Sahel – j'en parle, pas pour la frime, mais parce que ce sont nos voisins dans mon pays d'origine et que nous avons souvent subi cette coutume –, qui vous interrogent sur vous, sur votre maisonnée, sur votre cheptel, bête par bête et sur vos ancêtres jusqu'à la génération qui a noué l'alliance avec leur famille. Du moins, c'est ce qui se dit. Les salutations bretonnes sont plus courtes, mais malgré tout, elles sont longues quand il fait froid. Et puis, j'ai quand même dû informer les fermiers sur l'état de santé de ma femme et de mes enfants, sans oublier mon travail. Peut-être que si j'avais eu du bétail, je ne m'en serais pas tiré aussi vite. Mais je n'avais même pas de chien. Je n'avais pas un chat. Je n'avais pas un serin. Donc, ils en vinrent au fait.

Je ne me souviens évidemment plus des mots exacts, tellement je fus surpris par ce qu'ils me demandaient. En substance, voici la teneur extrêmement condensée de notre conversation. C'est le même homme qui a parlé tout le temps.

« Tu sais que les élections municipales approchent.

– Euh, oui, ai-je balbutié, surpris.

– Il faut que tu conduises notre liste. »

Je ne savais pas si l'homme avait improvisé ou si le sujet était prévu. Je ne saurai jamais s'ils m'attendaient à ce carrefour que j'empruntais tous les jours ou s'ils étaient là par le plus pur des hasards. Depuis ce jour, je leur ai posé la question mille et une fois et mille et une fois, ils s'en sont tirés en m'offrant un énigmatique sourire en guise de réponse. « Est-ce que nous n'avions pas raison ? », ajouteront-ils après la conquête de la mairie et des autres Bastille que nous avons prises ensemble.

– Il faut que tu conduises notre liste, insiste mon interlocuteur.

Comme je ne dis rien, il s'inquiète de savoir si j'ai bien entendu.

– Quelle liste ? je lui demande.

L'interrogation n'est ni stylistique, ni anodine, ni normande. Il ne s'agit pas d'une pirouette pour gagner du temps. Moi, quand je n'ai rien à dire, je ne dis rien, je mâche du chewing-gum imaginaire ou je sifflote. Quand je demande de quelle liste il s'agit, je ne cherche pas à connaître de quel bord politique, la gauche, le centre ou la droite, serait cette liste. Je suis de gauche et je pense que cela se sait dans ce petit pays où tout le monde sait tout sur tous. Je demande « Quelle liste ? » pour la simple et bonne raison que dans notre petit village, il n'y a jamais eu deux listes aux élections municipales depuis le Déluge. Il n'en a jamais été question. Il y a une élite régnante qui se transmet le pouvoir et occupe le trône municipal depuis toujours. Comme dans tous les petits villages de ce type, on compose une liste unique, en se désolant d'ailleurs que l'on doive passer par une élection que personne n'a demandée.

– Donc c'est oui !

C'est à ce sens de la déduction logique, à cette acuité intellectuelle, à cette belle élévation du quotient intellectuel que je me sens fier de mes concitoyens et que je suis heureux d'être breton. Certaines mauvaises langues ont prétendu que si nous avions ce sens de la déduction, c'est parce que nous étions bouchés comme du cidre, ou que nous voulions agacer nos meilleurs ennemis les Normands dont le sens de la repartie énigmatique est célèbre. D'aucuns ont dit que c'étaient les effets collatéraux de cette institution bretonne qu'est le bistrot et de cette autre que l'on nomme chouchen qui se prendrait ici dès le biberon. Qu'importe la raison. Le résultat est colossal et c'est ce qui compte.

Je crois que parmi les motifs que j'ai avancés pour évincer la candidature que l'on m'imposait, j'ai dû arguer que la couleur de ma peau n'était pas très locale et que cela pourrait, in fine, être un handicap pour une éventuelle liste d'opposition. Mon interlocuteur et son complice ne m'entendaient pas. Pour eux, je disais oui !

– Oui quoi ?

Je me hasarde à poser cette question, tout en étant conscient que je vais apparaître comme le moins futé des Bretons, celui qui n'arrive pas à comprendre les choses les plus évidentes. C'est à ces moments que je crains parfois que l'on se souvienne que je ne suis arrivé qu'avec une marée noire parmi tant d'autres, et que l'on s'interroge sur ma capacité à bretonner. Mais pour le moment, mon interlocuteur se contente de suivre sa logique.

– C'est parfait.

Avec une synchronisation du geste qui cette fois m'oblige à les comparer aux *Deux flics à Miami* en train de sauter dans leur cabriolet, mes interlocuteurs sautent de leurs machines et me serrent la main à grand renfort de bourrades dans le dos et de mercis chaleureux. Ils tiennent leur champion. Puis ils s'élancent dans des explications par rapport à la nécessité de former une liste sur la commune pour faire jouer la démocratie. Ils m'apprennent que je suis le meilleur et le plus indiqué pour le job, en raison du travail d'animation sociale que j'ai réalisé depuis que je suis parmi eux.

– Tu es un meneur d'hommes, Kofi, un leader-né. Je l'ai compris dès le premier jour. Merci pour ta disponibilité dont je n'ai jamais douté.

Je viens juste de me rendre compte qu'ils m'ont tutoyé dès le début. Est-ce grave docteur ?

À quoi tient le destin d'un homme… Voilà comment débute ma carrière politique.

– 10 –

Sur le chemin qui me ramène chez moi, c'est moi qui n'en mène pas large. Comment nier que je suis saisi d'une certaine exaltation ? Une sorte d'euphorie. C'est comme si je venais de recevoir le résultat d'un concours difficile. Je suis breton ! Depuis le temps que j'attends une reconnaissance aussi magistrale ! Certes, des reconnaissances, j'en ai eu, la moindre n'étant pas qu'ils m'ont donné une de leurs filles. Je suis invité ici ou là comme tout le monde et je fais désormais partie du paysage. Mais aujourd'hui, un cap supplémentaire vient d'être franchi. Des Bretons pure souche depuis des générations viennent de m'apprendre que je suis le plus apte à attaquer et à prendre une Bastille occupée depuis toujours par une classe bretonne pur jus. Ceux qui ont occupé depuis toujours le siège de maire sont arrivés avec les conquêtes celtes, du temps des blanches glaciations du quaternaire, du moins ils en sont intimement convaincus. Moi, j'ai été rejeté sur les côtes par une marée noire récente, par le plus pur des hasards et sans coup férir. Un rebut hasardeux d'une mer souillée. Mais on ne doit jamais avoir honte de ses origines. Surtout quand personne n'accorde une importance indue à ces origines. Surtout quand on vous dit que vous êtes le meilleur, sans ajouter un autre qualificatif.

Chaque fois que l'on me désigne comme le produit de la marée noire, je bombe le torse et délivre mon sourire carnassier de la plus pure essence saurienne. Souvenir du crocodile de la mare de mon village natal. Et puis, il y a aussi des crocodiles marins. Je suis le crocodile du golfe de Guinée qui a migré sur les côtes bretonnes. C'est bien d'avoir un statut particulier. Certains sont les meilleurs tailleurs de menhirs. D'autres sont les descendants d'un célèbre bâtard de sang royal. D'autres encore ont les pieds les plus plats de la contrée. Le fou du roi n'est pas mal loti non plus. Moi, je suis l'homme de la marée noire. Mais ce qui importe, c'est que ces statuts particuliers gardent leur place, accessoire, et laissent grandir l'homme.

Maintenant, je suis le plus qualifié parmi les Bretons pour mener cette bataille. D'accord, j'en conviens le premier, notre village n'est pas le sommet du monde et je ne m'attaque pas au Minotaure. Ce n'est pas la guerre du Péloponnèse non plus, ni les travaux d'Hercule ou le combat des Titans. Parfois même, avec un petit sourire, je pense plutôt à un épisode tragi-comique de type batrachomyomachie ou *Astérix et Obélix contre les légions romaines*, quelque chose de folichon en somme. Parfois aussi je compare mon destin à celui d'Icare avec – Dieu m'en préserve – la fin que nous connaissons tous. Mais à chacun son Minotaure, à chacun son Péloponnèse, à chacun son rêve icarien.

La décision que l'on me demande de prendre n'est pas bien compliquée, puisqu'il s'agit de dire oui ou… oui. Cela ne semblait faire aucun doute ni présenter aucune difficulté aux yeux des deux camarades qui m'ont barré la route avec leurs engins. *Tu es le meilleur. En fait, tu es le seul*, m'ont-ils expliqué comme on donne un ordre. Facile ! Quand je leur ai dit que j'allais y réfléchir, ils ont encore souri. On sent bien que ce n'est pas eux qui auront à traiter l'affaire avec ma Bretonne particulière. C'est ainsi que je nomme ma femme.

Quand je leur ai dit que j'allais y réfléchir, je voulais dire que j'allais soumettre le sujet au Haut Conseil familial. Je ne sais pas si les enfants, Amina et Kwame, prendront part au vote et aux délibérations. Si oui, je gagne haut la main. Les enfants aiment bien voir leurs parents aux avant-postes, en tête de gondole. Les enfants ne savent pas que je suis noir, un argument que ne manquera pas d'utiliser mon épouse. Alors, si nos enfants sont électeurs, je gagne. Mais il en est des élections familiales comme du visionnage des films : elles sont soumises à une condition d'âge. Certains de nos scrutins familiaux sont ouverts à tous les publics. Certains sont interdits aux mineurs, d'autres au moins de douze ou de seize ans. C'est Anne-marie qui décide de la capacité des uns et des autres à être électeurs ou éligibles. Cela change à chaque élection. Et là, sa bonne foi n'est pas légendaire. Parfois même, les hommes n'ont pas le droit d'y prendre part, mais les femmes toujours, ce qui fait enrager Kwame qui crie à la dictature et à la violence faite aux hommes. Alors, sa mère lui rappelle les longues périodes de dictature des hommes et de violences faites aux femmes.

Il faudra que je dise à ma Bretonne particulière que l'on ne m'a laissé que deux réponses possibles. Oui et… oui. Et je sais que cela suffira pour que les enfants ne participent pas au vote. Et dans ce cas, quand c'est l'un qui est concerné, la voix de l'autre compte double.

Nous sommes en présence d'une affaire interdite aux moins de dix-huit ans, une affaire d'adultes, car il s'agit de m'envoyer ou non au casse-pipe orchestré par d'autres, de me laisser ou non aller me couvrir de ridicule, en affrontant une montagne à laquelle les autochtones n'osent pas faire face. Comme un ange gardien qui doit protéger une âme fragile, Anne-Marie va agir en pure Bretonne qui se respecte. Elle va agir en toute démocratie et me donner le choix comme les autres l'ont fait au carrefour de La Croix-de-Penarros. Elle va me dire : « Tu as deux réponses possibles à leur faire : non et… non. Choisis la meilleure et qu'on n'en parle plus. » Et comme si de rien n'était, elle va passer à un sujet plus important, comme le repas du soir, le rendez-vous chez le dentiste des enfants ou la taille printanière des haies.

*
**

Je rentre à la maison la tête chargée d'interrogations. Comment vais-je aborder le sujet avec mon épouse ? On a toujours tout fait ensemble. On est arrivés dans ce village par le plus pur des hasards et c'est pour être utiles que nous avons commencé à nous intéresser à la vie locale qui n'existait pas. Et c'est parce que nous avons participé à la création du lien social que des fermiers révolutionnaires pensent que je peux être le général d'une armée de sans-culottes qui irait vaincre l'aristocratie locale. Je sais ce que mon épouse va me répondre.

Je suis assis chez moi dans mon bureau, en attendant le retour d'Anne-Marie qui est encore au collège à enseigner les mathématiques à une adolescence qui, nous dit-on, écoute de moins en moins ce que disent les adultes. Je ne sais par quel bout je vais commencer pour lui raconter ce qui s'est passé sur le chemin du retour de mon travail. J'ignorais que c'est à cela que ressemble le chemin de Damas. Pour tout dire, je ne sais pas très bien, pour l'heure, de quel côté se trouve Damas. Je ne sais pas pourquoi des images de publicités me viennent à l'esprit à cet instant précis. La publicité est un art, peut-être désormais le plus téméraire, le plus créatif de l'audiovisuel. Il faut avoir le goût du risque pour accepter le défi de conquérir des espaces du cerveau humain et d'y fourrer en vingt secondes le goût du Coca-Cola, du Hollywood sans sucre ou de la Feta Salakis « *au bon lait de brebisse* ». En une année scolaire et même plus, Anne-Marie et ses collègues n'ont pas réussi à transmettre le goût des études à une bonne partie de leurs élèves. C'est pour cela que j'admire la publicité qui réussit à atteindre tout le monde, surtout ceux qui, par snobisme, prétendent le contraire et qui pourtant ne porteront jamais que des polos Lacoste, Ralph Lauren ou Old England et des trois-quarts Burberry's. C'est pour cela que je retiens les publicités que je juge les plus géniales.

Je suis assis dans mon bureau et je souris, car c'est encore ce que j'ai de mieux à faire, en attendant l'orage. Je pense à la réaction probable d'Anne-Marie et il me vient à l'esprit cette publicité qui vante les mérites d'une lessive *Tutti rikiki maousse costo* et qui met en scène un couple de chimpanzés. Ce couple est le portrait craché des relations entre les hommes et leurs épouses. Je souris de plus belle, car cette publicité est intimement liée à cet ami qui m'accueille chaque fois que je vais à Paris.

Le gars dont il est question avait gardé de nos années négro-révolutionnaires à l'université des attributs capillaires absolument anachroniques : un bouc de sage népalais de la belle ère Katmandou, des rouflaquettes et une moustache de l'époque yéyé, une coiffure afro de la grande épopée des Black Panthers et leur égérie et mascotte Angela Davis. Cette architecture capillaire lui conférait un profil des plus simiesques, car son bouc faisait immédiatement penser à celui des singes des bandes dessinées avec Tarzan, Akim ou Zembla. D'immenses lunettes noires du style *Shaft et les nuits chaudes de Harlem* venaient compléter son style des plus pittoresques.

C'était donc à la belle époque de la publicité d'une

lessive. Quand, au volant de sa voiture dans les rues de Paris, il s'arrêtait à un feu rouge, il faisait mugir son moteur pour attirer l'attention des autres automobilistes, regardait à gauche et à droite, se grattait la tête, avec les mimiques du chimpanzé de la publicité de la lessive en question – qui sont les mêmes que celles de Huggy-les-bons-tuyaux dont j'ai oublié de dire qu'il était le portrait – et s'écriait « Oh là là ! lokachilosouk ! » Les automobilistes comprenaient l'allusion à cette publicité très en vogue et partaient d'un grand éclat de rire. Galvanisé, mon pote récitait d'une tirade toute la publicité dans laquelle un singe et sa guenon parlaient une espèce d'espéranto. Jouant le mâle et la lolita, il déclamait à haute et intelligible voix :

LA GUENON : – Oh là là, lokachilosouk ! Qui va skelava ? Not bibi hein !

LE MÂLE : – Calmina, ma lovinou.

LA GUENON : – Ma so crado mulo !

LE MÂLE : – Da que Omo micro et crapoto basta fuite.

LA GUENON : – Lo tutti rikiki.

LE MÂLE : – Ma kifkif costaud.

LA GUENON : – Kifkif costaud ? ha ! Que sera sera.

Le singe devait exercer le métier de mécanicien. Il rapportait à sa femme une salopette pleine de cambouis. Alors celle-ci, comme on pouvait l'attendre d'une femelle digne de ce nom, se plaignait qu'elle n'arriverait jamais à rattraper le mal qui était fait.

Avant la chute de la tirade de mon ami, le feu était passé au vert, mais le premier rang des voitures dont nous faisions partie était écroulé de rire à cause du spectacle qu'offrait mon pote, et ne s'intéressait plus à la circulation. Ce sont les klaxons rageurs des rangs de derrière qui nous rappelaient à l'ordre et nous démarrions avec nos voisins en délire.

« Si tu n'arrêtes pas de faire le zouave, le sermonnais-je à chaque fois, moi-même riant aux larmes, tu vas causer un sacré carambolage un de ces quatre matins.

– Rassure-toi, camarade révolutionnaire, rétorquait-il, pince-sans-rire, je le fais toujours le soir. »

Puis il ajoutait, l'air faussement songeur :

– Tu sais, même chez les singes, c'est toujours le sexe faible qui parle fort. Voilà une autre lutte qu'il nous reste à gagner. Nous devons nous libérer des femmes, maintenant que nous nous sommes libérés du Blanc.

Heureusement que nos voisins automobilistes n'étaient plus là pour entendre cette belle sagesse. Mais moi je l'entendais et, en attendant dans mon bureau, je savais que cette vérité quasi biblique s'appliquait bien à mon Anne-Marie – à ce niveau, j'aurais pu tout aussi bien écrire mon âne Marie, tellement elle savait être têtue quand il le fallait. Quand j'y pense aujourd'hui !

*
**

Des publicités, j'en ai toujours une qui correspond aux situations de ma vie. Il y a cette autre qui vient éclairer ma lanterne. C'est un automobiliste qui s'en va sur une route solitaire par une nuit obscure et qui a une bien fâcheuse et bien inopportune crevaison. Ses pneumatiques sont moins performants que ceux que vante la publicité. Il ne peut pas se dépanner. Alors il essaye de rejoindre son domicile par ce qu'il croit être le plus court chemin, en coupant par les bois. Soudain, la pluie se met à tomber, une vraie averse tropicale. Les loups hurlent et surgissent de nulle part. Qu'importe leur provenance. Ils sont assez persuasifs pour lui causer la peur de sa vie et du reste du siècle. Il doit se cacher comme il peut. Quand il arrive enfin chez lui au petit matin, de la porte, il crie à sa femme : « Chérie, tu ne vas pas me croire. » Et le narrateur de conclure en voix off : « Elle ne l'a pas cru » en même temps qu'on le voit jeté dehors avec sa valise.

C'est un peu le même résultat que j'ai eu avec mon épouse, quand moi aussi je lui ai crié dès qu'elle est rentrée : « Chérie, tu ne vas pas me croire ! » Elle ne m'a pas cru. Dieu merci, je n'ai pas été jeté dehors. C'était en plein hiver et la date limite des expulsions locatives – même conjugales – et des coupures d'eau, de gaz et d'électricité était passée.

*
**

Je pense souvent aux défis qu'il m'a été donné de relever depuis que tout petit je suis parti de mon village vers la ville, l'école, le christianisme, l'Europe. Le premier de ces défis n'était pas des plus aisés. J'ai réussi à passer en quelques années du néolithique de mon village natal à la modernité occidentale de la deuxième moitié du XXe siècle. Maintenant, il m'était demandé de sortir un village français de l'ère féodale où il se maintenait, pour le propulser dans l'ère de la République. J'allais finir par me prendre pour Hercule. Si, grâce à un curé blanc, j'avais fait un bond existentiel de quelques dizaines de milliers d'années, je pouvais bien faire réussir un saut de puce existentiel de deux ou trois petits siècles aux habitants d'un village français, descendants des anciens maîtres de l'écolier africain que j'avais été ! Je devais bien cela aux compatriotes du père Dauphin. C'est ce qu'ils devaient certainement se dire, mes deux fermiers : « Les Blancs t'ont transformé, alors aide un village français à se transformer à son tour. Tu nous dois bien cela. »

Je leur devais bien cela en effet, et j'en étais conscient. Il faut savoir être reconnaissant dans la vie. L'ingratitude est le pire des défauts, défaut si grave que l'on n'a même pas pris la peine de le classer parmi les sept péchés capitaux. Oui, je leur devais bien cela, mais je ne savais absolument pas comment m'y prendre. « Pas plus que David en attaquant Goliath, pas plus que Moïse en se dressant devant le divin pharaon », me rétorquais-je. Devant l'ardeur de la mission qui m'était confiée, je me réconfortais comme je pouvais. Mais c'est aussi à cette nouvelle façon de me comparer à des personnages mythologiques et bibliques que je comprenais que ma tête commençait à enfler. Je me suis précipité dans la salle de bains pour interroger le miroir. Cela ne se voyait pas, Dieu merci. Et puis, Anne-Marie me l'aurait dit.

– 11 –

« Je te connais, Kofi. Et je savais qu'un jour tu chercherais à aller plus haut, plus loin.

– Mais je n'ai rien demandé, chérie. Je n'ai rien cherché du tout.

– Quand tu as commencé à monter des comités d'animation et des clubs en tout genre, j'ai compris que rien ne pouvait plus t'arrêter.

– Là, c'est de la mauvaise foi, Anne-Marie. Nous avons tous les deux le même souci de l'autre. Nous avons le même goût pour la convivialité. Nous avons milité ensemble depuis l'université. Nous avons mis la même énergie à aider les petits écoliers de mon pays en leur envoyant des livres. Et quand nous sommes arrivés ici, devant ce village qui hibernait depuis le Moyen Âge, nous nous sommes lancés ensemble sans que tu y trouves à redire. »

Mon allusion à la médiévalité du village a fait sourire ma femme.

– Moyen Âge ! Moyen Âge ! Est-ce que tu n'exagères pas un peu ?

Le sourire étant le signe de l'adhésion au moins partielle, je sais que j'ai fait un grand pas en avant. On ne peut pas partager un sourire de connivence sur un sujet et, la minute après, foncer tête baissée dans le bide de l'autre.

– Et voilà qu'aujourd'hui, on te lance à l'assaut de la forteresse locale. Tu l'as bien cherché.

C'est déjà cela de gagné. Je ne suis plus le seul coupable dans cette affaire. Comme toute femme qui aime, la mienne tente de relativiser mon péché, en en collant une partie à d'autres. Et si je manœuvre bien, ces autres pourraient devenir les seuls responsables de ce qui nous arrive, et moi je n'aurais plus qu'à poursuivre dans mon apostolat et me présenter contre le maire. Alors, je fonce, avec les trémolos de l'innocence, de l'altruisme, de l'abnégation.

– Soyons sérieux ! Comment aurais-je pu demander autre chose que ce que je fais déjà ? Je suis un responsable des travaux publics. À ce titre, mes concitoyens ont souvent besoin de moi pour une information, un conseil ou une solution à un problème de permis de construire ou d'une autre sorte. J'ai voulu qu'il y ait une vie sociale dans le village et nous avons fait beaucoup de choses alors que le maire n'y croyait pas. Entre mon boulot, toi ma belle enquiquineuse, les enfants et notre intégration locale, je suis un homme comblé. Comment aurais-je pu, moi le Noir et l'un des derniers venus sous ces cieux, imaginer que l'on m'attendait pour aller faire la révolution, pour aller s'attaquer à la mairie ?

En plus, je suis sincère. Anne-Marie s'est tue un instant. J'ai fait mouche. Nous sommes dans une France qui peine visiblement à intégrer ses populations venues d'ailleurs. Les enfants issus de l'immigration, surtout ces Français que l'on nomme Maghrébins, Arabes ou Beurs, commencent à gigoter dans les cités des banlieues des grandes villes, comme si on leur avait collé un costume plein d'orties. Les orties, ce sont ces dénominations de l'exclusion qu'on leur attribue. Moi, je ne suis pas né en France. J'ai débarqué dans ce pays il y a quelques années pour poursuivre mes études supérieures. Je suis naturalisé depuis peu. J'ai fondé une famille et j'ai réussi mon intégration à la vie locale. Que pourrais-je demander de plus ? Anne-Marie reprend la parole sur une tonalité diamétralement opposée à celle qu'elle avait adoptée au début de notre conversation.

– Avec ce qui nous arrive, je me rends compte à quel point les gens d'ici sont entiers, à quel point ils me sont sympathiques.

Elle a dit : « Avec ce qui nous arrive… » Je sais que la partie est gagnée. Quand elle s'associe à un projet, c'est qu'elle est partante. Elle ne me laisserait jamais m'engager tout seul, sans être à mes côtés. Je sais qu'un vote familial ne sera pas nécessaire. Je sais que je vais me coltiner la tête de liste aux prochaines municipales. Je sais que je vais me faire ratatiner par le tenant du titre. Je sais que ce n'est pas la victoire qui importe mais l'engagement, le fait d'avoir combattu. Je sais que cent pour cent des gagnants du Loto ont joué. Vu sous cet angle, je sais donc que j'ai une chance. Mais je sais que rien ne sera plus jamais comme avant. Je sais que la seule présence d'une autre liste sera déjà une victoire sans appel, une révolution gagnée, un grand bond existentiel pour la République. Anne-Marie interrompt mes chevaleresques pérégrinations mentales.

– D'un côté, je me souviens combien tu étais suspect de tout un tas de choses floues, indéfinissables, peut-être même de cannibalisme quand je t'ai présenté à mes relations. J'exagère un peu, mais je me souviens des œillades furtives, jamais assassines, qui te suivaient quand nous nous sommes installés ici. Mais ne sont-ce pas les mêmes comportements que l'on a envers les Bretons de l'autre côté de la rivière ? Je ne parle même pas de ces lointains étrangers que l'on nomme les haut Bretons, les Normands ou les Beaucerons. À la réflexion, je me dis que l'on ne te voit pas comme un Noir, qu'on t'a d'abord regardé comme un étranger. Maintenant, après tout ce que tu as fait et tout ce que tu continues à faire, tu es juste un notable local, un peu atypique non parce que noir, peut-être un peu quand même, mais surtout parce que tu es un vilain petit canard rouge, sur cette vieille terre blanche.

J'étais trop fatigué et trop ému pour comprendre la longue tirade de mon épouse. J'ai dû murmurer, « tu as sûrement raison ». À propos de ma couleur rouge, un événement qui se produira plus tard viendra confirmer à quel point Anne-Marie avait raison sur le regard que les gens portaient sur moi et sur la place qu'ils accordaient à la race. Je vous la raconte.

*
**

Ce jour-là, mes camarades étaient venus me trouver chez moi pour une réunion politique. Nous préparions des élections. Depuis les premières municipales, nous étions présents à toutes, car notre petit groupe de Gaulois surexcités avait compris que tout était possible. Je suis convaincu que certains d'entre nous, en même temps que les traités de maintien sexuel chers à Brassens, potassaient, à la chandelle, les bandes dessinées d'Astérix et Obélix, tellement ils affectaient les postures et les mimiques et usaient d'un langage semblable à ceux de nos deux preux Gaulois. Nous avions déjà bâti tant de rêves, connu tant d'aventures, engrangé tant de victoires symboliques ou effectives, que rien ne pouvait nous arrêter. Surtout, une solide amitié nous liait désormais. En regardant ce groupe, je pensais à nos aînés blancs et noirs qui avaient fait la résistance ensemble pour libérer la France de l'occupation nazie.

Pendant que nous refaisions le monde, plus que jamais persuadés qu'il avait besoin de nous, qu'il était beau, que tout le monde était gentil, le fils de l'un de mes camarades est arrivé, essoufflé. Il a bu la limonade qu'on lui a servie et s'est mis à nous raconter ce qu'il venait d'entendre.

– Je passais à côté de deux dames dans le centre de Châteaulin. À un moment, je me suis rendu compte qu'elles parlaient de Kofi. Il était question de sa couleur. Il y en a une qui a dit que Kofi était un homme bien, mais que le problème c'était sa couleur.

Le jeune homme s'est tu. Il savait quel effet ses propos allaient produire. Il a entrepris de scruter nos visages l'un après l'autre, comme s'il voulait y lire un appel au meurtre suivi d'un « bon à poursuivre ». En effet, plusieurs de mes camarades étaient devenus livides comme du papier blanc et d'autres rouges comme la crête d'un coq. Je pouvais lire le cheminement de leur pensée. Certains venaient des grandes villes où, hélas, on présentait un homme d'abord par sa couleur. « J'ai un ami noir... j'ai vu un Noir. »

Je me souvins alors de cette femme qui m'avait abordé un jour au cours d'un festival. Elle était très fière de mon parcours et si heureuse de me voir en vrai. Elle voulait aussi témoigner comme pour dire que la France n'était pas raciste, ce que je ne savais que trop. Les difficultés d'intégration sont conjoncturelles et je reste convaincu que la vraie France, celle que l'on dit profonde, celle dans laquelle je vis, celle-là est humaniste, accueillante. Cette femme avait vécu pendant des décennies en région parisienne avec son mari. Puis, quand ils avaient pris leur retraite, ils étaient venus s'installer dans son Lot natal.

– C'est là que j'ai compris que l'on pouvait vivre autrement et cela m'a beaucoup réconciliée avec mon pays. Ici dans mon village, quand on parle de mon mari, on commence par le désigner par son nom, comme tout le monde. « Est-ce que tu connais

Jean ? » Parfois, quand c'est nécessaire, on précise « Jean le mari de Nicole ». Si l'autre ne comprend toujours pas, on ajoute sa fonction sociale : « Jean qui est à la chorale de l'église et qui a la belle voix de basse. » À ce niveau, dans notre petit bourg, les gens comprennent de qui il s'agit. Mais après sa fonction sociale, si l'autre ne voit toujours pas de qui l'on parle, peut-être parce qu'il est étranger à notre village, ou parce qu'il ne va jamais à l'église, alors on utilise un indicateur secondaire, la coloration dermique comme on peut utiliser la coloration capillaire, à propos d'une blonde, ou une infirmité. « Tu ne connais pas Jean ? Tu sais, le mari de Nicole qui nous est venue de Paris, le monsieur de la chorale, celui qui est noir… »

Pour revenir à notre malicieux jeune homme, il ne boudait pas son plaisir devant l'effet que sa déclaration avait produit sur les mines de son auditoire, qui s'allongeaient comme un élastique soumis à une forte traction, ou mieux comme le visage de Scream, avec la même coloration blanche. Comment quelqu'un pouvait-il encore faire référence à la couleur de Kofi ! Ici, personne ne me voyait sous cet angle-là. La visite d'un haut dignitaire parisien de l'antiracisme dans le village – une autre anecdote croustillante du coin – au lendemain de mon élection à la mairie, avait déclenché le courroux de la majorité de mes administrés.

Il faut reconnaître que le grand militant de l'antiracisme se pavanait à mes côtés comme si lui et moi, enfin nous, c'est-à-dire les « potes » ou peut-être les Noirs, nous avions remporté une victoire sur la population locale. Il faut aussi dire que le jeune Parisien, comme tout Parisien qui se respecte, surtout quand il est un personnage médiatique, les toisait un peu comme des ploucs. Il faut dire que… qu'il y aurait beaucoup de choses à dire sur certains comportements de Parisiens quand ils viennent dans la France profonde. Ainsi donc, l'homme venait savourer sa victoire sur le racisme. Il ne savait pas que pour tout ce monde ici, c'était lui le seul étranger du coin, que moi je n'étais pas avec lui ainsi que son comportement voulait le faire croire, mais avec les autres, comme l'évidence l'imposait.

– Dis à ce type de partir, on l'a assez vu, me demandaient mes compagnons. Nous ne voulons pas que l'on nous identifie à leurs simagrées parisiennes. S'il y a quelqu'un qui est du côté des racistes, c'est bien lui. Pour lui, les personnes qui viennent d'arriver en France ou qui sont un peu basanées sont des potes. Ici, il n'y a pas de potes, il y a des frères. Et toi par-dessus tout, tu n'es pas un pote, tu es le concitoyen, celui que nous avons choisi comme maire.

Je me rendais compte, à la lumière de ce type d'anecdotes – Jean du Lot, la réflexion de mes administrés sur le croisé de l'antiracisme –, à quel point le parisianisme avait perturbé la France et hypothéqué l'intégration des migrants.

*
**

Le jeune homme avait eu l'effet qu'il souhaitait. Il pouvait clore son récit.

– Quand cette femme a affirmé à sa copine que c'est la couleur de Kofi qui posait problème, l'autre a pâli. Elle a demandé à son amie si elle était encore à ce niveau, si la couleur des humains lui posait problème. Ce à quoi la dame lui a répondu : « Et à toi, elle ne pose pas problème ? Tu ne sais donc pas qu'il est rouge ? »

En effet, ici on connaissait deux couleurs principales. Il y avait les blancs, gens de bonne compagnie, loyalistes sinon royalistes, chrétiens, conservateurs. Puis il y avait les autres, les rouges, communistes, anticléricaux et révolutionnaires, qui envoyaient leurs enfants à l'école publique. Les fils du diable en somme…

– 12 –

Je regardais Anne-Marie du coin de l'œil et pouvais lire à quel rythme son cerveau était en train de brûler les calories. Je sentais qu'elle exultait. J'étais son homme et comme toute femme, le succès de son homme ne pouvait que l'exalter. J'étais plus que son homme puisque, quoi que l'on dise, j'étais différent et elle pensait qu'elle devait me protéger depuis le jour où elle m'avait propulsé dans cette aventure ambiguë du mariage mixte.

Les Blancs sont ainsi. Incorrigibles. Ils oublient souvent, même pour des raisons altruistes, que les Noirs peuvent être responsables de leurs actes. Ah le sanglot de l'homme blanc et le fardeau qui va avec, un joug si doux à porter puisqu'il est valorisant. Anne-Marie en oubliait par moments que moi aussi j'avais mes responsabilités dans cette aventure ambiguë, puisque c'est quand même moi qui étais venu de mon lointain pays du golfe de Guinée, que c'est moi qui lui avais fait la cour comme un gentleman étudiant en lui récitant un poème de Senghor. Chaque fois que nous étions à la croisée des chemins, chaque fois qu'une décision à prendre, qu'une analyse à faire, pouvaient inclure la dimension colorielle, elle avait l'impression que c'était à elle de prendre les devants, pour me protéger. Je la laissais faire, sachant que tout cela venait d'une bonne intention. Mais je la laissais faire surtout parce que, après s'être tordue les méninges dans un brainstorming solitaire, en une belle maïeutique acrobatique, elle arrivait toujours à une conclusion qui me convenait.

– Les hommes d'ici sont étranges, répéta-t-elle comme si elle se parlait à elle-même. Je savais qu'ils allaient t'adopter au-delà de tout ce que nous pouvions imaginer. Tu étais l'étranger et maintenant tu es le super-Breton. Ils te manifestent ainsi leur reconnaissance pour les avoir sortis de leur torpeur. Tu ne peux pas refuser de poursuivre.

Toujours comme perdue dans ses pensées, elle s'est tournée vers moi.

– Ah Kofi, j'ai l'impression que nous avons parcouru un si long chemin ! Pourtant je revois tout, comme si c'était hier. Je revois notre arrivée ici, la première habitation chez madame M. Puis quelques mois après, nous sommes allés habiter dans l'ancien appartement de l'instituteur, au-dessus de la mairie. Tu te souviens de la première fête que nous avons organisée ? C'était un *fest-noz* comme le village n'en avait plus connu depuis au moins cinquante ans, à ce que disaient les plus anciens.

Je m'en souvenais. Je m'en souviendrais même si j'étais frappé d'Alzheimer aigu. Je m'en souviendrai encore quand bien même je finirais au paradis des amnésiques.

*
**

– Tu parles d'un bled paumé !

Il y a des jours comme ça. On se plaint de la pluie comme on se serait plaint du beau temps. C'est aussi à ces signes que je comprends que je suis un bon Gaulois et un parfait Breton. Les gens ne se plaignent jamais dans notre concession de mon pays natal. Quand il pleut, ils disent que c'est bien. Quand il ne pleut pas, ils s'en remettent à la volonté des dieux de leur Olympe local. S'ils mettent au monde un garçon alors qu'ils attendaient une fille et vice versa, c'est encore bien. Ici en Bretagne, les gens se plaignent de tout, et comme si les autochtones ne suffisaient pas, je m'y suis mis moi aussi puisque désormais je suis un Français comme un autre, ainsi que l'atteste ma toute fraîche naturalisation.

Donc, dès que j'ai découvert notre point de chute en Bretagne, je me suis plaint. Comme toujours, Anne-Marie a fait semblant de ne pas m'entendre. Est-il rien de plus scandaleux et de plus agaçant que ces gens qui font semblant de ne pas vous entendre quand vous maudissez le monde entier ! C'est vraiment la pire des atrocités, la plus inhumaine des tortures. À quoi cela sert-il de maudire le monde, si votre voisin ne vous rejoint pas dans cette entreprise de salut public ? Les gens se plaignent que l'on ne pense pas à eux et quand on leur offre une occasion aussi gratifiante que de dire du mal de tout, ils se taisent. Et pourtant, s'il est une œuvre que l'on ne peut pas mener seul, c'est de dire du mal de tout. Il faut un chœur pour cela, des poumons pour qu'il y ait du volume et de la crédibilité.

– Tu ne m'écoutes même pas.

Je sentais bien que si elle m'en donnait l'occasion, c'était sur elle que j'allais déverser ma bile. Oh, je n'allais rien lui reprocher à elle. Je n'en avais jamais eu la matière et ne l'aurais pas en ce moment. Je n'allais pas mettre en pratique cette sagesse arabe qui conseille que l'on s'en prenne à sa femme deux ou trois fois par semaine : si vous ne savez pas pourquoi, conclut l'adage, elle le saura. Je ne suis pas arabe et n'en suis pas encore à l'usurpation d'identité. Je suis trop fraîchement français pour avoir déjà envie de participer à ce sport national qui consiste à dire du mal de la France et à envier le monde entier, même la femme arabe en voile intégral. Je n'allais donc pas mettre en pratique la sagesse arabe. Mais j'allais m'enfoncer dans la récrimination avec une mauvaise foi telle qu'elle n'aurait d'autre choix que de me demander d'arrêter.

« Je t'écoute, mon ami. Qu'est-ce que tu voudrais que je te dise ! Le bled est paumé, nous le savons. Tu l'as déjà dit mille fois.

– Je me plaindrais trop, à ton avis ! Ici, il n'y a plus d'école. Ici, il n'y a pas de bistrot. Est-ce que l'on peut imaginer un bourg breton sans bistrot ! Il fallait venir à cette manière de saint-glinglin pour découvrir cela. Il y a une église pour les baptêmes et un cimetière pour les enterrements. Entre les deux, rien ! *Nada, nothing !* La vie s'arrête le temps d'une vie. Pas même une petite école. Pas la moindre association. Comment peut-on vivre ainsi ? Quand je regarde mes voisins, j'ai l'impression qu'ils sont là depuis le Déluge. Les seuls qui ne soient pas arrivés avec l'arche de Noé, c'est nous.

– Mais nous aussi nous sommes arrivés avec l'eau : la marée noire, tu as oublié ?

– Très drôle. »

Elle avait cependant réussi à me dérider et à me faire penser positif. Après quelques dernières réflexions en forme de grognements borborygmiques, je me suis calmé.

– Pourtant je suis certain qu'on peut faire plein de bonnes choses avec la population. Eux-mêmes n'arrêtent pas de se plaindre de cette situation. Je discute avec eux. Ils disent tous la même chose, mais personne ne bouge.

Quelques grognements supplémentaires pour sauver la face et quelques silences plus tard j'ai commencé à échafauder des projets, et quelques autres silences plus tard, j'ai commencé à échafauder des propositions.

J'ai l'impression, en y repensant, que cette situation me préoccupait beaucoup plus depuis que j'avais obtenu mon décret de naturalisation. J'étais français. J'avais choisi de le devenir et ce pays m'avait accepté. Je lui devais donc beaucoup. En fait, je lui devais tant depuis mon plus jeune âge, quand un de ses représentants était venu me sortir de la préhistoire de mon village. Depuis ce jour, j'avais bénéficié d'une prise en charge totale. Il y avait d'un côté la colonisation avec ses horreurs que ma jeunesse ne pouvait d'ailleurs pas mesurer, mais il y avait de l'autre la rencontre des hommes. Un curé avait décidé de se charger de l'éducation d'un gamin, ce gamin avait grandi et se retrouvait, homme, sur les terres de son ancien curé. Ma mission n'était pas d'écrire l'histoire. Il y avait des spécialistes pour cela. Ma mission n'était pas non plus de refaire l'histoire. Ma mission était simple : être le digne élève de mes augustes maîtres et perpétuer l'humanisme qu'ils m'avaient transmis. Maintenant, le temps était venu pour moi de renvoyer l'ascenseur. Je savais que je participais déjà au développement de mon pays par mon travail à la Direction départementale de l'équipement. Mais cela ne me suffisait pas. Mon tempérament me poussait à faire plus. J'en avais les moyens.

Entendons-nous bien. Quand je parle de la préhistoire, je n'établis aucune échelle de comparaison entre la vie dans mon village natal et celle dans laquelle j'avais été propulsé par la force des choses. Il n'y a pas d'échelle de valeur entre les races, entre les lieux de vie, entre les modes de vie, entre les espérances de vie, entre les humains. Il y a des centenaires que l'on oublie le lendemain de leur enterrement et des trentenaires que l'on vénère depuis des siècles ou des millénaires. Le fait est que je vivais désormais autre chose, qui était aux antipodes de l'existence qui m'était destinée à ma naissance. À travers le père Dauphin, j'avais eu la France en héritage. C'était comme naître de parents d'un village africain et être adopté ou élevé par une famille bretonne et vice versa. Tout dépendra alors, non de votre origine, non de votre couleur qui n'est pas porteuse de valeur ou de tare, mais de l'éducation que l'on vous donne et de la façon dont vous l'intégrez.

N'étant pas un adepte des regrets ni des vœux stériles, je ne regrettais pas la vie de mon village que je ne connaîtrais plus jamais. Je n'avais rien contre celle dans laquelle le destin m'avait introduit. La vie est un quotidien dans lequel on se fait homme. Être homme, ce n'est pas essentiellement appartenir à un lignage. C'est bâtir son propre univers avec le legs qui vous a été attribué et participer, avec ses acquis propres, à son propre épanouissement, au bonheur de son temps et de son milieu. Ceci ne s'oppose nullement au regard que l'on peut porter à ses origines et à la solidarité que l'on peut leur manifester.

Et pourtant… Que de fois, quand je suis devenu ministre de l'Intégration, j'ai entendu la complainte de ces enfants issus de l'immigration qui me disaient que leurs parents ne les aimaient pas ; qu'ils aimaient mieux leurs cousins qui vivaient en Afrique. Devant ma surprise, ils m'expliquaient : « Mais oui, monsieur le ministre ! Ils ont construit, dans leurs pays, de belles et grandes maisons pour leurs frères et les enfants de leurs frères qui y vivent, alors que nous ici, nous habitons dans des logements pourris, entassés comme des bêtes. Et tout le temps, nous les entendons dire : il faut que j'envoie de l'argent à mon frère pour la rentrée scolaire des enfants, pour la Tabaski, Noël ou telle autre fête, pour un décès ou un mariage, pour ceci ou pour cela. Et nous ici, nous allons à l'école en guenilles, sans un sou d'argent de poche. Alors, nous finissons par chaparder dans les magasins. »

Je vivais en Bretagne. Je devais donner à la Bretagne ce que l'on demande à un adulte. Je devais lui être reconnaissant de ce qu'elle m'avait donné. Elle devait être le centre de mes préoccupations. Certes je lui démontrais déjà ma reconnaissance en ayant ajouté deux petits citoyens à ses effectifs, ma fille Amina et mon fils Kwame. Mais je pouvais faire autre chose que des enfants, ce qui est quand même à la portée du premier abruti venu. Les enfants, on peut les avoir sans le vouloir, sans le savoir, sans se préoccuper de ce qu'on va leur donner comme éducation.

***

– Alors, que comptes-tu faire ?

L'interpellation d'Anne-Marie m'avait sorti de mes pensées vagabondes. En effet, qu'est-ce que je comptais faire ? Je n'avais pas de réponse, car je ne m'attendais pas à cette question. Je voulais juste râler un coup et peut-être réfléchir plus tard. On ne pouvait pas tout faire à la fois et il fallait toujours laisser une certaine part de travail pour le lendemain et pour les autres.

Nous habitions alors au-dessus de la mairie et, ce jour-là, il y avait conseil municipal. La salle du conseil était juste sous notre salon et comme à chaque séance du conseil, Amina était aplatie sur le plancher à regarder, à écouter les intervenants et à rire des débats qui montaient des interstices entre les lames du plancher. J'entendais les éclats de voix qui provenaient du rez-de-chaussée. Pour être exact, j'entendais plutôt la péroraison du maire, qui comme un curé en chaire, délivrait son homélie. Je me demandais pourquoi cette municipalité n'insufflait pas une âme à ce beau village.

Les conseils ne duraient jamais bien longtemps puisqu'il s'agissait d'un monologue. À un moment, quelques sons troublaient la quiétude de la nuit : le bruit des chaises qu'on déplace, quelques voix qui s'élèvent et s'apaisent, une porte qui se ferme doucement ; puis le grand silence qui retombe dans la nuit et sur la commune comme un suaire, comme une chape lourde d'indifférence.

– Que comptes-tu faire ?

Ce n'était pas une question, juste une interpellation. Je l'entendais clairement. Anne-Marie savait mieux que moi-même que je ne pouvais supporter bien longtemps cette situation. Elle avait compris que j'allais entreprendre quelque chose. Avec sa fausse question, elle me signifiait son adhésion au projet que j'allais mettre en place. En fait il fallait comprendre ses mots ainsi : « Tu commences quand ? »

– Je vais proposer à des amis que nous créions un comité d'animation. On verra bien ce que nous mettrons dedans.

– 13 –

Ils avaient noms – honneur aux dames – Marie-Paule, et par ordre alphabétique, Gaby, Jacky, Louis, Yves et votre serviteur. Il y avait parmi eux une femme et un paysan au nom fleurant bon le terroir breton – Quéméneur, un nom de légende et de drame. C'est un de ces noms du terroir qui font la Bretagne, avec Brocéliande, Landerneau ou le tonnerre de Brest, sans oublier Seznec bien sûr. On n'imagine pas une association bretonne digne de ce nom sans un nom de légende. On aurait bien pu l'imaginer sans un représentant des colonies, mais voilà, il y en avait un et c'était bon à prendre pour la valeur ajoutée. C'était donc une bien banale association, avec de bien banals Français. On pouvait tout simplement se demander pourquoi personne n'y avait pensé avant. Il ne manquait que Dupont et Durand, mais ce n'est pas grave en Bretagne. Tout le monde ne peut pas s'appeler Cornes d'Aurochs.

Le groupe s'est formé par simple cooptation. Pierre appelle Paul qui appelle Jean qui appelle

Jacques. Voilà donc comment mon engagement social avait débuté au village, quelques années avant que l'on me propose de conduire la liste d'opposition aux municipales. J'avais exposé mes préoccupations.

– Je crois que nous sommes tous du même avis. Le village se meurt et il faut faire quelque chose.

J'ai certainement débité un tissu de platitudes du genre : « C'est notre village, personne ne fera le boulot à notre place, nous devons faire acte de citoyenneté, nos enfants ne comprendraient pas que nous n'agissions pas. » Nous avons discuté longuement. Je me rendais compte à quel point ces gens avaient envie de s'exprimer, de bouger, de s'engager, de dire quelque chose, de faire quelque chose. Je me rendais surtout compte à quel point l'homme est le seul horizon, le seul objectif de l'homme. C'est au-delà de l'homme que l'étranger commence, pas au-delà des origines ou des couleurs.

En quoi ma vie avait-elle changé avec mon initiation au rituel de la modernité ? Oh, je sais ! J'étais ingénieur des villes françaises et non forgeron des champs africains. Mon appartement n'avait pas grand-chose à voir avec l'habitat de mes origines et le village breton n'était pas une clairière du golfe de Guinée. J'avais troqué mon cache-sexe contre un costume de gabardine ou de tweed et, vêtu de cette livrée et de mes nouveaux savoirs, avais échangé mon univers préhistorique contre la modernité. Mais à part ces accessoires, qu'est-ce qui avait changé ?

La terre de Bretagne n'était-elle pas terre des hommes comme celle de mes origines, et ces hommes n'avaient-ils pas les mêmes préoccupations, dont la sociabilité était l'épine dorsale ? Certes il y a des ermites, mais si vous isolez la majorité des hommes, si vous les privez de communication, ils dépérissent.

Je me souvenais des débats qui avaient précédé mon départ du village. Je me souvenais de tous les débats pour la marche de notre concession. Je me souvenais des longs conciliabules, préludes à toute prise de décision. Les débats étaient acharnés, passionnés. On parlait, on parlait, on était content de parler parce que la communication est l'essence même de la vie. Personne ne se croyait détenteur d'une pensée et d'une parole supérieures, même si du fait de sa longue expérience, c'était toujours grand-père qui dirigeait les débats. Je me souvenais d'oncle Kamatche le cul-de-jatte dont personne ne prenait l'infirmité pour un handicap. Je me souvenais de la convivialité, de cette joie d'être ensemble qui était le ciment des palabres vespérales.

J'ai retrouvé tout cela avec mes amis de Bretagne, avec tous ces pionniers de notre révolution villageoise. Et cerise sur le gâteau, le destin polisson avait voulu que ce fût moi qui mène l'assaut contre les inerties autochtones. Pourtant, j'étais celui qui, pour les élites parisiennes, aurait été le moins-disant culturel et ethnique, celui à qui on aurait dit que la France n'était pas encore prête à l'accepter comme vendeur de baguettes au comptoir d'une boulangerie ou distributeur de billets au guichet de la RATP, mais seulement comme vigile ou éboueur. Ici, j'étais un homme parmi les hommes et les hommes étaient prêts, depuis la nuit des temps, même si l'on prêtait généreusement à la France de ne pas être encore prête à ce point.

– On va créer un comité d'animation, avais-je suggéré.

Chacun y allait de son commentaire. Je ne sais plus avec précision qui a dit quoi. Mais à la fin, nous étions d'accord pour ce fourre-tout organisationnel qui nous laissait une entière liberté d'action. Une amicale, une association ou un club auraient été contraignants. Notre comité pouvait inclure tout, ou rester à jamais une coquille vide. Comme disait ma mère, ce ne sont pas tous les œufs qui font des poussins blancs et l'on ne sait jamais quelle grossesse va déboucher sur un albinos.

– 14 –

Que serait la Bretagne sans *fest-noz* ? Je ne sais pas pourquoi les Blancs ont ressenti le besoin d'attribuer la danse aux Noirs. Cette générosité est louable, il faut le reconnaître. Mais je n'en maîtrise pas les motivations. Peut-être considéraient-ils les Bretons comme des Noirs ! On peut penser tout ce que l'on veut des Bretons, mais ce qui est certain, c'est que ces gens ont le rythme dans le sang, dans le corps, dans la peau, partout où le rythme peut se nicher. Alors, si l'on veut se lancer dans une aventure culturelle en Bretagne, on est obligé de commencer avec la danse. Pour la première sortie de notre comité, nous avions donc fort logiquement décidé d'organiser un *fest-noz* à l'occasion de la fête du pardon qui se déroule le deuxième dimanche de septembre. J'en ai profité pour améliorer ma connaissance de la Bretagne : je suis allé chercher l'essence de cette manifestation. Et quelle n'a pas été ma surprise !

Fest-noz ou fête de nuit, par opposition à la fête du jour, ou *fest-deiz*. Je découvrais, heureux et surpris

– ce sont les anciens qui me l'ont dit –, qu'en Bretagne comme dans ma culture natale, on dansait pour toutes les occasions. On dansait pour les semailles et la moisson, pour la joie et pour la peine. J'ai découvert que les Bretons, comme les Africains, aiment la danse et que l'UNESCO a retenu le *fest-noz* comme patrimoine immatériel de la culture bretonne. La danse comme patrimoine immatériel d'un terroir français ! Je comprenais enfin pourquoi ces gens avaient tant migré vers les Antilles et l'Afrique. Une fraternité immatérielle les y attirait : le rythme dans le sang.

Dans son ouvrage intitulé *Breiz-Izel*, parlant des Bretons, Alexandre Bouët écrit : « Aucun peuple n'a porté plus loin la passion de la danse. » Je pense qu'il exagère un peu, parole de Nègre du golfe de Guinée, berceau de la danse.

La réalité, c'est que comme dans le golfe de Guinée, la danse en Bretagne ponctuait les diverses récoltes, les grands travaux agricoles, et tout le monde y participait. On m'a expliqué qu'il y avait aussi les danses « utilitaires », comme la danse de l'aire neuve (*dañs al leur nevez*) qui utilise l'action des danseurs pour tasser le sol d'une maison, par exemple. Exactement comme chez les Bambaras du Sahel !

On dansait également, comme partout en France ou en Afrique, à l'occasion des mariages, dès la sortie de l'église, et à la ferme, en attendant les viandes : c'était alors la danse du rôti, la *dañs ar rost*. Ces fêtes étaient l'occasion pour les jeunes de se rencontrer, pour les vieux de rajeunir, et pour tous de se « retrouver », égaux dans la joie, quel que soit leur statut social.

Comme dans mon village natal.

Je me souvenais des danses des semailles et des danses des moissons, des danses de l'enfant et des danses des morts. Je pensais aux pas des danseurs qui piétinaient la terre qui allait servir de torchis pour les murs des constructions. Je revoyais les danses où les jeunes gens, parfois les clans tout entiers se défiaient, mimaient le combat. Je revoyais ces cortèges qui, dans mon pays natal, sortaient de l'église après la cérémonie de mariage, faisaient le tour de la ville avant de rejoindre le lieu de la noce. Je pouvais donc être breton sans angoisse existentielle puisque les Bretons étaient de banals humains qui avaient le rythme dans le sang et le sang dans les veines, et qui rythmaient les fêtes, les saisons et les événements de la vie avec la danse, recherchaient des moments de convivialité, aimaient la solidarité.

Mais en Bretagne comme ailleurs, il faut avoir les moyens de ses ambitions et les pieds sur terre pour danser et pour réfléchir. Les réunions du comité d'animation se suivaient et se ressemblaient. C'étaient des lieux de palabre parfois stérile où l'on sentait que le premier et réel objectif était de nous réunir, d'échanger, de parler de la pluie et du beau temps, des enfants et de la politique, des semailles et des naissances, de tous les sujets qu'on avait envie de partager. Mais il fallait quand même tôt ou tard passer à autre chose, quelque chose de plus concret. Nous avons donc entrepris de chercher les financements pour notre *fest-noz*.

À chacun ses associations d'idées. Moi, la chanson française m'inspire beaucoup. En pensant à notre quête de fonds et de solidarité, la chanson qui me vient à l'esprit est de Georges Brassens. On ne peut faire mieux en parlant des terroirs et des us et coutumes gaulois. Sète et Brest, même combat. *La rose, la bouteille et la poignée de main*, le couplet généreux par excellence. Nous aussi, nous avions les mêmes têtes de rêveurs que le personnage du poème de Brassens. Nous aussi, nous avions envie d'offrir la rose de l'amour, la bouteille de la convivialité et la poignée de main de l'amitié. Nous aussi nous avons été éconduits ici ou là par des mégères effarouchées, par des têtes à claques frileuses, par des puritains affolés, mais surtout par un édile détaché.

– Mon pauvre ami, toi et tes copains, vous me faites vraiment rire avec vos rêves de convivialité pour le village. Mais qui vous a demandé quoi que ce soit ?

C'était déjà ça de gagné. Je faisais rire. À voir la colonne vertébrale du maire qui avait l'air d'avoir avalé une épée et sa mine de papier mâché, on comprenait qu'il ne lui arrivait pas souvent de s'esclaffer. Son positionnement était clair, même le rire que je lui procurais n'y pouvait rien. Son royaume n'avait pas besoin de convivialité. Le cortège triste de paysans zombizants sur lequel il régnait lui convenait parfaitement.

C'est comme ça depuis que le monde tourne
Y a rien à faire pour y changer
C'est comme ça depuis que le monde tourne
Et il vaut mieux ne pas y toucher

À travers son sourire narquois, je lisais son mépris pour nos rêves de convivialité. Mais je lisais surtout sa surprise et son amusement que l'homme venu par la marée noire, celui qui avait le moins légitimité à parler au nom des habitants de la commune fût justement celui que ces tarés avaient envoyé comme leur émissaire. Son sourire signifiait sa pitié pour votre serviteur qui en fait était un bouc émissaire, celui que l'on envoie dans le désert, chargé de toutes les conneries du peuple. Mais son sourire disait surtout sa grande satisfaction. Jamais sourire de maire n'avait porté autant de messages. Il avait compris qu'aucun habitant normal et bien portant ne viendrait troubler sa tranquillité avec toutes les inepties que je portais à sa connaissance.

– Mon pauvre ami, reprit-il après avoir souri tout son saoul, vous n'aurez aucune aide de la part de la mairie qui a bien autre chose à faire avec les deniers publics. Vous n'aurez rien parce que votre *fest-noz* n'intéressera personne. Si les gens avaient ressenti le besoin de se rencontrer, on ne vous aurait pas attendu pour le savoir. Mais c'est l'expérience qui forme. Allez donc au bout de votre idée, et après l'échec annoncé, devant une salle vide, vous serez enfin édifié.

Ce que le maire n'avait pas compris, c'est que notre volonté de faire avancer les choses était telle qu'un échec ne pouvait pas nous arrêter – nous avions prévu cette éventualité –, et qu'en dernier ressort, nous étions prêts à y aller de nos propres deniers pour financer l'événement. Mais pour le moment, nous allions essayer de tout mettre en branle pour avoir le soutien des commerçants du canton et autres acteurs de la place. Nous avons dressé la liste de tous les postes de dépenses auxquels il fallait faire face.

– Que faut-il pour qu'un *fest-noz* soit réussi, à part les crêpes bien sûr et le cidre, sans oublier le chouchen pour les plus téméraires ?

Quand nous sommes arrivés à ce niveau du débat, l'atmosphère s'est un peu tendue. Il fallait payer de sa poche – ce qui ne fait jamais rire un Breton normalement constitué –, ou alors faire montre d'inventivité, ce qui est à la portée des Bretons comme des autres hommes. J'espérais, avec ma blague de potache, détendre un peu mes camarades. Je réussis assez bien, car les propositions se mirent à pleuvoir, oh pas comme une averse tropicale, mais comme un bon crachin breton soutenu, qui ne manquait ni d'allure ni d'ambition. Jugez-en vous-mêmes.

– Si nous réussissons à faire venir quelques Bigoudènes, cela aura un bel effet.

Marie-Paule avait relancé le débat avec cette proposition quelque peu insolite. N'étions-nous pas dans le Finistère ? Le pays bigouden n'était-il pas notre plus proche voisin ? Et à part le *fest-noz* qui avait acquis ses lettres de noblesse à l'UNESCO, qu'est-ce qui, dans l'imagerie populaire, représentait aujourd'hui la Bretagne mieux que la Bigoudène ? Et comment une Bretonne digne de ce nom aurait-elle pu penser à un *fest-noz* de la renaissance d'un village breton sans les femmes symboles de la Bretagne ? Il n'y avait rien à dire, Marie-Paule avait de belles idées pour notre fête et savait les défendre.

– Je pense que nos femmes pourraient se confectionner des costumes de Bigoudène, les emprunter ou les louer. Et puis l'effet sera encore plus fort si ce sont nos fillettes que nous habillons de la sorte. Je vois d'ici Amina, sa peau ambrée et une interminable coiffe blanche sur la tête. Bigoudène, rassurez-moi, ce n'est pas une appellation contrôlée, une marque déposée ? Nous pouvons bien nous en servir ?

Tout le monde me rassura. Nous ne risquions pas un procès, pas même une contravention en habillant nos femmes et nos filles en tenue de Bigoudène. Amina serait la plus belle ambassadrice de la Bretagne si une photo d'elle en Bigoudène atterrissait à la une d'un grand journal national. La conversation allait bon train, même si les propositions, pas plus celle que je venais d'émettre que les autres, ne faisaient guère avancer nos affaires. Nous avons poursuivi ainsi dans la gaudriole, incapables de refreiner notre besoin de nous amuser, de nous faire plaisir.

« Bon. Je suggère que l'on invite celles qui font la publicité de Tipiac-Piiiirrrrat'. Cela fera venir certainement beaucoup de médias et peut-être même monsieur le maire *himself*, sans oublier notre conseiller général de canton et le président du Conseil général.

– Nous n'allons quand même pas laisser tomber l'image d'Amina en Bigoudène ? s'alarma Jacky que l'on n'avait pas beaucoup entendu.

– Qui parle de laisser tomber la nouvelle image d'Épinal de Bretagne ? le rassura Louis. Bien au contraire. On mettra à côté des vieilles Bigoudènes quelques-unes de nos enfants et la transmission de la tradition sera assurée. »

Louis le paysan s'en donnait à cœur joie. Qui plus que lui, certainement le plus autochtone de nous tous, celui dont le nom portait le plus le terroir, avait intérêt à voir revivre son pays ? Peut-être avait-il des souvenirs d'une lointaine enfance, du temps où les saisons étaient encore rythmées par les fêtes. C'est lui qui ramena les discussions sur la voie ascendante.

« Bon, je peux faire une proposition constructive, sans vouloir dire que les autres ne le sont pas, même si je le pense. Je vais voir mes petits camarades des fermes voisines. Je sais que je pourrai y récolter assez de lait, de farine, d'œufs et de beurre pour faire une montagne de crêpes.

– C'est formidable, grand Louis ! m'exclamai-je. Si tu réussis cela, je te sacre roi-soleil. Avec les crêpes, nous avons déjà la moitié de notre *fest-noz*. Qui dit mieux ?

– Sans oublier les Bigoudènes ! s'entêta Jacky.

– Rassure-toi, camarade. Personne n'oubliera les Bigoudènes. Qui dit mieux que Jacky et ses Bigoudènes ? »

J'essayais de diriger les débats de mon mieux tout en prenant note des propositions qui étaient faites par les uns et les autres. Vaille que vaille, nous avons réussi à récolter en théorie tout ce qu'il nous fallait pour notre *fest-noz* de la fête du pardon. Nous allions solliciter le centre Leclerc pour l'huile. Pour le cidre, nous n'avions d'autre choix que d'en acheter chez les producteurs de la commune voisine, puisque les nôtres n'avaient pas compris qu'il fallait en faire pour servir les ambitions de dons Quichottes prêts à s'élancer à la conquête des moulins à vent de l'inertie locale.

Nous allions repartir sur des discussions oiseuses, convaincus que nous avions fait le tour, quand Marie-Paule nous a ramenés à la réalité.

« Et les artistes ? Les hommes, c'est vous qui allez faire les artistes ?

– Nom de Dieu, c'est vrai ! On a oublié les artistes ! »

On avait oublié ce gros poste de dépense et d'attractivité. Que serait un *fest-noz* sans sonneurs de binious et de bombardes, sans chanteurs de *kan-ha-diskan* ! Il fallait tout recommencer. Nous étions tous d'avis qu'il était hors de question que nous nous contentions d'un banal appareil de musique et des disques même du plus bel interceltique. Il nous fallait un groupe authentique, bretonnant et tonitruant autant que possible. Les mines se sont étirées un peu, mais l'enthousiasme était intact. De toute façon, sur ce poste de dépense, les solutions n'étaient pas multiples. Nous allions nous cotiser pour faire une avance de trésorerie. Chacun récupérerait sa mise avec les recettes. Si ces recettes ne suffisaient pas à nous rembourser l'argent avancé, nous nous répartirions les pertes.

*
**

En nous séparant cette nuit-là sous le ciel étoilé de Basse-Bretagne, ce beau ciel de Breizh-Izel que j'aimais de plus en plus, parce que c'était le pays de naissance de ma femme et de mes enfants, parce que c'était mon pays d'adoption mutuelle, parce que c'était une terre de danse et de convivialité – une convivialité que l'on avait voulu étouffer –, parce que c'était tout simplement terre des hommes, j'avais l'impression de marcher dans le sens de l'histoire, de participer à quelque chose de grandiose, d'irréversible. Étendu dans le lit à côté d'Anne-Marie dont la respiration régulière berçait ma rêverie, je ne réussissais pas à trouver le sommeil. En fait, je ne peux pas accuser le sommeil de m'avoir fui, puisque je ne le cherchais pas. J'étais bien sur mon petit nuage. Je pensais à la mairie qui était juste au-dessous de ma couche et me disais que le jour viendrait, peut-être plus proche que l'on ne le croyait, où une équipe de notre siècle remplacerait celle qui l'occupait.

Il y a en moi comme une horloge biologique qui m'annonce toujours l'imminence des bouleversements tsunamiques qui adviennent dans ma vie. Je ne pouvais pas la discerner avec clarté dans mon enfance. Mais je suis sûr qu'elle a dû sonner comme un carillon fou quand le Blanc est venu dans mon village. Plus tard, j'ai entendu son vacarme assourdissant quand j'ai rencontré Anne-Marie ou quand j'ai choisi mes orientations universitaires. Et cette nuit-là, après la réunion avec mes camarades, alors que je cogitais dans mon lit, à côté de ma femme endormie et non loin de mes enfants, de fiers petits Bretons qui dormaient dans les chambres voisines, au-dessus de cette mairie d'une commune située au fond du Finistère qui semblait figée dans une hibernation de Belle au bois dormant, le carillon qui se déclencha dans ma tête avait des sonorités d'une douceur, d'une poésie et d'une puissance inégalées. Alors, au risque de réveiller Anne-Marie, j'étendis la main dans l'obscurité et appuyai machinalement sur le bouton du magnétophone. Un air suave du *crooner* américain Nat King Cole monta en sourdine dans l'air de notre chambre. Ma femme allongea le bras et me caressa la joue au moment précis où Nat King Cole serinait des mots qui exprimaient mon état d'esprit.

– Tu ne dors pas ? lui murmurai-je.

Elle ne dit rien et, pour toute réponse, se serra un peu plus contre moi. Dans l'obscurité propice et complice de notre chambre, le chanteur de charme ronronnait : *« Hay campanas de fiesta que cantan en mi corazón. »*

Des cloches de fête chantaient dans mon cœur d'homme comblé par l'amour de ma femme et de mes enfants et la conviction du devoir accompli. Bercé par ces certitudes, par la respiration de mon épouse qui avait repris un rythme régulier et par la musique de mon crooner préféré, je m'assoupis à l'aube, assuré de faire une grasse matinée bien méritée en ce beau dimanche de l'été naissant.

– 15 –

Le grand jour approchait inexorablement. Nous l'attendions avec impatience et en même temps, nous l'appréhendions avec fièvre. Un jour, nous demandions au temps de suspendre son vol et le jour d'après nous lui intimions vivement d'accélérer son cours. Dieu merci, il ne nous écoutait pas et poursuivait sa route comme il l'avait fait avant nous et nous promettait de le faire après notre *fest-noz*. Mais il acceptait néanmoins de reconnaître, comme tout le monde, que le *fest-noz* de la renaissance de Saint-Coulitz était l'événement le plus important de la planète Terre et des planètes environnantes depuis l'invention de la Bretagne.

Tout était fin prêt. Les musiciens avaient été contactés. Ce n'était pas le sommet du hit-parade interceltique, mais on les connaissait sur les places des villages voisins et dans les maisons des quartiers des cités nationalistes. Nous n'avions pas réussi à dénicher les vieilles Bigoudènes de la publicité Tipiac-Piiiirrrrat'. Nous nous consolions à qui mieux

mieux en nous disant que peut-être elles n'existaient pas ; que peut-être c'étaient de braves comédiennes marseillaises ou dijonnaises que l'on avait habillées pour un autre destin ; qu'elles étaient à cet instant certainement occupées à poser pour la publicité d'une marque de conserves de sardines ou d'un pot de moutarde. Aucune importance. Nos femmes et nos filles, quand elles avaient essayé leurs costumes de Bigoudènes, avaient si belle allure qu'elles auraient séduit le plus endurci des atrabilaires de la Cornouaille, de l'Armorique et de n'importe quel autre pays de Bretagne, de France et de Navarre. De quoi faire crever de jalousie les vieilles femmes de Tipiac-Piiiirrrrat'.

Les fermiers et le centre Leclerc avaient tenu parole et nous croulions sous des tonnes de produits nécessaires à la fabrication des crêpes. J'avais déniché, je ne dirai pas où, deux gros sacs de pommes de terre fermes à point, annonciatrices de belles frites dorées, que j'avais prestement fourgués dans ma petite Renault. Le collège nous avait prêté sa friteuse. Le système D avait permis d'achever les préparatifs avec le branchement quelque peu sauvage que nous avions réalisé pour tirer le courant électrique. Pour toutes les bricoles qui précèdent – pommes de terre, branchement sauvage et autres abus de biens sociaux comme l'utilisation de la friteuse de la collectivité – je me suis renseigné, il y a prescription. Toute dénonciation serait désormais sans effet.

Puis l'inéluctable se produisit. Qui l'eût cru ? Imaginez donc ! Malgré toutes nos peurs et toutes nos angoisses, le jour du *fest-noz* arriva, l'heure aussi. Nos angoisses n'avaient pas lieu d'être. Pourtant, depuis ma lointaine enfance, j'aurais dû savoir qu'il en est toujours ainsi. C'est comme quand j'attendais le jour où on allait tuer le coq, convaincu que ce jour n'arriverait jamais, au point de ne pas vouloir dormir la veille, sinon sous les menaces de mon père : « Tu ne vas pas avoir ta part de coq si tu ne vas pas te coucher. » Et les promesses de ma mère : « Si tu vas te coucher, tu auras la tête du coq mais aussi les pattes. – Les deux ? – Oui les deux. – Bonne nuit maman. – Va d'abord faire pipi et dors bien. Le coq est bien attaché, il ne va pas s'enfuir », me rassurait ma mère en me caressant la tête. Tu parles qu'il n'allait pas s'enfuir ! Personne ne le savait mieux que moi. J'avais passé toute la sainte journée à vérifier ses liens et à les renforcer, au risque de lui causer un bel œdème. Mais on se consolera en se disant qu'il n'était jamais longtemps malade.

Nous étions tous endimanchés. C'était un dimanche, le deuxième du mois de septembre. Nous étions tous à l'heure. C'était le grand jour, un jour où le retard n'est pas permis et moi j'avais arrêté de jouer l'Africain toujours en retard, sous prétexte que les Blancs auraient l'heure et lui le temps. C'était un jour comme aucun villageois vivant n'en avait jamais connu sur notre chère commune. Je pensais aux locataires du cimetière voisin. En voyant converger la foule des habitants vers la mairie, ils devaient se retourner dans leurs demeures éternelles en se demandant s'ils rêvaient. Puis, convaincus que ce n'était qu'un rêve polisson, ils reprenaient une position confortable pour l'éternité en se disant qu'ils n'avaient plus que ça à faire. Quand les musiciens se mirent à jouer de leurs instruments, les morts durent se retourner encore dans leurs tombes. Ils ne rêvaient donc pas ! Du biniou, de la bombarde, du *kan-ha-diskan* ! Par saint Brieuc, saint Malo, saint Coulitz, et tous les autres saints bretons, sans oublier saint Frusquin et saint Glinglin ! C'est à ces rares occasions que, malgré les grands privilèges qu'accorde l'éternité – pour les uns c'est l'extase, pour d'autres, un nombre incalculable de vierges –, les morts envient les vivants. J'entendrai toute la soirée leur vol réjoui passer au-dessus de nos têtes, certains me regardant avec surprise, les plus anciens n'ayant jamais vu de Nègre au cours de leur vie sur terre. D'autres me toisaient avec cette supériorité qu'ils avaient affectée toute leur vie, dans les colonies d'Afrique ou des Antilles. Mais la grande majorité, comme les vivants, ne prêtaient pas une attention particulière à ma personne. Tous étaient contents de ce qu'ils considéraient comme la renaissance de leur pays et félicitaient de leur présence ceux qui en avaient eu l'excellente idée. Il fallait être irrémédiablement sourd pour ne pas entendre leur message dans le vent subit qui sifflait du haut du clocher, vagissait de cyprès en cyprès et murmurait de tombe en tombe comme pour réveiller les plus endormis ou les émules de saint Thomas.

Dans les airs volaient les âmes, sur terre se trémoussaient les corps au rythme des binious et des bombardes de l'orchestre qui interprétait avec bonheur des airs de *kan-ha-diskan* endiablé. Et tout le riche répertoire des danses bretonnes y est passé. Aucun curé – il n'y en avait pas ce soir-là – ne se serait permis d'interdire comme jadis le *kof-a-kof*, cette danse ventre contre ventre que l'on appelait aussi la danse des couples. Les jeunes appréciaient particulièrement. Mais des couples plus puritains de la Bretagne blanche le dansaient en se tenant par le doigt, ce qui était autorisé par l'Église. On n'osait pas croire que ceux qui usaient de l'intermédiaire d'un mouchoir voulaient respecter à la lettre les vieilles prescriptions de certaines paroisses. On les soupçonnait plutôt d'être de ces esthètes qui ressentaient l'envie de démontrer toute l'étendue de leur connaissance des traditions. Quelques-uns d'ailleurs passaient d'une forme à une autre – ventre à ventre, puis le doigt et enfin le mouchoir.

On dansa tard dans la nuit. On dansa sans distinction ni discrimination à la mode de la Haute et de la Basse-Bretagne. On dansa les danses en couple et puis les danses à figures comme le *jabadao*. On dansa en chaîne et en ronde, par suites de deux ou trois danses, avec la même ou avec plusieurs cavalières. Gavottes, *l'an-dro*, *laridé*… tout y passa.

Ils sont venus, ils sont tous là, tous les habitants. La salle était pleine, la cour de l'école aussi. Les gens dansaient dehors et dedans. C'était la liesse populaire au-delà de nos espérances. Ils sont venus, ils sont tous là, dans les landaus, sur leurs jambes, sur des chaises roulantes. Certains – était-ce l'effet du chouchen – prétendirent avoir reconnu dans la foule tel ou tel aïeul longtemps disparu, avoir vu danser tel ou tel ancêtre que l'on disait emporté par l'océan, une nuit de tempête.

*
**

– Qu'en dis-tu, monsieur le maire ?

L'édile faisait les cent pas dans la cour de l'école, serrait les mains, distillait des sourires. J'aurais voulu lire dans ses pensées. Avait-il l'honnêteté de reconnaître qu'il s'était trompé, que ses administrés étaient des femmes et des hommes de leur siècle qui avaient entendu parler de la renaissance des *festoù-noz* et même y avaient pris part dans d'autres communes ? Essayait-il, avec son sourire « odontol » et macrobiotique, de récupérer ce qui pouvait l'être ? Qui l'en aurait blâmé ? Après tout, l'événement se déroulait sur la commune dont il détenait les clés.

Il ne répondit pas à ma question, se contentant de me sourire comme s'il voulait m'hypnotiser. J'ai craint un court instant qu'il ne me dise : passe donc me voir à mon bureau. Il ne l'a même pas fait. C'était désespérant.

– Tu vois que je n'avais pas tort d'essayer ! Ils sont tous là, tous les habitants. Il n'en manque pas un, pas un, monsieur le maire. Ils sont si heureux de partager et de se rencontrer. Je pense que même les morts du cimetière voisin ont été charmés par l'événement.

Il ne disait toujours rien, mais souriait moins. Alors, je lui ai décoché une botte qui allait lui démontrer à quel point je connaissais l'histoire de notre commune, une botte qui allait être prémonitoire, même si ni lui ni moi ne le savions alors.

– N'oublie jamais, cher ami, que notre belle commune est célèbre pour avoir participé activement à la révolte antiseigneuriale dite du Papier timbré, appelée aussi la révolte des Bonnets rouges. Vous voyez, les rouges déjà ! En tout cas, monsieur le maire, merci de nous avoir honorés de ta présence. Entre donc et viens prendre un verre avec nous. Je te l'offre au nom de toute l'équipe d'organisation.

– 16 –

Notre pavillon familial se dressait fièrement un peu en retrait, au bout de cette ruelle que j'avais tracée de mes mains quand, premier occupant, j'avais investi ce tertre dont les flancs, petit à petit, se sont garnis d'habitations et de vie. Puis l'agriculteur du golfe de Guinée a pris le pas sur l'ingénieur de Quimper. J'ai créé un beau verger et un potager sur un coin de « mes terres » – c'est si doux de dire « mes terres » ! J'ai planté des pommiers, des poiriers, des cerisiers, des noyers, des pruniers, des noisetiers, des pêchers. Mes plantations sont devenues le rendez-vous printanier des membres de l'association d'horticulture de Châteaulin. Nous étions toujours une bonne dizaine – parfois nous atteignions la trentaine –, plus motivés par un désir brûlant de convivialité que par la nécessité d'être les meilleurs planteurs de France ou de faire des récoltes vivrières. Et souvent, quand tout le monde était parti, Jean-Marc restait avec nous pour l'apéro.

« Qu'es-tu donc, Kofi ? Un ingénieur de la DDE ou un *gentleman-farmer* ?

– Suis-je obligé de choisir ?

– Non, tu as raison, mais tu es pour moi une énigme et là, tu n'as pas le choix. »

Jean-Marc était un philosophe collègue et ami d'Anne-Marie. Comme moi – peut-être plus que moi –, il était un étranger en Bretagne. C'était un Parisien dont les ancêtres venaient de la lointaine Alsace. Il avait la maigreur des gens honnêtes de Brel, le célibat homosexuel des hommes libres, le franc-parler et la curiosité, tout ce qu'il fallait pour être un authentique philosophe. À la différence du maître Socrate dont la devise est, « connais-toi toi-même pour connaître les autres », Jean-Marc devait être convaincu qu'il fallait, avant tout, prendre la peine de connaître les autres pour se découvrir ou se construire soi-même. Alors, il m'assommait de questions, certainement convaincu que s'il me connaissait, il connaîtrait aussi tout le monde, puisque j'avais une gueule de débarqué. Et voilà qu'à l'instant, il découvrait que j'étais une énigme.

« En fait c'est la même chose, conclut-il cependant. Tu te connais, tu apprécies de connaître les autres. Tu connais les autres, tu acceptes de te regarder en face. Socrate et moi, on a pris la chose chacun par le bout qui lui convient.

– Qu'est-ce que j'apprécie ta modestie ! Tu as enfin trouvé quelqu'un à ta dimension : Socrate.

– Qui parle de modestie ? Et puis, la modestie, ce n'est pas de se sous-estimer. C'est de dire la vérité sur soi et sur les autres. Appliquer une autre définition de la modestie, c'est ce que l'on appelle une fausse modestie qui cache plutôt autre chose. Le refus des louanges est le désir d'être loué deux fois. »

Ça démarrait souvent de cette façon. C'était un de ces samedis de printemps comme on n'en trouve que dans les récits bucoliques. Les abeilles butinaient. Les oiseaux chantaient, les arbres bourgeonnaient, la nature renaissait et la sève montait dans les arbres et les foyers, annonciatrice d'un *baby-boom* hivernal. Jean-Marc reprit la parole.

« C'est bizarre que ce soit chez toi que les Bretons viennent pour parler de plantations.

– Tu insinues que je ne suis pas breton. Je t'en laisse la responsabilité. Je ne pense pas que cela soit surprenant que les gens viennent me voir. On est d'abord venu me voir pour telle ou telle raison, liée à mes missions d'ingénieur à la DDE. Ensuite, mes origines rurales sont remontées à la surface et j'ai commencé à planter à tour de bras. Je suis donc devenu comme une espèce de *gentleman-farmer*. Mes concitoyens ont trouvé une autre raison de venir vers moi. C'est tout. »

Jean-Marc semblait plongé dans une profonde méditation, pendant que je parlais.

« Ce que je cherche à découvrir, c'est ce qui reste de ton côté africain. J'en ai eu des camarades africains à la Sorbonne. Et tout dans leur discours était opposition à l'Occident. Je les comprenais. Il y avait eu la traite et la colonisation. Alors, ils n'aspiraient plus qu'à se libérer du joug culturel de l'Occident et ils rejetaient tout ce qui était l'Occident, la religion, le système économique entre autres. C'est pour cela que je suis intrigué par ton calme.

– Est-ce que tu vois les plantes que je sème dans mon verger et mon potager ? Ce sont des poiriers, des pommiers et des pruniers. Ce sont des navets, des radis, des endives, des asperges, des tomates. J'aurais peut-être eu l'envie de planter des essences exotiques, des goyaviers, des corossoliers, des papayers, du piment, du gombo. Mais je n'aurais pas récolté grand-chose. J'ai planté ce qui pousse ici. Et cela ne veut pas dire que je renie le papayer et le goyavier ! Je suis devenu un citoyen local, un citoyen à responsabilités, d'aucuns diront un notable, grâce à la formation que j'ai acquise ici. Je suis un père de famille comme les autres. Je suis un amoureux de la terre grâce à mes origines rurales, exactement comme la majorité des gens ici. Pourquoi faut-il que là où l'on devrait regarder l'humanité, on aille chercher la part d'africanité et la part d'occidentalité dans ce qui n'est qu'un tout indissociable ? C'est comme si tu demandais à Amina un jour d'être blanche et le lendemain noire. Les gens me voient tel que je suis. Et si au début j'étais à leurs yeux essentiellement un Noir, aujourd'hui, ils voient que je suis essentiellement un Breton. »

*
**

Cette année-là, l'été avait confirmé les promesses printanières. Par contre, l'automne fut une calamité.

Nous nous sommes réveillés un triste matin d'octobre sous les effets d'une tornade dévastatrice. On avait l'impression qu'aucun arbre n'était resté debout. Il était quasiment impossible de circuler. Je ne pouvais pas partir au travail.

Mon ami Louis fit irruption chez moi.

« Bonjour Louis. Comment vas-tu ?

– Bonjour Kofi. Comme toi j'imagine.

– Tu as raison. Ça va mal. Je pense qu'il faut faire quelque chose. On ne peut pas attendre les services de la voirie, ils doivent être débordés. Tu appelles Marcel ?

– OK ! Et on te rejoint. »

Et des jours durant, nous avons réalisé un véritable massacre à la tronçonneuse sur les arbres innombrables qui barraient les routes, encombraient les jardins, fragilisaient les toitures et les palissades. Alors que nous allions ranger les outils, les défunts se sont rappelés à notre bon souvenir. C'était la fin du mois d'octobre et les familles s'activaient pour la fête des morts. Seulement, cinq énormes cyprès, plantés dans l'enceinte du cimetière, n'avaient pas résisté à la tornade et barraient littéralement l'accès aux tombes. C'était insupportable pour les veuves et les orphelins : le passage par le cimetière le jour de la Toussaint était pour eux une étape sacrée. Certains venaient de loin fleurir les dernières demeures. Le maire n'était pas là et les employés municipaux avaient renvoyé la population vers les services de l'Équipement, toujours débordés.

– On te rejoint, avait encore dit Louis, et l'équipe s'était reformée.

À la fin de la journée, Jean-Marc est passé me voir. « Tu deviens incontournable, monsieur le conseiller municipal.

– Ce n'est pas comme conseiller municipal que je fais cela. J'ai appelé mes amis habituels, ceux du comité d'animation, et nous avons été rejoints par d'autres bénévoles. Pour tout dire, je ne pensais même pas à ma position élective.

– Ce n'est pas ce que tu penses qui est important. C'est ce que les autres pensent. Et je peux te dire que ça cause, ça jase à tue-tête. Certains sont contents et d'autres beaucoup moins. Ce qui est certain, c'est que si un jour tu vises plus haut, les gens se souviendront de ce que tu as fait ces jours-ci. »

Nous étions dans le salon et prenions l'apéritif. La présence de Jean-Marc était toujours annonciatrice d'interminables apéritifs. Il finissait toujours par ramener la conversation sur moi et sur les problématiques culturelles. Il reprit la parole après une généreuse rasade de pastis.

« Dans ce village où moi, le Parisien blanc originaire d'Alsace, je suis un étranger, toi, l'Africain, tu es en passe de devenir le citoyen prototypique de Bretagne. Tout tourne désormais autour de toi. Kofi par-ci, Kofi par-là, encore et toujours Kofi ! Allez donc voir Kofi. Qu'en pense Kofi ? On te consulte au printemps pour des conseils agronomiques, en automne tu organises le sauvetage du village sinistré par la tornade, en été tu feras le *fest-noz* et les animations en tout genre.

– Et alors ? Est-ce qu'il faudrait que je ne fasse rien ?

– Je ne dis pas cela, mais je te conseille d'être prêt à tout. Les gens vont te demander autre chose. Les gens vont attendre de toi des miracles.

– Tu me concèdes au moins que je pourrai garder mon libre arbitre. Que je saurai toujours ce que j'ai envie de faire et jusqu'où je puis aller ! »

Ma voix dut laisser poindre une note d'agacement que je ne pouvais retenir. Avec ses circonlocutions de philosophe imbibé, Jean-Marc me saoulait. Je ne lui en voulais pas. Il fouinait partout, dans les bistrots de Châteaulin, les routes et les fermes de Saint-Coulitz et revenait me voir avec une moisson d'informations. Mais il ne me disait jamais directement ce qu'il avait récolté. Il ne disait jamais « j'ai entendu ceci, on m'a dit cela ». Adepte de l'ironie et de la maïeutique socratiques, il insinuait, posait des questions, laissait poindre des observations, me faisait tourner en bourrique et finissait toujours par m'agacer. Et quand elle s'en rendait compte, Anne-marie intervenait.

– On passe à table.

La trêve ne durait pas le temps du bénédicité que nous ne disions d'ailleurs pas. Les couverts en bois touillant la salade, Jean-Marc reprenait la conversation, pas toujours là où on l'avait laissée. Provocateur, surtout après le pastis et le vin qui, à table, prenait la relève, il devait repartir assez fort pour susciter mon intérêt qui n'en demandait pas tant.

– Certains, et ce n'est que logique dans cette vieille terre de Bretagne, certains pensent que tu dois avoir un grigri.

Je cherchais ce que je pouvais répondre à cette nouvelle pique. Il ne m'en laissa pas le temps.

– On voit que tu rêves d'un destin national. Ça se sent à mille kilomètres à la ronde. Tu espères être député ou ministre un jour. Ou les deux !

Je n'ai pas pu cacher ma surprise. Ce n'était pas une question. Il m'informait simplement et gentiment qu'il connaissait mes intentions, dont je n'avais pas la moindre idée moi-même. *Tu espères être ministre un jour !* Comme si la perspective était envisageable pour moi ou pour tout autre immigré noir dans les cinquante ans qui allaient suivre. J'étais conseiller municipal. Comme conseiller municipal et tête de liste de l'opposition, il était évident que j'allais me présenter une nouvelle fois contre le maire. Mais je n'avais pas le sentiment d'agir pour cet objectif, encore moins pour un objectif plus ambitieux. J'agissais parce que j'aimais cela. J'agissais comme je l'avais fait pour la création du comité d'animation, comme je l'avais fait pour l'organisation du premier *fest-noz*, au moment où je ne pensais pas à un mandat électif, au moment où je ne pensais pas que quelqu'un puisse même y penser.

Seulement, quelqu'un y avait pensé et m'avait convaincu. Anne-Marie avait été réticente. Elle craignait que je ne devienne une espèce de singe savant que l'on exhiberait sur la place publique. À moins qu'on ne me transforme en bouc émissaire ou en agneau du sacrifice. Et voilà que maintenant, tout au fond du cœur de mon philosophe préféré, avait germé une ambition que je ne me connaissais pas. L'idée était-elle de lui ? Était-ce le fruit de sa propre analyse ? L'avait-il glanée sur le zinc d'un de ces bistrots de gare qu'il fréquentait assidûment ? Et au fond, en quoi est-ce que cela était impossible ? Après tout, j'étais convaincu d'être un Breton normal, un élu du peuple. Or en toute logique, un élu du peuple pouvait avoir toutes sortes d'ambitions. Allais-je maintenant me sentir incapable ou indigne d'une telle ambition, comme ces êtres qui, par essentialisme, deviennent porteurs de leur propre censure ? Bien entendu, je n'avais pas cette ambition. Je n'y avais jamais songé. J'étais bien dans mon coin de Bretagne comme élu de base. Mais dans l'absolu, aucune ambition n'était interdite à un Breton.

*
**

En cette année 1983, l'automne avait succédé à l'été comme tous les ans, sans que j'en sois responsable, ni que je puisse l'en empêcher. Je n'y pouvais rien. Le fait que je conduise la liste d'opposition aux municipales à Saint-Coulitz avait été une petite révolution, mais n'avait rien bouleversé au cycle des saisons. Il ne m'avait pas apporté de nouveaux pouvoirs. Je le regrettais amèrement. La Terre allait donc continuer à tourner à Saint-Coulitz jusqu'à la saint-glinglin, en France, à Navarre et jusqu'aux contrées les plus lointaines. C'était insupportable pour mon ego, et j'en étais effroyablement déçu.

On peut cependant noter que dans les lointaines terres des Phocéens et des Canuts, au sud de la Loire, loin, bien loin de notre bonne vieille et sage Bretagne, il se passait des choses. Elles nous parvenaient comme nous parvenaient, avec la même importance et la même intensité, l'écho des migrations des oiseaux vers les terres chaudes, la montée rituelle des saumons vers les rivières pour une ponte atavique, l'approvisionnement des écureuils en prévision de la morte-saison ou encore la préparation des ours blancs pour leurs longues hibernations polaires.

Nous entendions parler des affrontements qui opposaient les policiers et les gones des cités des Minguettes dans la banlieue de Lyon. Lyon ou le bout de la planète, c'était du pareil au même pour le Breton moyen. Le jeu de cache-cache entre les forces de l'ordre et les jeunes, les incendies de voitures, le saccage du mobilier urbain, les marches successives, tout cela ne nous regardait que très peu. On parlait aussi d'un certain Front national, l'extrême droite française, qui réalisait ses premiers résultats électoraux à deux chiffres du côté de Dreux, certainement une bourgade du Péloponnèse ou de l'Antarctique.

De temps en temps Jean-Marc passait, essayait d'orienter la conversation dans cette direction. Au début, je peinais à le suivre. Mon travail à la DDE m'accaparait trop pour que je trouve le temps de m'intéresser à ces événements lointains. Mes nouveaux engagements politiques et associatifs occupaient mon esprit. Mes deux enfants et mon épouse se plaignaient de ne pas me voir assez longtemps. Alors, dans ces conditions, les bruits des autres ne prenaient guère de place dans mon emploi du temps.

« Mais tu ne te rends pas compte, Kofi ! La droite se laisse prendre au piège de l'extrême droite. Elle joue avec le feu. Ça va mal se terminer, c'est moi qui te le dis.

– Non en effet, je ne m'en rends pas compte et cela ne m'intéresse pas outre mesure.

– Mais il s'agit des immigrés comme toi. Et Jacques Chirac a déclaré qu'il n'aurait pas été gêné de voter pour la coalition RPR-FN à Dreux ?

– D'abord, ce ne sont pas des immigrés comme moi. Ou plutôt, je ne suis pas un immigré comme eux. Et cela fait une sacrée différence. Et puis c'est qui Jacques Chirac et c'est où, Dreux ?

– Tu crois peut-être que tu es drôle. Mais cela couve quelque chose de malsain. »

J'avais voulu être drôle tout simplement pour qu'il me fiche la paix.

« Est-ce que nous pouvons passer à autre chose ? Tu commences à me les casser menu menu avec tes préoccupations d'un autre monde.

– Cet autre monde comme tu dis, c'est la France et la ville de Dreux est aux portes de la Bretagne, sans oublier que le président du Front national est un Breton.

– Là, ça peut m'intéresser. Montre-le-moi et je lui jette un sort à l'africaine !

– Je peux aussi te monter tes petits camarades socialistes qui ne valent guère mieux. Certains et pas des moindres, car il ne s'agit ni plus ni moins que du Premier ministre, du ministre de l'Intérieur et de celui du Travail, s'en prennent à la CGT qu'ils accusent plus ou moins de soutenir des travailleurs immigrés, des forces "étrangères" comme ils disent. »

Les propos de Jean-Marc m'atteignaient plus que je ne voulais l'admettre. À cette époque, les travailleurs immigrés étaient exclusivement composés de cette main-d'œuvre que la France avait fait le choix d'importer pour occuper les emplois subalternes. Ils étaient en majorité analphabètes et ne pouvaient prétendre logiquement à autre chose que ce qu'ils faisaient comme boulot dans les usines automobiles, sur les chantiers du bâtiment ou à la voirie des grandes villes. Je ne ressentais pas pour eux une solidarité de classe ou de couleur. Je n'étais pas l'un deux. Les étudiants comme moi, qui représentaient une infime minorité des migrants, rentraient presque tous dans leur pays une fois les études terminées. Les quelques rares qui restaient en France occupaient des fonctions conformes à leur niveau scolaire. On y trouvait aussi bien des médecins que des ingénieurs ou des professeurs.

Il y avait très peu de solidarité entre les deux catégories de migrants. Quand je repense aujourd'hui au comportement que nous adoptions, nous les migrants privilégiés, je ressens beaucoup de honte et une grande tristesse. Le pire des affronts que l'on pouvait faire à un étudiant africain, c'était de le confondre avec ceux que nous appelions communément, et comme tout le monde, les éboueurs maliens !

Les enfants issus de l'immigration, arrivés ou nés en France dans les années 1970, étaient trop jeunes pour faire valoir leurs droits à l'emploi. J'essayais de me convaincre que le moment venu, ils se feraient leur place sous le ciel de France comme je m'étais fait la mienne. Mais d'un autre côté je ne pouvais plus faire semblant de ne pas voir la montée des discours haineux et diviseurs du FN et le comportement assez glauque des hommes politiques de droite et de gauche.

*
**

Cet automne 1983, l'année de ma première candidature à la mairie, deux ans après que François Mitterrand eut conduit la gauche au pouvoir, eut son lot de manifestations rituelles, de grèves plus ou moins perlées. Mais il se passa autre chose, cet automne-là.

De jeunes Français issus de l'immigration, d'origine essentiellement maghrébine, avaient grandi dans les banlieues des grandes villes, à l'ombre modeste de leurs parents et face à la montée d'un discours raciste. Les élites ne réussissaient pas à les classer, encore moins à les rassurer sur leur citoyenneté pleine et entière. « Maghrébins », « issus de l'immigration », telles étaient les dénominations par lesquelles on les désignait. Jamais « Français ». Leur mal-être se développait de jour en jour et leurs revendications devenaient tonitruantes, chacun protestant selon ses moyens, les uns par des actes de vandalisme, d'autres essayant de s'organiser vaille que vaille.

Un jour de l'automne 1983, quelques-uns entreprirent une longue marche qui partait de Marseille et devait rejoindre Paris. Ils étaient trente-deux au départ, rien de bien spectaculaire. Comme pour donner de l'écho aux conflits raciaux naissants et à leurs revendications pour l'égalité, alors qu'ils labouraient les routes de France, une personne d'origine maghrébine fut victime d'un assassinat à caractère raciste dans le train Bordeaux-Vintimille, défenestrée, alors que le train roulait à vive allure, par des aspirants légionnaires.

La marche prit de l'ampleur, récupérée par les partis de gauche qui y poussèrent leurs militants. Ils n'étaient que trente-deux jeunes au départ de Marseille, ils arrivèrent soixante mille à Paris et une délégation fut reçue par le président de la République François Mitterrand. Je ne pouvais plus me voiler les yeux, la situation était grave.

Plus que le phénomène lui-même, ce qui m'a interpellé, c'est le détournement qui a été fait par les élites et la presse. Je me demandais pourquoi cette marche baptisée « Marche pour l'égalité » quand elle était partie de Marseille, quand elle avait parcouru les routes, traversé les villes et les villages de France, pourquoi la presse l'avait transformée en « Marche des Beurs » quand elle était arrivée à Paris ?

À la suite de cette manifestation, l'association SOS Racisme est née avec la bénédiction, le parrainage et la récupération du pouvoir de gauche. J'ai ressenti cette naissance comme une totale et perfide erreur de casting. Comment n'a-t-on pas perçu la charge négative et discriminante, le rejet que pouvait charrier la relégation d'une partie de la jeunesse française au rang de « potes » et non de frères ? À moins que ce ne soit intentionnel. Ce que je refusais de croire avec toute mon énergie. Certes, on ne peut pas nier la générosité de cette jeunesse qui se levait contre le racisme. Mais l'on ne pouvait que maudire la réflexion des élites qui leur avaient mis dans la tête que les Mouloud et les Moussa seraient à jamais des « potes », jamais des frères. Et jusqu'à ce jour, personne ne semble s'être aperçu de cette maldonne.

Je commençais à mesurer l'ampleur du discours raciste naissant. Ma Bretagne restait encore à l'abri de ces mouvements venus des banlieues des grandes villes, mais pas Jean-Marc qui ramenait toujours le débat sur ce thème et me faisait un rapport quasi quotidien de ce qui se passait. Parfois, il m'interpellait plus ou moins directement.

« Tu te rends compte ? Des enfants sont en train de réussir là où vous les étudiants immigrés, n'avez pas voulu vous engager.

– Tu peux quand même comprendre que nous n'avions pas les mêmes préoccupations que cette jeunesse. Nous venions dans ce pays pour un but précis, avec une bourse française. Nous devions faire des études et rentrer dans nos terres. Alors que ces enfants sont chez eux ici, et ils souffrent du regard qu'on pose sur leurs parents. Donc il est tout à fait logique qu'ils se sentent plus concernés que nous, qui n'étions que de passage.

– Tu as raison, concédait-il songeur. Mais quand même ! »

Plus il me donnait raison, moins je me sentais à l'aise. Mais il ne se passait pas grand-chose de ce genre chez moi, dans ma Bretagne. Il m'arrivait bien évidemment d'observer ici ou là des comportements plus ou moins déplacés à mon endroit, à cause de la couleur de ma peau ou de mon drôle de nom. Mais même si c'était désagréable pour moi, cela ne tirait pas à conséquence. Je crois que les mêmes agissements dans une zone à forte densité immigrée ou sur des personnes plus fragiles que moi auraient eu – avaient – des effets plus graves.

Il faut me comprendre ! Je vivais en parfait équilibre avec mon milieu. J'avais terminé mes études. Je m'étais marié. J'avais fondé une petite famille. J'exerçais une haute fonction, en tout point conforme à mes compétences. Je jouissais de la reconnaissance de mes concitoyens. Alors, si quelqu'un me disait d'une manière ou d'une autre que je n'étais pas à ma place, j'étais plutôt porté à le plaindre, lui, qu'à m'apitoyer sur mon propre sort qui n'avait rien d'apitoyant. Je considérais que c'était lui qui n'était pas à sa place et pas moi. C'est lui qui avait un problème et pas moi. C'est lui qui était à plaindre, pas moi.

Je devais cependant réfléchir à tout ce qui se passait non loin de moi. Avec le temps et les attaques répétées de Jean-Marc, je ne considérais plus que ces choses se déroulaient dans le Péloponnèse, en Asie Mineure ou dans l'Antarctique. Je me sentais beaucoup plus concerné que par l'hibernation des ours blancs ou la migration des oiseaux frileux et des saumons traditionalistes.

– À ton avis, qu'est-ce qui arrive et comment y remédier ?

Jean-Marc restait songeur. Je ne pouvais pas le rater.

« Si je comprends bien, tu es payé pour soulever les problèmes et non pour y chercher des solutions, mon gaillard !

– Ton gaillard n'a jamais soulevé aucun problème. Les problèmes sont là et je fais un constat. L'homme politique, c'est toi. L'immigré, c'est toi. Alors, sans jeu de mots, c'est à toi d'aller au charbon. »

Tout dans son attitude démontrait qu'il n'était pas peu fier de son jeu de mots. Je laissai s'éloigner les anges sanguinolents qui me suppliaient de ne pas commettre un crime.

– À ton avis, pourquoi la Bretagne n'est-elle pas atteinte ?

Jean-Marc se tut, les yeux fixés dans le pastis de son verre, comme pour y *trouver* une réponse. Il en prit une bonne rasade et parut inspiré par le breuvage.

« Ce n'est pas la Bretagne qui n'est pas concernée, c'est la France profonde. Nous revenons toujours à la même chose dont nous avons parlé encore et encore.

– Comment cela ?

– En fait, la France est un pays d'intégration. Il n'y a pas ici à proprement parler un fondement raciste, un système de type apartheid. On peut épouser l'homme ou la femme que l'on veut et habiter où l'on peut selon les moyens financiers dont on dispose. Mais comme partout ailleurs, la concentration des migrants éveille des sentiments de xénophobie chez cette frange hideuse que l'on trouve dans toutes les sociétés. Face à la montée démographique des migrants, ils distillent un discours nauséabond, inoculent la peur, parlent d'invasion, du travail et du pain des vrais Français que les immigrés sont en train de voler. Tu auras remarqué une chose. Alors que la femme est le tabou suprême du racisme, ici, personne ne s'est jamais érigé contre les mariages mixtes. Là où il n'y a pas de concentration, le migrant disparaît dès qu'il trouve sa place. »

Nous passâmes ainsi de longues heures à parler… Jean-Marc accusait les hommes politiques qui, tous, avaient surfé sur cette vague xénophobe. Il accusait les intellectuels et les sociologues qui n'avaient pas préparé le peuple à comprendre que toute migration est appelée à s'installer et à se multiplier par la natalité. On avait pensé que ces gens allaient retourner dans leur pays et on les avait ségrégués, on les avait entassés dans des taudis ou des foyers sordides. Il y avait derrière tout cela des relents de colonialisme et l'on continuait à les voir comme de la main-d'œuvre bon marché, les enfants devant hériter des boulots de leurs parents que l'on n'avait pas aidés à s'intégrer. Beaucoup ne parlaient même pas français.

*
**

Resté seul après le départ de mon ami, je poursuivais la réflexion. Je finis par comprendre clairement le fond du problème. Chaque immigré qui venait en France le faisait pour son propre compte. Il ne venait pas avec son village. C'est en France qu'on le repoussait dans une logique de groupe uniforme. C'est en France qu'on l'enfermait dans des taudis et des foyers ethniques. Était-il seulement possible de faire machine arrière ? Les parents avaient été des immigrés, les enfants devenaient des Beurs, alors qu'ils voulaient être des Français.

Comment faire comprendre aux uns et aux autres qu'il n'y a pas d'histoire collective au départ ; que ce sont les histoires individuelles de chaque Français, de chaque migrant, qui font les histoires collectives ; qu'il n'y a pas de tribu beur ou harkie en France ; qu'il allait y avoir un médecin, un éboueur, un maçon, un chauffeur, et non le travailleur immigré ou le Beur. Ce sont les destins individuels qui font les destins collectifs et pas l'inverse.

Comment, de ma Bretagne profonde, pouvais-je faire passer ce message à l'élite de Paris ? Comment pouvais-je me façonner un destin individuel qui me permît d'apporter des solutions à ces problèmes ? Fallait-il que je me fasse élire député de la nation ou que je sois nommé ministre dans un gouvernement pour me faire entendre ?

Quand j'arrivais à ce niveau où ma réflexion devenait fantasmagorique, je comprenais que j'étais fatigué. Ministre, moi, dans un gouvernement en France ! Député de la nation siégeant au Palais-Bourbon ! Je n'avais pas encore réussi à me faire élire maire ! Alors j'allais me coucher, je dormais mal et recommençais le lendemain à refaire le monde avec Jean-Marc.

IV

LE SACRE DE VENDREDI

– 17 –

Un matin, la commune s'est réveillée sous le tohu-bohu inattendu, désespéré et désespérant de cette horde de journalistes venus de tous les coins du monde. Mon élection les attire plus que ne l'aurait fait une statue pleureuse de la Vierge Marie versant des larmes d'or pur au Qatar. Le bon vieux saint patron de la commune et tous les ancêtres qui dorment au cimetière doivent se poser des questions sur l'origine de ce vacarme, à moins que l'omniscience que l'on prête un peu trop généreusement à ceux qui sont morts ne les ait informés de l'événement. Ce qui est certain, c'est qu'ils doivent se dire qu'une vraie révolution s'abat sur notre bourg. La cause de ce ramdam, c'est que je suis élu maire de cette banale petite commune bretonne. Peut-être que la couleur de ma peau y est pour quelque chose.

Des choses étranges se mettent en branle. Des coups de téléphone et des téléfax affluent du monde entier. Des amis accompagnés de leurs amis ou de leurs parents viennent à la maison. On donne à boire, parfois à manger. Je n'ai pas réalisé une seule fois la multiplication des pains et des poissons. Je n'ai pas transformé de l'eau en vin. Anne-Marie s'est juste débrouillée comme elle l'a pu et tout le monde a été content. Si miracle il y a eu, c'est à cause d'elle. Je n'y suis pour rien. Une seule fois, j'ai promis un miracle parce que je ne savais pas de quoi je parlais. C'était un de ces jours où nous recevions des visiteurs à la maison. J'ai demandé à mon fils de faire je ne sais plus quoi, et il m'a répondu qu'il n'y avait pas de lézard. Je lui ai promis que j'allais en trouver.

Ce qui se passe dans ma vie, je ne le maîtrise plus. Mais l'ai-je jamais maîtrisé ? Les jours se suivent et se ressemblent avec leur lot de surprises. Pourquoi ai-je reçu ce matin un appel téléphonique de quelqu'un qui s'est présenté à moi comme le Président des États-Unis ? Vous ne me croyez pas ? Rassurez-vous, je n'y ai pas cru moi-même. C'est pourtant bel et bien ce qui s'est produit.

« *Coffee*, m'a-t-il appelé, comme si j'étais devenu une certaine boisson chaude.

– Pas *Coffee*, Kofi. Ko… Ko… Comme *Cauca-Caula*. »

Ce n'est pas que je sois pointilleux, mais tout le monde a le droit de défendre son identité la plus basique. Et cela commence par l'énoncé correct de son nom. Coffee, Coffee, est-ce que j'ai une gueule de ce café que je ne prends que lorsque je n'ai pas le choix ?

– Aucun mot anglais ne se prononce comme cela. Nous autres Américains, nous ne connaissons pas ce son et nous ne prononçons pas Coca-Cola comme vous. Alors, pardonnez-moi cher ami, si j'écorche votre nom. *Coffee*, comment allez-vous, *old chap ?*

À y regarder de près, je crois que je préfère encore Coffee à cette nouvelle identité, *old chap*, qu'il vient de m'attribuer.

« OK, je vous comprends, cher ami. Écorchez donc mon nom si vous n'avez pas le choix. Je vais bien. Est-ce que je peux savoir qui est à l'appareil ?

– C'est le Président des États-Unis.

– Oui, bien sûr ! Où avais-je la tête ? Vous n'avez pas trouvé mieux ? Moi je me contenterais d'être le pape, le dalaï lama ou Mère Teresa.

– Vous n'êtes pas le pape ni rien d'autre, cher Coffee, mais moi je suis le Président des États-Unis d'Amérique. »

Sans être un spécialiste, je me dis que l'accent anglo-américain est indéniable. Mais une imitation de ce type est à la portée du premier comédien venu. Nous poursuivons néanmoins, sans que je me soucie de savoir si c'est bien Bill Clinton, nouvellement élu, ou si c'est un banal maître du canular comme la France en héberge des centaines. Cela n'a pas beaucoup d'importance.

« Je vous félicite pour votre brillante élection dont l'écho est arrivé jusqu'à la Maison-Blanche.

– Vous parlez bien français, monsieur le Président des États-Unis d'Amérique. Soignez juste un peu votre accent. »

J'ai dit cela pour me donner le temps de réfléchir et parce que je n'ai jamais entendu aucune allusion concernant la maîtrise de la langue française du locataire de la Maison-Blanche. Mais il est vrai qu'il est élu depuis peu et que ce genre de précision n'a pas encore alimenté la chronique.

« Je n'ai pas le choix. Il faut bien que je parle une langue que vous comprenez, puisque vous ne connaissez pas un mot d'anglais.

– Qu'est-ce que vous en savez ?

– Je le sais parce que je suis le Président des États-Unis d'Amérique, cher *Coffee*, et que le Président des États-Unis d'Amérique sait tout. Je voulais donc personnellement vous féliciter pour ce que vous avez fait.

– Je vous en remercie, monsieur le Président des États-Unis d'Amérique.

– Mais ce n'est pas tout… »

Je me suis entièrement piqué au jeu. Je ne me préoccupe plus de l'authenticité de cet appel pour le moins inattendu. L'effervescence est telle, depuis quelques jours, depuis mon élection comme maire, qu'une trêve, même des plus courtes ou des plus débiles, est toujours bonne à prendre. J'ai reçu des coups de fil venant du monde entier de la part de personnalités les plus inattendues et avec les accents les plus incroyables.

« Vous dites que ce n'est pas tout. Qu'est-ce qu'il y a en plus, monsieur le Président ?

– Je vais vous le dire. En effet, je sens que vous êtes parti pour faire des miracles. Vous êtes parti pour prendre les bastions les mieux protégés et je sens que rien ne pourra plus vous arrêter. Mais de grâce, gardez vos prouesses pour votre pays la France et pour l'Europe à la rigueur. Évidemment, l'Afrique vous est aussi ouverte. Mais laissez-moi vous donner un petit conseil. Ne vous hasardez pas à venir vous occuper de l'Amérique. Si jamais il vous prenait par exemple l'envie de déplacer les chutes du Niagara ou de combler le Grand Canyon, n'en faites rien, cela n'est pas de votre ressort. Ils sont bien comme ils sont et là où ils sont. »

Et il part d'un éclat de rire qui n'en finit plus. Je l'accompagne dans son éclat de rire qui n'en finit pas et nous rions à ne plus nous arrêter, à ne plus savoir qui rit plus que l'autre. Ceux qui connaissent les Américains savent de quoi ils sont capables en matière de fou rire. Ceux qui me connaissent savent que quand il s'agit de rire, je suis imbattable, même par un Américain, fût-il Président des États-Unis, ou juste un imitateur de talent.

– Monsieur le Président ou qui que vous soyez, vous savez quel boulot j'ai en Europe, en Afrique et dans le reste du monde. Je peux me contenter de faire tomber le mur de Berlin. Je peux m'attaquer à la muraille de Chine. Je peux m'occuper à acheminer les démocraties vers mon Afrique natale. Je peux même fomenter des printemps chez les Arabes d'Afrique et d'ailleurs. Alors, je vous promets que je ne m'attaquerai ni aux chutes du Niagara, ni à votre cher Grand Canyon du Colorado ou d'ailleurs, avant d'avoir fini le boulot ici.

Pour une raison qui me reste inconnue et le demeurera certainement à jamais, il conclut en anglais. Je ne sais même pas pour quelle raison j'ai mémorisé sa tirade.

– *You are a nice fellow, Coffee my friend. In the meantime, take care.*

Take care, take care ! Quel car ? Et pour aller où ? Je ne lui promets pas que je prendrai le car, puisque je ne sais pour où. Je lui dis que je suis prêt à lui promettre sous serment que je résoudrai d'abord les problèmes du reste du monde avant de m'attaquer aux américains Grand Canyon et chutes du Niagara. Alors, j'ai la confirmation qu'il n'est pas bien difficile de satisfaire un Américain, qu'il soit de Harlem ou de la Maison-Blanche. Car, après ma simple promesse, il me salue d'un bref et énigmatique « *take care* » renouvelé et raccroche.

Il ne manquait plus que ça ! Pourquoi m'attaquerais-je aux paysages des Amériques ? Va-t-on m'accuser d'être responsable de tous les événements qui se sont déroulés en ce bas monde en cette haute année 1989 ? Je n'en sais rien. Mais quand le mur de Berlin est tombé, je me suis posé des questions. Ce que je sais, c'est que je n'ai rien fait pour cela. Je n'ai rien fait pour que le bicentenaire de la Révolution française survienne l'année de ma conquête de la mairie de Saint-Coulitz. C'était prévu depuis deux cents ans et François Mitterrand est bien le seul responsable du faste des festivités commémoratives. Je n'ai pas été responsable des morts de l'empereur du Japon, de John Cassavetes, de l'ayatollah Khomeyni, de Sergio Leone, des quatre-vingt-seize supporters du stade de football de Sheffield, de Ceausescu et de son épouse. Je n'ai jamais tué personne, même dans mes rêves, même mes opposants politiques qui se sont mis à tomber comme des feuilles mortes, et dont je vous parlerai plus loin.

De grâce, ne m'attribuez pas le départ des troupes soviétiques d'Afghanistan. Je n'ai pas participé aux enchères de la Mercedes de John Lennon. Je n'avais pas les millions nécessaires à cet achat, pas plus qu'à celui des *Noces de Pierrette*, le tableau de Pablo Picasso. Je n'ai pas orchestré les révoltes de la place Tian'anmen en Chine, encore moins le massacre des étudiants chinois qui s'est ensuivi. Je suis un pacifiste, vous le savez. Mais comme vous, je me suis réjoui de l'arrestation de Paul Touvier et de l'interdiction du commerce de l'ivoire en France.

Comme vous, j'ai applaudi la révolte étudiante au Bénin. Comme vous, je me suis félicité de l'annulation par la France mitterrandienne d'une partie de la dette africaine. Comme vous j'ai appris la réconciliation en Angola et les événements qui annonçaient la fin de l'apartheid. Comme vous, sans avoir rien fait pour cela, j'ai été profondément attristé par la mort des cent soixante et onze passagers du DC-10 français d'UTA au-dessus du Niger. Comme vous, je ne pouvais pas faire mieux. C'est mon seul tort.

En cette fatidique année 1989, j'ai juste été élu maire d'une petite commune de France et j'ai dit à mes concitoyens et administrés que j'étais prêt pour le boulot. Je suis prêt pour m'occuper de votre destin, depuis les roses de la naissance et du mariage jusqu'aux chrysanthèmes des tombeaux. Sans cor ni cri, ni *Internationale*, juste notre bonne vieille *Marseillaise*.

– 18 –

Citoyens vivants et ancêtres morts du cimetière, j'arrive au rendez-vous que le destin m'a fixé. Certes ! Mais pourquoi moi ? Pourquoi maintenant ? Pourquoi déjà ? Et où aller ? Ce qui est sûr, c'est que j'arrive. Et je me rends compte que je n'ai jamais rien fait d'autre qu'arriver. Quand je suis né garçon alors que ma mère étourdie par la vitalité de mes deux frères aînés attendait, que dis-je, espérait une fille, j'ai crié : « J'arrive ! » Quand j'ai dû me contenter d'un prénom que les ancêtres, dans leur grande sagesse, avaient prévu pour les enfants mâles qui naîtraient un vendredi sans qu'on ait choisi un prénom pour eux, j'ai dû hurler en sortant du ventre de ma mère : « J'arrive ! » Quand le curé blanc est venu me prélever de mon village pour m'amener à l'école nouvelle, j'ai encore dit, bon soldat, « Bien sûr j'arrive ». Puis je suis arrivé en Bretagne comme un cyclone inattendu, comme une marée noire qui, faute de faire le bonheur des riverains, a fait celui des écologistes accrocheurs et a attiré en Bretagne une marée de journalistes. « J'arrive ! » ai-je encore dit quand j'ai entrepris de réveiller mon village d'adoption avec le comité d'animation, et quand j'ai été sollicité pour conduire la liste d'opposition. Aujourd'hui, le maire que je suis n'a eu d'autre choix que de dire la même chose.

Mais entendons-nous bien : si vous m'avez appelé et si j'ai répondu « j'arrive », ce n'est pas pour faire de la bichromie, de la stéréophonie colorielle sur les photographies de l'assemblée municipale. Si j'ai dit « j'arrive », ce n'est pas pour le frisson des gosses, ni pour l'amusement de la presse ou le bonheur de la postérité. Je n'arrive pas pour inaugurer les chrysanthèmes ni pour admirer les pétunias, les magnolias et les bégonias, toutes ces fleurs qui font le bonheur des communes concourant pour le trophée des villes fleuries. Ici, plus que les fleurs, il y a sûrement autre chose à planter : la vie, tout simplement.

Certains ont crié de joie, d'autres de surprise, en voyant arriver le premier maire noir de France métropolitaine. D'autres encore, après moult recherches, n'ont eu de cesse, et à juste titre, de rappeler à la ronde que je n'étais pas le premier maire noir de France. Mais il est une chose que je tiens à dire. Quand mes frères bretons m'ont demandé de diriger la liste de l'opposition communale, quand j'ai accepté de le faire, quand nous nous sommes battus comme des chiffonniers pour ferrer et arracher une à une des voix acquises de toute éternité à l'adversaire, je ne me suis jamais senti en compétition pour être un maire noir de France métropolitaine, encore moins le premier. Je ne savais même pas s'il y en avait déjà eu un ou non. Je ne me posais pas ce genre de question, tout simplement.

Alors, était-ce bien nécessaire de dresser l'état des édiles noirs, d'aller inviter un maire mort et de mettre en lumière celui qui était vivant ? On m'a donc appris que j'étais médaille de bronze dans ces olympiades de l'absurde. On m'a appris que j'arrivais en troisième position. Je n'en étais pas peu fier pour autant. Je n'étais pas peu fier d'arriver après ces deux hommes de grand talent dont on parlait. J'arrivais après un Antillais, Raphaël Élizé. Monsieur Élizé, homme de grand mérite, vétérinaire et héros de la Seconde Guerre mondiale, est né en Martinique en 1891, a été élu maire de Sablé-sur-Sarthe en 1929, est mort pour la France à Buchenwald en 1945. Il y a eu ensuite Auguste Senghor, maire depuis 1975, d'abord au May-sur-Èvre puis à Saint-Briac-sur-Mer, toutes ces communes bien plus peuplées que ma Saint-Coulitz-la-modeste, avec ses quatre cents âmes. Alors d'être du trio de tête à côté de ces « grands frères », cela m'honorait au-delà de mes espérances.

Parfois, pour amuser mon auditoire, j'apporte quelques précisions. Monsieur Raphaël Élizé, arrivé en Métropole à onze ans, était français depuis des générations, bien avant les Savoyards, les Alsaciens, les Niçois et tant d'autres Français que l'on pense plus français que lui. Il faut donc rendre hommage à ses concitoyens qui, j'en suis sûr, ne cherchaient pas à le placer médaille d'or des olympiades des édiles colorés. Et puis – c'est là que je voulais faire rire les autres –, quand on se nomme Élizé, même avec une orthographe approximative, on est en droit de viser plus haut qu'une mairie de la Sarthe. Si en plus on se prénomme Raphaël, archange et protecteur des voyageurs sur terre, sur mer et dans les airs... Quant à Auguste Senghor, je réglais son compte avec les mêmes arguments bourrés de mauvaise foi. C'était quand même le neveu d'un ancien ministre français, d'un ancien président de la République, d'un immortel de l'Académie française, du père de la Francophonie et de la négritude. En plus l'homme était Auguste de son prénom. Ces deux veinards, nés avec une cuiller en argent dans la bouche, ne portaient pas un prénom généraliste attribué à tous les enfants d'une bonne partie du golfe de Guinée, terres et îles comprises, nés un vendredi. Un prénom qui, en Occident, faisait penser à une boisson chaude anglaise, et un nom à sonorité cannibalistique que presque tout le monde prononce *Miam-miam*, un nom à coucher dehors sous la pluie, même dans un pays où il ne pleuvrait pas. Nos deux édiles n'étaient pas nés dans un village préhistorique et n'avaient pas été naturalisés sous Giscard d'Estaing. Mais je ne perdais pas beaucoup de temps à ce faux débat, car j'avais de la pâte à crêpe bretonne sur le feu...

*
**

La commune s'était réveillée avec une immense gueule de bois de chouchen et de bière. Tout cela à cause de moi ! Je n'avais rien demandé, rien fait qui ne fût humain. Je n'étais peut-être que le énième maire noir de France, mais c'est grâce à mon élection que l'on s'est souvenu de l'existence des autres, que l'on a su qu'un Noir pouvait être maire dans notre pays. Je n'en demandais pas tant. Ils n'en demandaient pas tant, ne se prenant que pour ce qu'ils étaient. J'ai toujours été agacé par ces Noirs qui vont chercher les inventeurs noirs ou des héros noirs pour faire pendant aux inventeurs et aux héros blancs, comme si les Japonais, les Coréens et les Indiens avaient besoin de ce genre de raccourcis idéologiques. En plus, chez bien des Noirs, être un héros, c'est moins agir que subir. Il y a une confusion permanente entre héroïsme et martyre. Très peu de Noirs vous citeront les empereurs Soundiata Keita et Kankan Moussa ou le savant Bakayoko comme des héros. Et pour cause, ils ont vécu jusqu'à leur mort, en dépit des envieux. Mais tous dresseront des lauriers à ceux qui ont été assassinés. Les morts sont tous des braves types, il ne faut jamais l'oublier, mais certains plus que d'autres. Je me suis trop opposé à cette approche pour adopter ou même supporter celle qui faisait l'éloge des maires noirs et de ma propre négrité.

Comme maire, j'étais un pur produit breton de la commune de Saint-Coulitz. Je n'étais pas issu des manipulations génético-politiciennes de Paris. Alors, mon élection n'avait pas fait plus de remous chez les Bretons que celle d'un autre notable local. Ici tout paraissait normal. On avait fêté ma victoire en famille et entre amis et camarades socialistes. J'avais reçu des félicitations d'une ou deux personnalités socialistes régionales. Pas plus. Le déferlement médiatique et les hyperboles frénétiques du discours parisien m'avaient sonné dans un premier temps. Je ne les avais pas prévus. Pour qui sont ces serpents qui sifflent sur vos têtes ? Circulez donc, gens venus d'ailleurs. Ici il n'y a ni singe savant, ni homme tronc, ni homme à deux têtes, ni aucune autre attraction de cirque.

Mais rien ne pouvait plus arrêter cette furie. Après les journalistes, le temps des autres corps sociaux plus ou moins constitués a sonné. On venait de partout pour que je raconte mon expérience, pour que j'apporte mon soutien à tel ou tel projet caritatif. Beaucoup d'Africains se voyaient futurs maires d'une commune française pour peu qu'ils appliquassent la méthode Kofi. Pourtant, il n'y avait pas de méthode Kofi, ni de grigri, ni de crocodile. Il y avait la méthode universelle d'intégration dans son espace de vie. Les gens voulaient à tout prix me coller une stature messianique. Je ne cessais de me demander : pourquoi moi, pourquoi maintenant… Mais Anne-Marie s'empressait de me ramener sur le droit chemin de la réalité de mon parcours.

– Tu n'es pas le Messie, mon ami. Tu es maire, mais tu es Kofi. Et tu es maire parce que tu as toujours été Kofi, l'homme disponible que j'aime, l'homme à l'écoute.

Alors petit à petit, j'ai réappris à rester le Kofi du comité d'animation, des *festoù-noz*…

Maire de ma commune, au début de mon premier mandat, je suis souvent monté en cachette dans le clocher de l'église – Brel aurait dit « mât de cocagne » – de cette commune de la Bretagne sans côte, parce que l'on n'imagine pas la Bretagne sans mer. Je suis souvent monté là-haut pour voir à quoi ressemblait la commune dont j'étais devenu le premier magistrat. Je suis souvent monté là-haut comme un diable en pierre pour décrocher les nuages. Mon mât de cocagne, un jeu si populaire en Bretagne qu'il y porte un nom local, *ar wern*. Mais comme le dit la sagesse populaire : « Quand on monte au mât de cocagne, il faut avoir les braies propres ! » Je n'avais pas de souci à me faire de ce côté-là. Les miennes l'étaient. Je n'avais pas laissé une femme en Afrique. Je n'avais pas de cadavre dans la penderie. Je n'étais pas entré clandestinement en France. Je payais mes impôts.

J'avais décroché le gros lot. De là-haut dans mon clocher solitaire, le soir venu, je contemplais mon royaume. Moi, je ne l'aurais pas échangé pour un cheval, même pour cent chevaux, même pour un haras de cent pur-sang arabes, de deux cents fringants yearlings nés outre-Manche, ou pour un attelage de seize chevaux aux pieds ailés. Pourtant, au début de mon mandat, du haut de mon mât, à l'heure vespérale où les classes ferment, je ne voyais pas de nuées d'enfants égayant de leurs rires et de leurs jeux une cour d'école à jamais déserte. À l'heure de l'apéritif du soir, il n'y avait aucun bistrot pour recueillir les plaisanteries grivoises, les sourires en coin et les rires gras des buveurs humides, parlant de haridelles et de vieilles perfides. Les soirs du fleuve Aulne valaient bien ceux de la Meuse. Tristes, ô tristes soirs de printemps, d'été, d'automne et d'hiver ! Un grand silence s'abattait sur mon village et peu à peu l'enveloppait d'un manteau de deuil et d'oubli, que perturbait de part en part le bruit d'un tracteur solitaire ou les sabots des chevaux tirant une charrette branlante.

Je n'étais pas un messie. J'étais un maire. Je le savais, nous le savions. Je n'avais pas revêtu l'étole sacerdotale à laquelle me destinait le père Dauphin. Mais je portais fièrement l'écharpe, étole profane et laïque que m'avaient concédée les électeurs. Je ne la trouvais pas moins digne que les ornements sacerdotaux. Ma mission était aussi noble, aussi divine, aussi exaltante. Et du haut de mon mât, j'observais mon royaume. Il était à ma taille, modeste. Mais je voulais lui insuffler cette vie chaude qui bouillonnait dans mes veines.

Ma commune, mon royaume. Des routes communales égarées reliaient comme à regret des fermes et des maisons isolées à ce que l'on continuait à appeler le bourg. Sur ces routes, à des heures précises de la journée, le vrombissement d'un moteur s'entendait au loin, s'élevait dans l'air et s'apaisait. Le bruit semblait vouloir quitter le plus rapidement possible le moutonnement léger de cette morne plaine, semblable aux mouvements d'une mer lasse ou à la respiration sourde d'une belle endormie. Ce bruit de voiture, c'était un des nouveaux citoyens dont je faisais partie, qui rentrait de son labeur urbain. Ces néo-ruraux, certains par ici ne les aimaient pas beaucoup, parce que, prédisait-on, ils transformeraient lentement mais sûrement le paysage démographique, dénatureraient la quiétude des lieux et finiraient un jour par être plus nombreux que les autochtones – les gens de la campagne, les agriculteurs. Assez nombreux et donc assez puissants pour inverser la hiérarchie et prendre le pouvoir. Juste prémonition.

L'Aulne sinuait plus que jamais dans ses méandres qui ressemblaient à des plis de lassitude. Le canal, qui avait été la fierté du village, semblait regretter d'être là. L'usine hydroélectrique, cette autre ancienne gloire locale qui avait fait du chef-lieu et de Saint-Coulitz le troisième secteur électrifié de France, avait perdu jusqu'à sa mémoire historique. Que Georges Brassens pour qui j'ai une admiration sans faille n'en prenne pas ombrage : de cette histoire, même les vieux ne parlaient plus à leurs petits-enfants. Le bâtiment laissé à l'abandon dépérissait comme ces ancêtres méritants que les générations neuves refusent de prendre en charge. J'étais arrivé au sommet du mât, j'avais décroché mon petit nuage, je m'étais assis dessus. Combien de temps allait durer cette exaltation ? Mon village était à ma taille, modeste, aucun panneau indicateur ne signalait son existence, les habitants ne citaient jamais son nom, et quand on leur demandait d'où ils venaient, ils se présentaient comme de simples voisins de la commune de Châteaulin.

« J'arrive ! » Et si j'arrive, c'est pour qu'un jour un panneau autoroutier indique la direction de Saint-Coulitz. « J'arrive ! » Et c'est pour qu'un jour, l'on dise de Châteaulin : « C'est la voisine de Saint-Coulitz. »

– 19 –

On découvre souvent que les peuples séparés par une longue distance et la culture peuvent avoir des références communes, directes ou indirectes. Les mers et les océans ne sont pas des frontières assez fortes pour arrêter les similitudes entre les groupes humains. Comment se fait-il que l'on retrouve, dans les grottes aux quatre coins du monde, des peintures rupestres qui auraient été réalisées au cours de la même ère historique par des hommes qui ne se connaissaient pas ? Comment explique-t-on le fait que l'agriculture, l'élevage, le travail des métaux, soient apparus sur tous les continents en même temps, pratiqués par des peuples qui ne s'étaient jamais rencontrés ? Et je me suis toujours demandé, sans trouver de réponse, comment dans les mêmes ères préhistoriques, les sociétés de tous les continents ont connu des évolutions identiques. Communiquaient-ils ? Si oui, comment communiquaient-ils ? Sinon, comment ont-ils fait pour réaliser les mêmes choses en même temps ? Existe-t-il depuis Adam et

Ève – chacun les nomme comme il veut, mais ce sont les mêmes premiers parents pour tout le monde –, une télépathie qui permet aux hommes de se transmettre des messages et des savoirs ? Subliminal et mystique !

Moi qui ai atterri chez les missionnaires en venant de mon village préhistorique, moi qui ai pu intégrer sans difficulté les savoirs transmis par l'école occidentale, moi qui me suis senti à l'aise en Bretagne – je sais, vous allez me dire que c'est parce qu'ils ont eux aussi le rythme dans le sang –, j'ai pu comprendre intuitivement que pour que l'homme soit un loup pour l'homme, il faut qu'il se force un peu. Il faut qu'il se fasse plus méchant qu'il n'en a même pas l'air. Il faut qu'il en fasse trop, qu'il se surpasse, qu'il innove sans cesse. L'homme est essentiellement un frère pour l'homme. Ce que j'ai fait en Bretagne avec les Bretons, ce que les Bretons ont fait pour moi, aucun cheval, fût-il un pur-sang arabe, aucun yearling écossais, aucun zèbre du Zambèze ne l'aurait fait avec les sangliers de Brocéliande ou les moutons de Nouvelle-Zélande, aucune colombe ne l'aurait réussi parmi les aigles ou les gerfauts. La douceur d'une colombe n'a jamais attendri un tiercelet. Et le loup, en effet, ne saurait paître avec l'agneau, sous prétexte que c'est un animal comme lui. En revanche, il est plus naturel et plus consubstantiel du genre humain de créer ou de sauver l'homme en lui donnant un peu de son sang que de penser se sauver en versant des milliers de litres du sang des autres. Pour sauver un homme, un demi-litre de globules peut suffire, mais pour le saigner à mort, que d'efforts à fournir, que d'abnégation, que de renoncements, que de reniements, que de déshumanisation, que de litres de sang versés !

On m'a parlé d'un peuple camerounais, les Bassas. On appelle ces gens « le peuple au papier timbré ». Leur surnom ne vient pas d'une révolte contre une seigneurie quelconque, quoiqu'ils aient été les plus farouches combattants du colonialisme. Il s'agit d'un groupe teigneux et tatillon au sein duquel le mot chef n'existe pas, chacun étant chef chez soi, et dont les membres se promèneraient avec un papier timbré en poche pour rédiger immédiatement une plainte contre quiconque leur chercherait des noises. Vous me direz que leur papier timbré n'a rien à voir avec celui des Bonnets rouges saint-coulitziens et vous aurez raison. Mais je ne pouvais par rater une occasion aussi facile de poser une diagonale tordue.

Je me souviens de la dame qui disait à sa copine qu'elle m'estimait beaucoup, mais que ce qui la gênait en moi, c'était ma couleur… rouge. Rouge comme la couleur des luttes, des révoltes. Rouge comme la couleur des bonnets de l'armée que leva Sébastien Le Balp contre la seigneurie bretonne.

Cette histoire qui s'est déroulée dans le Finistère m'a très fortement impressionné. Sébastien Le Balp, fils d'un meunier, est né en 1639 à Kergloff dans l'actuel département du Finistère. Grâce à son intelligence, il fut remarqué très tôt par un noble, quelqu'un qui n'était pas de sa société, le marquis du Tymeur qui l'envoya étudier le droit à Nantes. Quand il rentra au pays, il s'installa comme notaire royal à Carhaix en 1664. À chacun ces références. Pour les Alsaciens, 1664, c'est le nom d'une bière.

Dans un contexte de crise économique, la population, excédée par la pression fiscale de Louis XIV qui devait financer ses multiples conquêtes, refusait ce nouvel impôt sur le papier timbré. Commença alors la révolte des Bonnets rouges dans les villes. Puis elle s'amplifia et gagna les campagnes. Ces insurgés doivent leur nom à la couleur du bonnet qu'ils portaient en Basse-Bretagne, notamment du côté de Châteaulin et de Saint-Coulitz. Un siècle avant la Révolution française, ils avaient déjà rédigé des cahiers de doléances.

En Basse-Bretagne, Le Balp organisa la révolte. Début septembre 1675, il mobilisa trente mille hommes et investit avec deux mille Bonnets rouges le château du Tymeur. Il fut tué par surprise dans la nuit du 2 au 3 septembre 1675, à la veille du soulèvement prévu. On allait l'exhumer plus tard pour faire un procès à son cadavre. Ah, le grand homme ! Privé de son chef, la révolte se désagrégea mais resta très ancrée dans les mémoires jusqu'à nos jours. Dans la région, Sébastien Le Balp devint un martyr de la liberté et le symbole d'une lutte pour l'égalité entre les classes. Les allusions à Sébastien Le Balp, aux Bonnets rouges et au papier timbré comme symboles de lutte antifiscale ou d'égalité sociale sont nombreuses dans les archives, les chansons et les revendications politiques. Mais c'est surtout depuis Mai 1968 que l'homme redevint l'un des plus forts symboles identitaires bretons et la révolte des Bonnets rouges l'un des épisodes les plus connus de l'histoire de la Bretagne. Dans plusieurs villes dont Brest, Quimper et Lorient, on leur attribua le nom de rues, de places, de salles communales. La mémoire fut aussi conservée grâce à une stèle sur la place de la commune à Spézet, grâce à une pièce de théâtre, *Le Printemps des Bonnets rouges* de Paol Keineg, à des DVD, des livres, une bière et de nombreux sites Internet.

Je repense souvent à Sébastien Le Balp. Comme Moïse, c'était un homme du peuple qui avait été pris sous son aile par un aristocrate et qui plus tard s'était levé contre les abus de pouvoir de cette même aristocratie. L'histoire de l'humanité fourmille de ce genre de situations, de ces diagonales incertaines, de ces similitudes improbables. Les combattants des indépendances africaines ont tous été les pupilles des colons et des missionnaires. Mais la liberté n'a pas de prix et l'on doit s'opposer à son père et à sa mère s'ils en privent une partie de l'humanité. Le bon missionnaire qui m'a pris sous son aile n'appartenait pas à mon groupe social, ethnique ou coloriel. Suis-je donc un anticolonialiste africain à l'envers ? Je n'ose pas m'inscrire dans cette lignée. Vous connaissez ma modestie légendaire ! Mais depuis que je suis arrivé en Bretagne et qu'avec des amis, à mon instigation, nous avons créé le comité d'animation, mon côté *petit frère des pauvres*, comme dit Jean-Marc, m'a poussé dans une aventure digne d'un Sébastien Le Balp, en plus pacifique. Et il aura fallu que je sois élu maire l'année du bicentenaire de la Révolution française. Un signe qui ne trompe pas. Je voulais m'y accrocher, y trouver un sens.

Le Balp avait donné sa vie pour faire tomber ce qu'il considérait comme une injustice. Mais je savais que je n'avais pas été élu pour lever une nouvelle armée. Je n'avais pas été élu pour faire la révolution ou la morale. Je n'avais pas été élu pour créer un clan de scouts que je traînerais dans un jamboree permanent, parsemé de clinquantes B.A. quotidiennes. J'avais été élu pour diriger une commune de France parmi plus de trente-six mille autres, dont des dizaines de milliers étaient et de loin démographiquement et économiquement plus importantes que mon petit village breton, avec son bourg sans école et sans bistrot. J'avais donc de la crêpe sur la planche, sans avoir besoin d'en rajouter.

*
**

Ce jour-là, j'étais rentré de mon bureau en ville où j'avais évidemment gardé mon poste d'ingénieur des travaux publics. Si toute la presse régionale, nationale et internationale avait salué mon élection, je restais néanmoins le maire d'une commune de moins de cinq cents habitants, ce qui me valait une rétribution des plus modestes. Je devais donc continuer à exercer un autre métier.

Cela faisait une semaine que j'étais maire. Les lampions s'étaient éteints dans ma tête. Le monde entier, médiatique et populaire, était toujours en effervescence. Pour ma part, le temps du travail était venu. Je ne voulais pas être le maire blacky-blacko que tout le monde attendait, les uns au tournant, les autres dans l'espérance d'une ère nouvelle. Je ne voulais pas être un symbole pour les gentils ou les méchants. Je ne voulais pas être une atmosphère dans cette France en mutation, même si, à n'en pas douter, j'avais une belle gueule d'atmosphère. Mais à mon corps défendant, je n'avais choisi ni mon lieu de naissance, ni ma couleur anthracite, ni ma dent de sagesse. Je me battais pour en sortir.

Je ne voulais pas être le maire gnangnan – même si cette belle onomatopée sonnait presque comme mon nom –, un maire qui se prendrait pour ce qu'il n'était pas, parce qu'il avait eu les faveurs saisonnières d'une France et d'une planète en mal de sensation. Je ne voulais pas être un maire bling-bling qui en mettrait plein la vue ou la cervelle à tout le monde comme une publicité Coca-Cola, en gesticulant comme Poséidon, le dieu des Mers et des Océans en furie – même si ma bretonnité s'y prêtait à merveille. Non, rien de tout cela. Je voulais être un maire normal. Vous savez à quel point les socialistes, quand ils accèdent à une haute fonction, veulent faire la révolution en demeurant des gens normaux à un poste qui est tout sauf normal et où la société ne veut pas de gens normaux. Mais les socialistes, tout le monde le sait, ça fait la révolution même quand ce n'est pas nécessaire.

Pour être un maire normal, je venais donc dans mon bureau, m'asseyais à la place qui m'était destinée et me plongeais tout à fait normalement dans les vieux dossiers. En attendant de créer les nouveaux qui se dessinaient dans ma tête, j'épluchais les anciens que je connaissais bien, puisque j'avais été un membre assidu de l'opposition au conseil municipal.

J'étais justement plongé dans un dossier quand le téléphone a sonné. Maire normal d'une commune de moins de cinq cents habitants, je n'avais qu'une seule et unique employée à mi-temps, et qui n'était pas là à une heure si tardive, où le maire normal d'une petite commune peut se plonger dans les dossiers, après une dure journée de travail dans son emploi civil. À cette heure-là, les maires normaux des grandes villes font le tour des cocktails et des dîners, laissant à leurs adjoints et à leur administration le soin de suivre les dossiers. Les occupations d'un édile tiennent compte de la puissance démographique et économique de son territoire.

C'était encore au temps où je voulais – et pensais pouvoir – répondre à tout, au courrier privé qui était adressé à Kofi le maire, qu'il arrivât chez moi ou à l'adresse de la mairie, courrier dans lequel alternaient les insultes et les félicitations, avec néanmoins un gros avantage aux félicitations. Je voulais répondre au courrier officiel qui était adressé au maire Kofi, dans lequel on m'exposait des situations ou me demandait une faveur.

Le téléphone sonna donc à une heure où on n'appelle plus dans les bureaux administratifs. Mais je voulais répondre à tout et je n'eus pas tort. Cet appel était porteur d'un message qui résumait bien des choses et allait même au-delà des choses attendues.

« Bonjour monsieur. C'est bien le maire de Saint-Coulitz ?

– Oui monsieur. Mais vous appelez tard et les bureaux sont fermés. Rappelez donc demain. »

L'homme prit un ton plutôt autoritaire.

« Écoutez cher monsieur, je connais les pratiques dans les mairies des petites communes rurales, puisque j'habite dans une de ces communes depuis que je suis à la retraite. Et je sais que pour avoir le maire sans rendez-vous, mieux vaut tenter sa chance le soir ou en fin de semaine, car dans la journée il est occupé à assurer son emploi de fermier, de libéral, d'enseignant ou de cadre dans l'administration.

– Formidable, monsieur ! Je vois que vous vous y connaissez, en effet. Après cela, je n'ai plus d'autre choix que de vous écouter. Que puis-je faire pour vous ? »

L'homme avait aiguisé ma curiosité. On ne prend pas la peine de mettre au point un si beau prélude si le sujet n'est pas d'importance.

– Je vais aller droit au but, cher monsieur. Êtes-vous heureux d'occuper indûment ce poste que vous ne méritez pas ?

J'ai été surpris par une attaque aussi directe. Généralement les propos injurieux sont charriés par le courrier, pas par le téléphone. Les rares fois où ils le sont par le téléphone, ils sont brefs, éructés comme un rot pestilentiel ou un crachat glaireux. Et le plus souvent, l'interlocuteur n'attend pas de réponse. Il ne cherche pas le débat. Il veut faire le plus mal possible en un temps le plus court possible. Un *blitzkrieg*, en somme. Mais ici, par son entrée en matière énoncée d'une voix calme, l'homme se posait pour un vrai débat. Et par la pause qu'il avait faite, il me faisait comprendre qu'il attendait une appréciation de son attaque. Je ne répondis rien. Il en fut sûrement déçu.

– Vous n'avez rien à dire ? C'est plutôt lâche, mais je vais poursuivre, votre silence m'y autorise. Donc voilà : les Bretons m'ont prouvé encore une fois à quel point ils étaient stupides, à quel point leurs cerveaux noyés dans les brumes de l'alcool sont incapables de discernement. Ils n'ont rien trouvé de mieux pour les diriger qu'un Nègre que toute la presse vient admirer comme un singe savant. Quelle honte pour la France…

La voix restait étrangement étale, comme celle de quelqu'un qui constate les évidences les plus plates. Mais le ricanement qui ponctuait ses phrases était des plus sataniques, sarcastiques, sardoniques. Sans doute méritait-il lui-même ces qualificatifs. Il était certainement tout cela, mais moi, peut-être masochiste, je voulais en savoir plus. Et pour l'encourager à poursuivre son discours, je devais dire quelque chose.

« Monsieur, je ne pense pas que les Bretons ont choisi un Nègre comme vous dites, mais leur concitoyen français, quelqu'un qu'ils considèrent comme un notable local, un ingénieur de sa profession, militant associatif et politique, mari d'une enseignante et père de deux superbes petits Français, dans le pays de l'égalité et de la fraternité. Il se trouve que ce concitoyen est juste un peu plus bronzé que les autres.

– Vous pouvez débiter ce laïus insipide et creux qu'un de vos amis journalistes a dû vous souffler. Vous pouvez aussi m'apprendre, comme on dit ici et là, que vous êtes arrivé avec la marée noire. Je connais toutes ces billevesées. Mais sachez une chose, vous ne serez jamais français malgré votre fraîche naturalisation.

– J'entends votre point de vue, même si je me permets de vous dire qu'il est faux, archi-faux. Nous sommes en démocratie. Il y a des textes. Et même si je le regrette amèrement pour votre ego, il ne vous appartient pas de définir qui est français et qui ne l'est pas. Je suis donc français, avec un passeport et une carte d'électeur, exactement comme vous.

– Évidemment, vous pouvez tout vous permettre, comme de critiquer mon point de vue. Rien ne peut plus vous arrêter ! »

Je sentis dans sa voix comme une pointe de colère. L'homme devait être habitué à donner des ordres et à être écouté. Mais je découvrais que l'armure n'était pas totalement étanche. Mes répliques ne devaient pas correspondre au scénario qu'il avait écrit. Peut-être s'attendait-il à ce que je m'énerve, que je raccroche sans lui laisser le temps de s'exprimer, ou que j'entre dans son jeu d'invectives. Le relâchement de sa garde m'avait permis de percevoir un rien d'accent particulier. L'homme appelait du sud-est de la France. Son numéro téléphonique s'était affiché sur le petit écran de mon appareil. Son accent était lui aussi sans équivoque mais mâtiné d'une pointe de cette tonalité que les Blancs acquièrent quand ils ont longtemps séjourné en terre africaine. Cet homme avait dû passer du temps dans les colonies. Je n'avais même pas besoin de lui poser la question. Je répliquai donc :

– Nous sommes dans un pays de droit. Il y a des règles et je n'ai rien usurpé. On m'a accordé la nationalité française. Je suis donc français au même titre que vous. Et vous pouvez blâmer le monde entier et même insulter les Bretons – je le déplore bien sûr et cela me fait mal pour ce peuple de grande qualité qui ne juge pas un homme d'après ses origines ou sa couleur – mais hélas pour vous, cher monsieur, la messe est dite.

Ce fut comme si j'avais proféré la chose la plus horrible de la Terre, l'homme perdit son contrôle. Le ton restait égal, monocorde, mais il y a des intonations qui ne trompent pas, des halètements qui vous présentent un pedigree avec plus de pertinence et de clarté qu'une pièce d'identité, des borborygmes d'adrénaline qui font le bruit d'une fosse septique, des sifflements et des reniflements plus mortels que le venin d'un mamba vert de la forêt équatoriale.

– Monsieur, sachez-le bien, vous ne serez jamais un Français comme moi, jamais. Vous m'entendez, jamais ! Aucun papier ne vous donnera ce droit. On ne devient pas français comme vous le pensez. La messe est dite, hélas ! Là vous avez raison et je pleure pour la France quand elle se découvrira couverte de minarets et dominée par une population de couleur. Ce sera alors le début de sa fin de tout. J'ai longtemps travaillé en Afrique et dans plusieurs pays. Ma fille y est née.

J'avais donc raison… On a parfois la désagréable impression que les personnes les plus convaincues de la supériorité de l'homme blanc sont celles qui ont longtemps séjourné en Afrique. Quelqu'un disait un jour que si l'on veut être communiste, il faut aller aux États-Unis, et que si l'on veut être capitaliste, il faut aller en Union soviétique. Doit-on penser qu'il est plus facile à un Noir de prouver son humanité quand il vit en Occident, alors qu'au contact du Blanc en Afrique, il manifeste son infériorité ? Il faudra qu'un jour j'étudie la chose.

Mon interlocuteur reprit la parole. Il avait recouvré un semblant de calme.

– Vous voyez, vous ne dites rien ! Eh bien, je continue à vous édifier sur le sujet, cher monsieur Kofi. Si ma fille née au Cameroun disait aux Camerounais qu'elle est camerounaise comme eux, les Camerounais lui apprendraient que ce n'est pas possible, parce qu'elle est blanche. Ne vous êtes-vous donc jamais demandé pourquoi les Occidentaux ne prennent que très rarement la nationalité des pays africains, même quand ils y sont nés, même quand ils y ont vécu de très longues années, toute leur vie ? Bien sûr il y a ici ou là quelques aventuriers qui, recherchant un avantage matériel immédiat, épousent une Négresse et font un cirque d'enfer. Il y a quelques illuminés qui se prennent pour des messies dont la mission est de descendre au niveau de ce peuple où ils auraient été envoyés en mission par Dieu le Père. Ceux-là sont africains pour le décor. À quoi cela leur servirait-il de rétrograder ? Vous comprenez maintenant pourquoi cela vous plaît tant, à vous et à vos semblables, de vous targuer de la nationalité française que l'on vous accorde bien trop facilement. Vous croyez ainsi devenir des hommes égaux à ceux de la race blanche. Et quant à vous, vous avez tiré le gros lot et j'imagine que vous n'allez pas vous arrêter en si bon chemin.

Sur ce, l'homme raccrocha, sans attendre ma réponse.

À peine avais-je reposé l'écouteur que mon téléphone sonna à nouveau. J'ai failli ne pas décrocher, tellement l'interpellation de mon précédent interlocuteur était encore dans ma tête. J'ai cru un instant qu'il revenait à la charge pour lâcher une autre boule puante. Pour la première fois, dans le flot des communications que j'avais reçues, un détracteur avait réussi à m'ébranler. Pourquoi prenions-nous si souvent la nationalité française ? Était-ce parce que nous nous sentions déjà plus ou moins français à travers cet héritage commun que nous avait légué la colonisation ? Était-ce parce que la naturalisation apparaissait à nos yeux comme une promotion sociale ? Était-ce une façon de devenir blanc, comme les cadres de nos pays d'origine le devenaient à leur manière en vivant « comme le Blanc » ? En partant de mon village pour la ville et l'école française, avais-je mis le doigt dans un engrenage dont je ne sortirais plus jamais ?

Le téléphone sonnait avec insistance…

« Allô ?

– Bonsoir monsieur Kofi. C'est l'ambassadeur de France. Votre épouse m'a dit que je pouvais vous avoir dans votre bureau à la mairie. »

L'ambassadeur de France dans mon pays natal ! La nouvelle de mon élection avait traversé les mers. Elle avait semé un vent de fierté dans mon pays d'origine. Le président de la République m'avait appelé pour m'adresser ses félicitations, en son nom personnel, au nom de son gouvernement et à celui du peuple tout entier. Je n'en demandais pas tant, mais j'appréciais. Puis la nouvelle avait poursuivi son petit bonhomme de chemin à travers les routes et les pistes. Fort logiquement, elle était arrivée dans mon village natal. Rien de bien surprenant à cela. Les gens s'en étaient réjouis. Consulté, le crocodile avait montré les crocs de joie et accepté le poulet qu'on lui offrait, signifiant ainsi qu'il n'avait rien trouvé à redire. L'alcool local avait coulé à flots. Un enfant du pays, chef chez les chefs, chef chez les Blancs ! Par les mânes et les pénates millénaires, cela méritait bien une cuite. Puis après l'alcool, les aînés s'étaient réunis pour se poser les vraies questions par rapport à ce choix des Blancs.

Dans mon village, on n'avait aucune leçon à donner aux Blancs. Ils n'étaient pas fous, les gens de mon village, ils ne se seraient jamais mêlés de ce qui ne les regardait pas, même si cela se passait dans le village voisin. Les étrangers, blancs ou noirs, pouvaient marcher à reculons si cela leur faisait plaisir. Ils pouvaient marcher cul par-dessus tête si c'était la mode de chez eux. Ils pouvaient mettre la charrue avant les bœufs si les bœufs l'acceptaient. On disait même que les hommes, ici ou là, couchaient avec les hommes et les femmes avec les femmes. Mais certains sorciers, disait-on aussi, le faisaient non loin de chez nous. Mon peuple d'origine n'avait rien à redire de cette pratique. On avait même fait courir le bruit que des gens avaient marché sur la Lune, et que la poussière qu'ils en avaient rapportée était responsable de cette épidémie de conjonctivite contagieuse et coriace qui avait sévi quelques années plus tôt. S'il y avait des imbéciles pour le croire, les gens de mon village étaient heureux pour eux. Jamais les gens de mon village ne s'étaient reconnu le droit d'intervenir dans ces débats. Par contre, si l'un des leurs adoptait des pratiques étrangères, ils étaient dans la nette obligation de le faire. Et en ce qui me concernait, ils étaient intervenus : ils avaient demandé à l'ambassade de France de me transmettre un message d'une urgence extrême. Et le message était simple. Comment avais-je pu accepter d'être chef, alors que mon frère aîné ne l'était pas encore ? Voilà la question qui secouait le landerneau de mon clan du golfe de Guinée au lendemain de mon élection.

« Il faut les appeler, Kofi, ils ont des questions urgentes à vous poser.

– Monsieur l'ambassadeur, vous auriez quand même pu leur expliquer comment les choses se passent ici ! Leur expliquer qu'ici, la chefferie, comme ils disent, n'est pas affaire d'aînesse, mais de choix du peuple. »

Je sentais à quel point le diplomate s'amusait de cette situation. En plusieurs années de représentation dans divers pays africains, il n'avait pas dû rencontrer une situation aussi cocasse. À l'idée qu'il tenait un sujet de choix à raconter aux dîners en ville, quand il reviendrait passer ses vacances en France, il était aux anges.

– Vous conviendrez avec moi, monsieur le maire, que cette question dépasse le cadre de mes attributions. Je ne me permettrai jamais d'outrepasser mes droits. C'est avec vous que vos anciens veulent régler cette question. Et ils ont l'air plutôt pressés, car ils pensent que ce scandale – c'est eux qui le disent, pas moi – ne devrait pas durer longtemps. Cela pourrait donner des idées à la jeunesse, vous comprenez ! Je leur ai promis que j'allais transmettre le message dans les meilleurs délais. Comment dit-on encore chez vous ? Les messagers n'ont jamais tort. J'aime beaucoup la sagesse africaine, vous savez ! Prenez donc contact avec eux le plus rapidement possible. Je n'irai pas jusqu'à dire qu'il y a péril en la demeure. Mais je pense qu'il y a urgence !

Après mon interlocuteur précédent qui ne me reconnaissait pas le droit d'être français et les anciens de mon village qui estimaient que j'outrepassais mes droits de fils du clan, je me disais qu'il y avait, des deux côtés de ma double appartenance, des gens qui avaient enfin trouvé un terrain d'entente.

En tout cas, ce soir-là, j'avais eu ma dose et je ne me sentais plus la force de travailler mes dossiers. Je me levai, fermai mon bureau, et partis rejoindre ma petite famille. Elle, au moins, était restée une famille normale. Mais sait-on jamais !

– 20 –

Plus les jours passent, plus une certaine angoisse m'envahit. Elle est indéfinissable. Grosse fatigue peut-être. Qu'importe ! Je ne peux pas user de cette excuse. C'est maintenant que les vraies choses vont commencer. C'est quand on a fini le boulot que la création commence. Le boulot est trivial, il est terre à terre. La création, c'est autre chose. Pour être un artiste, il faut avoir achevé la formation. Derrière un maître, tout est facile. Tout est possible. On est un apprenti. On s'applique, on applique, on s'implique, on s'explique. On assure, on rassure. On fait son job. Un jour, on s'en va sur les chemins du compagnonnage. C'est le lot du commun des mortels. Ensuite le commun des mortels va poursuivre une voie professionnelle classique après le classicisme des apprentissages et des compagnonnages. On sera danseur ou soprano. On sera premier violon ou troisième tambour. On deviendra orfèvre, tailleur de pierre ou dresseur de fauves. Mais combien deviendront des virtuoses, combien deviendront des maîtres ?

Combien franchiront le Rubicon pour arriver au créateur, au génie, à Mozart ?

Il y a eu le temps de la belle euphorie. Il y a eu la légitime satisfaction du Français de classe moyenne qui devient maire dans sa commune de province, de la France profonde. Le rêve de bien des notables de province – médecin, notaire, ingénieur – est de gérer une commune de France. Il y en a trente-six mille dont un grand nombre de petites. L'espoir est permis pour beaucoup de ces notables et bien des attentes sont souvent comblées.

Puis est venu le temps où je découvris que je n'étais pas un Français moyen, un Français normal. Je n'en avais pas les moyens. Je devais être un symbole. Si pour la majorité de mes administrés – pas tous, ce ne sont pas tous des anges – j'étais leur maire, pour la majorité des Français, j'étais le maire noir. Ces deux premières catégories étaient attendues, normales. Mais il y en avait une troisième. Et pour cette frange non négligeable, j'étais un avatar. J'étais, je devais être, je ne pouvais être que l'incarnation d'une divinité lointaine, un faiseur de miracles. On ne passe pas, en quelques décennies, de la préhistoire africaine à une mairie française du XXe siècle si l'on n'est pas porteur d'un message d'outre-temps.

« Je demande trop aux hommes ! Mais pas assez aux Nègres. » À qui pense Aimé Césaire quand il prête ces mots au roi Christophe ? Il est clair que le poète pense à toutes ces jeunes nations indépendantes, africaines ou non, qui ont le devoir de rattraper des siècles de retard matériel et des dizaines d'années d'angoisse existentielle. Puis il ajoute : « Tous les hommes ont les mêmes droits. J'y souscris. Mais du commun lot, il en est qui ont plus de devoirs que d'autres. » Permettez-moi de croire qu'il s'agit d'un devoir messianique, celui-là.

Plus de devoirs que d'autres... Étais-je le roi Christophe que le ciel chargeait de devoirs supérieurs à ceux du commun ? Cette situation est souvent chargée d'une mystique qui dépasse l'entendement humain, bafoue ce qui semble être l'ordre établi. À quelle tâche devais-je donc m'atteler ? Quels devoirs exceptionnels m'incombaient ?

*
**

– J'arrive !

Les appels insistants de ma femme m'avaient sorti de mes réflexions.

« Mais que fais-tu donc ? Je t'appelle depuis des heures. Tu attends quelqu'un ?

– Mais non ! Je n'attends personne. Qui veux-tu que j'attende ?

– Je n'en sais rien, moi ! Il y a ici une dame qui dit qu'elle est venue de Paris pour te voir. »

C'était un samedi après-midi et j'espérais enfin avoir l'occasion de faire une sieste bien méritée, ce qui ne m'était plus arrivé depuis une éternité. Je ne vous parlerai point du printemps, du parfum des fleurs et du bourdonnement des abeilles. J'avais depuis belle lurette oublié ces charmes bucoliques, trop occupé à réaliser dans ma tête des travaux d'Hercule et à accomplir des miracles. Couché sur un canapé à l'étage, je réfléchissais les yeux fermés, espérant que le monde entier allait penser que je dormais et me laisser tranquille. Je n'avais donc pas entendu les appels insistants de ma femme.

Anne-Marie ne m'avait pas tout dit. En fait, ce n'était pas une femme qui était venue me voir. C'était, serrée autour de la maman, une famille nombreuse, dont un enfant handicapé, poussé dans une voiturette. La mère de famille était blanche, menue, le regard intimidé derrière ses épaisses lunettes de vue. La réaction normale aurait été de lui dire que l'on ne s'impose pas ainsi chez les gens, un samedi après-midi de printemps. Mais à quoi cela aurait-il servi de lui faire des leçons ! Elle était là et me regardait fixement d'une façon qui me mettait mal à l'aise. Êtes-vous déjà allé du côté du VIIe arrondissement de Paris, rue du Bac, dans la chapelle Notre-Dame-de-la-Médaille-miraculeuse, et avez-vous vu le visage des pèlerins devant la châsse de sainte Catherine Labouré ? Avez-vous fait un tour à Lourdes ou au moins observé, sur une photo ou un film, l'attitude des pèlerins devant la grotte de Massabielle ? Si tel est le cas, alors vous comprendrez à quoi ressemblait le visage de la jeune femme quand je suis apparu – c'est le cas de le dire – devant elle. Et pourtant je n'avais rien pour plaire. Mes yeux rougis par des nuits de veille et une extrême fatigue n'avaient rien de rassurant. Mes habits de samedi étaient fripés et mes pieds nus, dans leurs sandales, laissaient apparaître des orteils biscornus, abîmés par mes longues marches enfantines sur les pierres des sentiers de mon village.

J'ai accueilli mon invitée forcée avec sa famille sur une terrasse où s'ennuyaient quelques chaises bancales. Plus que celui de sa mère, le regard du petit handicapé était intense. Cette intensité était pourtant différente. Si les yeux de sa mère imploraient, les siens s'imposaient. On ne pouvait ni les éviter, ni en supporter la force et l'éclat. Il était là, calme petit bonhomme, les yeux braqués sur moi, les mains posées sur les jambes inutiles sous son beau costume, de ceux dont on habille souvent les handicapés, grands ou petits, comme pour réparer de la nature l'irréparable dommage. J'en perdis toute forme d'agacement et m'adressai à sa mère.

– Que puis-je faire pour vous, ma petite madame ?

Comprenez bien que ce n'était ni pour sa taille fort menue, ni à cause de sa condition sociale visiblement modeste que je la traitais de petite madame. J'avais soudain besoin de la rassurer, de faire oublier l'expression peu amène qu'avait suscité l'intrusion chez moi de cette famille.

– Vous êtes mon dernier recours, monsieur le maire. Je vous regarde sur les médias et dans la presse depuis votre élection. Je vous écoute, je vous entends. Je sais que vous êtes un homme bon. Je sais que vous portez quelque chose en vous. Je sais que vous seul pouvez m'aider. Je ne suis pas folle. Je ne suis pas une illuminée. Je ne suis même plus croyante.

J'ai arrêté de croire en Dieu depuis qu'il a choisi de rester sourd à mes suppliques. Mais j'ai senti quelque chose qui me poussait vers vous. Je ne m'explique pas quoi. Alors je suis venue, même si je me suis dit tout au long du voyage que je faisais une folie.

Je devais commencer à m'habituer à mon statut messianique depuis l'aventure de La Croix-de-Penarros. Mais rien à faire ! Chaque fois que l'on me rappelait que j'étais un extraterrestre, je continuais à en être surpris, comme si ce n'était pas évident. La dame parlait et l'enfant dans la chaise me fixait de ses yeux de Voie lactée qui m'hypnotisaient. De toute ma vie, je n'avais vu des yeux d'un tel éclat. Les traits étaient fins, le visage un peu émacié. Alors le regard était profond au propre et au figuré, sur ce visage livide. Et les yeux, vifs comme des braises, bouffaient toute cette petite frimousse sans âge.

« Je viens de Paris. Je vis seule avec mes enfants, dont le petit que vous voyez-là, dans un studio au sixième étage d'un immeuble insalubre et sans ascenseur, avec les sanitaires sur le palier. J'ai rencontré mon député, le maire d'arrondissement, le maire adjoint chargé des affaires sociales, celui chargé du logement. J'ai eu de bonnes paroles. Mais depuis cinq ans, je n'ai toujours pas eu de logement. Alors, quand je vous ai vu dans la presse, quelque chose de très profond m'a dit que vous seul pouviez m'aider.

– Mais comment puis-je le faire, madame ? Je ne suis qu'un petit maire d'une petite commune de province.

– Je n'en sais rien. Mais il fallait que je vienne vous voir. Je suis venue et je vais repartir, convaincue que j'ai fait ce qu'il fallait. »

Et sans un mot de plus, la dame s'en est allée.

Dès qu'elle fut partie, Anne-Marie accourut aux nouvelles. Si j'avais été seul, je suis absolument convaincu que j'aurais pensé que ce n'était qu'un rêve. Mais il y avait un grand témoin, ma femme.

– Tu l'as bien vue, cette femme ?

Je devais être rassuré.

« Bien sûr que je l'ai vue ! Qu'est-ce qu'elle voulait ?

– Un logement.

– Mais il n'y a pas de logements sociaux ici !

– Elle ne cherche pas un logement social à Saint-Coulitz, mais à Paris. Elle habite à Paris, dans des conditions qu'elle juge absolument inhumaines, avec ses enfants, dont un qui est handicapé lourd. Les toilettes sont sur le palier. Tout ce qu'elle demande c'est un logement, nom de Dieu !

– Qu'est-ce que tu peux faire ?

– Je ne sais pas. Elle reconnaît qu'elle ne sait pas elle non plus. Mais elle dit qu'elle cherche depuis cinq ans et que quand elle a vu ma photo dans la presse, une force intérieure lui a dit de venir me voir. Elle m'a raconté son histoire puis elle est repartie comme elle était venue. Si nous n'étions pas deux à l'avoir vue, je croirais que c'est un rêve. »

Paris représentait exactement cinq mille fois le poids démographique de Saint-Coulitz et certainement le même rapport en terme de logements. Deux tours du XIIIe ou du XVIIIe arrondissement auraient suffi à accueillir toute la population de ma commune. La capitale était dirigée par le grand Jacques Chirac qui avait bien d'autres soucis que de s'occuper de l'intermédiation d'un maire socialiste de province pour le logement de la maman d'une smala dont un enfant handicapé. Le contraste entre la situation de ma commune et celle de Paris était tellement hyperbolique que j'en ai souri.

Et c'est justement à ce moment-là que ma main, comme mue par une force extérieure, s'est mise à tracer les premiers mots d'un courrier que j'adressais à mon cher collègue, maire de Paris. Je savais bien que je n'avais aucun élément pour résoudre le problème de logement de cette pauvre famille. Mais de servir du « cher collègue » à Jacques Chirac, l'occasion était unique et je ne voulais pas la rater.

– 21 –

14 Juillet à Saint-Coulitz. Mon premier 14 Juillet de maire. Et quel 14 Juillet ! Celui de la commémoration du bicentenaire de la Révolution française ! Au moment où j'ai droit à la une des journaux et aux premières places dans les tribunes officielles, comment ne pas me souvenir des 14 Juillet de mon enfance ? C'était dans les années 1950, un temps où, petits écoliers, nous défilions sous le drapeau tricolore dans les colonies françaises d'Afrique. À la fin du défilé, on nous distribuait des friandises très colorées et j'en garde une excellente image.

C'est un peu amusé que j'égrène ces lointains souvenirs en prenant l'apéritif avec Jean-Marc, mon éternel contradicteur et néanmoins complice de divagations intellectuelles. C'est bien commode d'avoir un philosophe sous la main. Il vous apporte l'occasion de vous évader quand, au quotidien, vous êtes inscrit dans la matérialité du mathématicien et de l'élu.

– Comment expliques-tu cet engouement médiatique autour de ton élection ?

La question tombe, inattendue, comme un pavé dans la mare de mon bonheur d'élu plongé dans ses rêvasseries délicieuses au goût de bonbons alcoolisés roses et de biscuits croustillants.

– Si tu savais à quel point je me pose la question depuis quelques mois !

Nous nous taisons tous les deux. Le silence est d'or, mais Jean-Marc n'aime pas la richesse. Il n'en abuse donc pas. Il me fixe avec insistance comme s'il attendait de moi une révélation sur la marche des planètes de systèmes solaires inconnus. Je décide de lui faire part de quelque chose qui m'intrigue.

« Ce qui est étrange, c'est que monsieur Auguste Senghor, qui était maire depuis 1977, n'a rien trouvé de mieux que de ne pas se présenter aux municipales de 1989, comme pour me laisser la vedette. J'aurais tellement voulu voir la réaction de la presse si nous avions été élus tous les deux. Aurait-elle choisi un seul de nous deux, et sur quel critère ? Aurait-elle porté ses projecteurs sur les deux élus, ou sur aucun des deux ?

– En tout cas, il a bien été élu en 1977 et en 1983 ! Pourquoi n'y a-t-il pas eu ce soulèvement médiatique que toi tu as déclenché ?

– Que veux-tu que je te dise ? Je n'en sais rien. Tu ne vas pas me le reprocher comme si j'en étais responsable ?

– Il faut bien un responsable, non ? »

Jean-Marc n'en démord pas. Il doit y avoir une explication logique à tout cela comme à toute chose. Moi aussi, je voudrais bien comprendre. À part le fait que la famille de Senghor était plus distinguée que la mienne – mais je ne pense pas que cet argument ait été prépondérant dans son élection – et qu'il était mon aîné de quelques années, nos destins se ressemblaient étrangement. Nous étions arrivés en France pratiquement au même âge et avions poursuivi des études qui allaient nous permettre d'envisager un rang social plutôt enviable. Il était devenu vétérinaire diplômé de l'école de Maisons-Alfort en région parisienne et s'était installé en province. En 1977, âgé de trente-huit ans, il avait été élu maire du May-sur-Èvre, petite commune de huit cents habitants dans le Maine-et-Loire. Cet événement s'était passé dans l'indifférence la plus totale. On peut le comprendre : les problématiques de l'immigration noire et de l'intégration étaient inexistantes. Les immigrés noirs, souvent célibataires, travaillaient dans la rue ou poursuivaient leurs études. Les uns et les autres étaient habités par le même rêve, celui du retour au pays natal. Quand l'un d'eux se fondait dans l'anonymat de la province, il était totalement intégré et cessait d'être noir, puisqu'il n'était ni cantonnier, ni étudiant.

« Mais quand même… reprend Jean-Marc. En 1983, la problématique de l'intégration était au paroxysme. Le Front national en faisait son principal thème de débat. La droite se tâtait, on y va ou on n'y va pas, alliance ou pas alliance. La gauche au pouvoir était accusée de faire le jeu du Front national pour affaiblir la droite. Et puis, il y a quand même eu cette fameuse Marche pour l'égalité qu'on transforma en Marche des Beurs. Alors, comment expliques-tu ce grand silence, cette indifférence de 1983 sur l'élection de Senghor ?

– Je n'ai pas d'explication à fournir. »

Puis comme saisi d'une inspiration subite, j'ajoute :

« En fait, je pense avoir une idée là-dessus. La Marche pour l'égalité a été en effet le début de l'exposition de la problématique migratoire, de l'intégration et des revendications des enfants issus de l'immigration. Si les choses commençaient à bouger dans les banlieues des grandes villes, personne n'a pu en apprécier l'ampleur. On n'a donc pas vu venir. En plus du fait qu'il s'agissait de ceux que l'on nomme encore Maghrébins ou Arabes et pas des Noirs, il y a au moins un facteur qui a conduit à ce que Senghor n'en profite pas. Il a été élu en mars, bien avant le début de la marche qui s'est déroulée en novembre, si mes souvenirs sont bons. Le politique ne pouvait donc plus exploiter son élection et la présenter comme le symbole de l'intégration à la française.

– Le pouvoir aurait pu se rattraper. Quand il veut, il peut. Cela faisait à peine quelques mois que Senghor était élu, mais passons. Peut-être Auguste Senghor ne cherchait-il tout simplement pas cette exposition, propose Jean-Marc, la voix et le regard bourrés de sous-entendus perfides et tonitruants.

– Qu'est-ce que tu veux insinuer ? Est-ce que j'ai cherché cette exposition, moi ? Tu sembles oublier que j'ai été conseiller municipal pendant six ans et que je n'ai pas sollicité une seule interview. Je n'y pensais pas. Comment aurais-je eu la prétention d'y penser ? Et après mon élection comme maire, ce n'est pas moi qui ai couru devant les médias. »

J'ai haussé le ton, ce qui semble faire un plaisir fou à mon interlocuteur philosophe, plus provocateur que jamais.

« Tu sais, il y a des attitudes, des actes et des engagements qui parlent plus fort que les plus grands discours. Tes engagements et ton activisme parlaient pour toi.

– Alors, pourquoi la presse n'a-t-elle pas suivi le parcours de mes engagements et de mon activisme, comme tu dis ? Combien de journalistes ont couvert les *festoù-noz* et les autres activités du comité d'animation ? Quelle presse étrangère a rôdé une seule fois du côté de Châteaulin ? Je n'ai jamais dit que je ne voulais pas aller plus haut que conseiller municipal. Quand on s'engage, c'est pour aller jusqu'au bout. Ce que je dis, c'est que je n'ai jamais recherché les projecteurs médiatiques. L'explication doit se trouver ailleurs, pas dans mon comportement. Un philosophe peut bien comprendre cela ! »

Un lourd silence s'établit entre nous. Jean-Marc exulte chaque fois qu'il me met hors de moi. Il essaie de prouver à chaque instant que derrière ma bonhomie et mon sourire, il y a un « tempérament cannibale », comme il dit. « Ou plutôt un sourire de saurien, héritage de ton ami le crocodile totem », rectifie-t-il parfois. Et moi, par masochisme ou tout simplement par désir de savoir ce que les milieux intellectuels pensent de moi, je ne peux me passer des piques et des confidences de l'ami de la famille.

« J'ai entendu toutes tes insinuations. Mais je vais te dire ce que je pense, moi, et ce qui me fait plaisir. Si Auguste Senghor a connu ce destin, c'est parce qu'il était un citoyen dans la vraie France, celle qui ne restreint pas l'individu à la couleur de sa peau. Dans le Paris de la rive gauche germanopratine et dans la presse, je suis le maire noir. Et si j'avais été en région parisienne, je n'aurais même pas été conseiller municipal à Sarcelles ou à Montreuil. Ici, je suis l'ingénieur qui a mis en place le comité d'animation. Senghor est le vétérinaire qui caresse le cul des vaches qu'il aide à vêler, parle à l'oreille des chevaux, soigne les chiens, les chats et les fameux NAC – les nouveaux animaux de compagnie – de son canton. Il est leur véto et leur ami. Il n'est pas noir. Voilà peut-être la plus belle leçon à retenir.

– J'en conviens. Mais en France, il n'y a pas que le monde rural, le cul des vaches et la santé des chats, des chiens et des NAC. Tu ne peux pas faire semblant d'ignorer la réaction de la France d'en haut, de la France des villes. Je suis sûr que ton gamin de Sarcelles est lui aussi intrigué, surpris de te voir maire. Et cette surprise n'est pas toujours agréable. On lui a appris que la France n'était pas encore prête. Alors, il se demande : "Comment il a fait celui-là ?" Et tu deviens suspect à ses yeux, mon cher ami. En plus, pour le peuple de la France profonde, j'accepte ton analyse ; mais là on parle des gens d'influence, des politiques, de la presse, tous ceux qui te sont tombés dessus avec leurs plumes, leurs micros et leurs caméras. »

En ce temps-là, le Front national avait siégé quelques années plus tôt à l'assemblée grâce à la proportionnelle que la gauche avait établie pour les législatives. La commémoration du bicentenaire de la Révolution française avait été l'occasion pour le gouvernement de laver cette vilenie, de déployer l'universalisme de la France éternelle, comme si, l'espace d'une célébration, cela pouvait mettre entre parenthèses les querelles intestines. Et la commémoration avait été un grand moment.

Sur les Champs-Élysées, un immense défilé multicolore et polyphonique avait été organisé, suivi par un million de spectateurs massés le long de l'avenue, et par huit cents millions de téléspectateurs à travers le monde. Jessye Norman, plantureuse et talentueuse cantatrice noire américaine, avait chanté une *Marseillaise* d'anthologie, le boubou bleu-blanc-rouge volant au vent comme les voiles d'un navire sur une mer déchaînée. Et en arrière-plan, le patriarche Doudou N'diaye Rose, venu de son Sénégal natal, beau comme une idole, en tenue de soirée, fredonnait la même *Marseillaise*, le visage radieux à la direction d'un orchestre formé de dizaines de percussions. Les percussions du patriarche sénégalais avaient fait sensation, sans oublier les marionnettes géantes qui représentaient les quatre races qui forment l'humanité.

Quelques années auparavant, on avait inventé SOS Racisme, supposé faire barrage aux idées du Front national. Quelle place mon élection était-elle appelée à prendre dans ce dispositif fait de bric et de broc, d'appel du pied et d'improvisation ? Je ne sais pas. Est-ce la gauche qui avait battu le rappel des médias de France, de Navarre, d'Afrique, d'Amérique et d'Asie ? Je ne le pense pas. Pourquoi moi ? Pourquoi maintenant ? La question restait posée. Mais qui allait m'expliquer ce qui m'arrivait ?

– 22 –

La fête était belle comme le printemps naissant dans la Cornouaille. Il faisait beau à Paris. La petite question lancinante, toujours la même, tintinnabulait dans ma tête endolorie : Pourquoi ? Pourquoi moi ? Pourquoi maintenant ? Pourquoi déjà ? La salle de la Mutualité française était pleine à craquer. Il y avait comme d'habitude tous ces journalistes venus des six coins de France et des quatre coins du monde, tous ces journalistes que j'attirais comme personne – toutes proportions gardées – ne l'avait jamais fait avant moi parmi les maires de France.

Je regardais cette foule française, des noms connus, des anonymes, des jeunes de la banlieue parisienne qui venaient voir le maire noir en chair et en os, des personnes originaires de mon pays d'origine, qui se sentaient mises à l'honneur, mes vieux sages de Bretagne que j'avais conviés à la fête. C'était aussi leur fête. C'était *surtout* la leur. En effet, en ce jour, le président de la Mutualité, René Teulade, me remettait, en présence de Danielle Mitterrand, le Prix national du civisme. Je devais cette distinction au conseil des sages que j'avais créé à Saint-Coulitz.

L'injonction était venue de mon lointain village d'origine, de la part des vieux. Puisque je n'avais pas respecté les règles de mes ancêtres qui ne m'autorisaient pas à prendre le pouvoir avant mon frère aîné, mais puisque je prétendais que chez mes nouveaux concitoyens c'était admis, alors ils me demandaient d'associer leurs alter ego de Bretagne à ma mission.

D'aucuns ont dit que j'avais créé le conseil des sages pour sortir de leur solitude quelques vieillards encore valides. D'autres disaient que j'avais créé un conseil consultatif pour la frime, et que son avis ne servirait pas à grand-chose. Certains y croyaient, d'autres pas, mais beaucoup en disaient du bien. Ce n'était pas mal, selon eux, quand bien même ce ne serait que pour la frime, quand bien même ce ne serait que pour tirer de l'isolement quelques aïeuls, quand bien même ce ne serait que pour accrocher une distinction de plus au revers de mon veston qui allait très vite s'alourdir de bien d'autres décorations.

Je n'ai jamais pensé qu'il fallait systématiquement s'opposer aux opinions des gens. Parfois c'est tout ce qui leur reste pour exister. La vie, c'est comme une auberge espagnole, un repas tiré du sac, un *bring-your-bottle party*. Si quelqu'un vient avec des œufs de lump, le caviar du pauvre qu'il considère comme du caviar blanc du shah d'Iran, ou un mousseux à deux sous qu'il baptise champagne grandissime siècle, que gagnez-vous à vouloir à tout prix rétablir votre vérité qui n'est visiblement pas la sienne et qui n'a donc pas plus d'importance que la sienne ? Par contre, vous risquez de lui faire perdre tout et même la face.

Quoi qu'il en soit, saisissant au bond l'injonction rocambolesque de mes aînés, j'avais créé le conseil des sages. Qu'il me soit donné ici l'occasion de vous dire vraiment pourquoi j'avais créé ce conseil. Toutes les raisons énoncées ici ou là ont du sens. Mais il y en a une autre. J'avais créé ce conseil parce que j'aimais le contact des aînés. Parce que je voulais acquérir des savoirs. Je voulais très égoïstement profiter de la mémoire de ces bibliothèques ambulantes qui parfois radotaient à qui mieux mieux à force de s'écouter tout seuls. J'étais devenu un parfait Breton des temps modernes. Parmi les distinctions que j'allais glaner très rapidement, il y aura celle de « Breton de l'année ». Soit ! Mais il me fallait recueillir la mémoire à la source, pas seulement dans les livres. Un vieillard qui meurt est une bibliothèque qui brûle. Dommage ! Porteur de mes angoisses et de mes atavismes africains, je ne voulais pas risquer de perdre des bibliothèques par suite des autodafés successifs qui allaient survenir pendant mon mandat. Après soixante ans, la fin a le droit d'arriver quand elle veut. Et si vous n'avez rien fait avant, vous en êtes le seul responsable. Alors, j'allais profiter du conseil des sages pour avoir accès à quelques vieilles bibliothèques, pour en avoir à portée d'oreille et les écouter tout mon saoul.

À Saint-Coulitz, il n'y avait pas de maison de retraite. Beaucoup de ces vieux vivaient en famille, loin de la solitude. Certains étaient peut-être écoutés, surtout – c'est humain – quand ils avaient garni leur bas de laine, devenant promesse d'héritage. Alors ils étaient écoutés comme un disque rayé qui vous est imposé pour une raison ou pour une autre. D'autres en étaient déjà au stade brelien où l'on ne parle plus que parfois du bout des yeux, quand même riche on est pauvre, quand on n'a plus d'illusions et plus qu'un seul cœur pour deux. Moi je voulais les écouter pour ce qu'ils avaient à dire, entendre leurs discours qui sentiraient le verbe d'antan. L'âme d'un peuple est faite d'une mémoire subjective. Toute mémoire est subjective, c'est pour cela que le Marseillais vous racontera l'histoire de son grand-père qui a pêché une sardine de deux ou trois mètres, *peuchère !* et que le Sahélien vous jurera avoir tué le guinarou fabuleux et le caïman géant dans un pays où il n'y a même pas un embryon congelé ou un œuf fossilisé de caïman nain. Je voulais entrer dans cette subjectivité qui allait faire de moi un vrai Breton.

Mais les anciens m'ont apporté beaucoup plus. D'un point de vue pratique, je peux affirmer que j'ai souvent suivi leur avis dans la marche de la commune. À leur demande, j'ai refusé que l'on y construise des lotissements qui allaient la dénaturer, alors même que ces opérations étaient prometteuses d'importantes rentrées financières. Mais je me suis surtout enrichi à leur contact. Alors, à cet instant précis où j'étais distingué, je pensais à eux, qui m'accompagnaient à Paris, et à ceux lointains de mon village d'origine qui m'avaient ouvert les yeux.

Et puis les vieux m'ont raconté la Bretagne, une Bretagne légendaire. Ils m'ont parlé des deux guerres mondiales et de leurs effets dans cette belle province. Leur récit n'avait souvent pas grand-chose à voir avec les versions officielles des discours politiques ou des livres d'histoire. Bien peu de survivants restaient de la première, et j'appris entre autres que loin des deux cent mille soldats des versions admises, ma région avait payé le plus lourd tribut de toutes les régions de France. Pendant que les hommes versaient leur sang dans les tranchées, les femmes étaient dans les champs et à l'usine pour ravitailler les armées.

Quant à la Seconde Guerre, on magnifia bien sûr la Résistance. Mais on me jura aussi qu'en fait la fameuse opération Overlord, le débarquement des Alliés que l'on situe en Normandie, s'était déroulée en Bretagne et non sur les plages du Cotentin. Les versions divergeaient un peu, évidemment. Pour certains, c'est le projet qui était breton et, pour une raison ou pour une autre, probablement à cause des intempéries ou encore à cause de la fourberie d'un élu ou d'un haut gradé normand, la réalisation finale avait eu lieu ailleurs. Mais quelques farouches Celtes juraient, photos à l'appui, que tout s'était bien déroulé sur les côtes finistériennes. Pour ma part, j'étais satisfait car j'avais ajouté à Brocéliande et à Arthur un pan plus moderne des légendes bretonnes.

Alors, rien que pour cela – et je ne vous ai pas tout dit –, j'étais heureux de mon conseil des sages.

*
**

Après les honneurs de la Mutualité, nous sommes rentrés chez nous en Bretagne, Anne-Marie, les enfants et moi. Le printemps poursuivait son cours et moi, je poursuivais la mission qui m'avait été confiée au carrefour dit de La Croix-de-Penarros : bousculer les somnolences. Et là, on peut dire que Saint-Coulitz était en passe de battre tous les records de vitesse entre l'anonymat et la célébrité. Tout au long du voyage de retour en train, j'ai fait semblant de dormir pour que ma petite famille me laisse cogiter. Les souvenirs défilaient dans ma tête, construisant ma propre légende. Et comme toute légende, la mienne était cousue de fil blanc, de fil d'or et de merveilleux.

– 23 –

Pour constituer ma première liste aux élections municipales de 1983, l'année où je n'ai pas été élu maire mais simple conseiller, j'avais contacté un voisin que j'aimais bien et qui jadis m'avait plus ou moins fait comprendre qu'il était de gauche. Quand j'en parlai à mes relations politiques, elles me mirent en garde.

« Il est de droite. Il n'acceptera jamais de venir avec nous.

– On va voir », avais-je répondu, convaincu du contraire.

J'ai donc pris contact avec l'homme providentiel.

« Salut camarade. J'aimerais t'inclure à ma liste. J'espère que tu n'y vois aucun inconvénient.

– Qui t'a dit que j'étais de gauche ?

– J'avais cru le comprendre à travers nos entretiens. »

L'homme semblait ne plus s'en souvenir. Mais il ne manifestait aucune gêne. Je pense même qu'il appréciait que j'aie pensé à lui. Cependant, il avait désormais ses propres projets.

– Je compte bien me présenter aux élections municipales. Mais si je le fais, ce sera sur ma propre liste.

C'était son droit, même si cela me décevait. Néanmoins, j'ai voulu le pousser dans ses retranchements.

« OK ! Tu feras cavalier seul. Mais imaginons un scénario qui est tout à fait plausible. Imaginons que le soir des élections, sur les onze conseillers municipaux élus, il y en ait cinq sur la liste que je conduis et cinq sur celle du maire. Imaginons que toi tu sois le onzième homme, le faiseur de roi. Quel sera ton choix ?

– Mon pauvre Kofi, ce scénario est tout simplement inimaginable pour qui connaît bien notre commune. Et, excuse-moi de te le dire, je pense que je la connais plutôt bien. Aucune liste d'opposition n'a la moindre chance. »

Après un court instant de dépit, je fis contre mauvaise fortune bon cœur. Au moins maintenant les gens se disaient qu'il fallait s'engager en politique, prendre des risques et ne plus attendre d'être sollicités par ceux qui auraient le droit quasi divin de diriger les destinées de la commune.

Le soir des élections, le scénario fictif que j'avais imaginé se réalisa. Ma liste avait cinq élus, comme celle du maire sortant. Très vite, le bruit courut que mon homme négociait avec nos adversaires. Le lendemain, il a eu l'honnêteté de m'appeler.

– J'ai négocié avec le camp en face. J'ai demandé un poste de maire adjoint. Ils me l'ont accordé. Je te souhaite bonne chance.

J'étais furieux. Je m'y attendais, mais je n'acceptais pas de le comprendre. Il y eut quelques échanges plutôt vifs. On se dit des mots que l'on ne trouve pas dans la Bible. On s'envoya quelques noms de bipèdes ailés, corvidés criards, merles moqueurs, étourneaux étourdis et charognards au col déplumé. Pour finir, je lui ai lancé en guise d'estocade :

– L'histoire nous dira si tu as raison. Mais moi je te dis que l'avenir est de mon côté et que tu viens de signer ta mort politique.

Il y a des vantardises que l'on balance à la légère sous le coup de la colère. Je ne savais pas comment j'allais compromettre son avenir. En tout cas, je n'avais parlé que de sa mort politique. Or l'homme allait mourir de la mort totale, de la mort la plus radicale qui fût, après, me dira-t-on, mille revirements de fortune et autant de souffrances que je ne rappellerai pas ici pour préserver sa mémoire. Il fut mis en terre le jour de son cinquantième anniversaire, peu de temps après son élection. Il n'exerça jamais son mandat de maire adjoint.

Et l'hécatombe ne s'arrête pas là. Peu après ce décès pour le moins étrange, un élu de ma liste s'en alla avec armes et bagages dans le camp en face. Désormais, nous n'étions plus que quatre élus de l'opposition. Cette situation ne me plaisait pas.

« Pourquoi as-tu fait cela, mon ami ? lui ai-je demandé.

– Écoute, mon cher Kofi. Maintenant, j'ai de l'ambition. J'ai pris goût à la chose. Je veux être maire, comme toi. Je ne veux pas l'être *après* toi et je ne le serai jamais si je me mets derrière toi. Donc, je n'avais pas le choix. »

La suite de l'histoire, je m'en souviens encore comme si c'était hier. Comment peut-on oublier ce type d'enchaînement ? J'étais à Clermont-Ferrand pour une mission professionnelle. Je reçois un coup de fil : *Charles* – c'est son nom – *est mort.*

Alors forcément, le bruit a commencé à courir selon lequel je l'avais tué, et qu'il était décidément dangereux de s'opposer à moi !

Je ne me connaissais pourtant pas le pouvoir d'exterminer mes adversaires politiques ou mes partenaires dissidents. C'était grotesque de pouvoir même penser cela un seul instant ! N'empêche que j'ai fini moi-même par me poser des questions, car la mort allait continuer à poursuivre mes opposants.

Le temps passe. Nous sommes en 1989. Un jeune homme vient me voir pendant que je constitue la liste qui me conduira à la mairie. Il est dans la fleur de l'âge, la trentaine conquérante. Son franc-parler est appréciable et je l'apprécie à sa juste valeur.

– Kofi, je ne pense pas être raciste… mais je n'arrive pas à me faire à l'idée d'un maire noir sur la commune.

Le jeune homme a rejoint la liste du maire sortant. Mes adversaires n'ont pas obtenu la majorité, mais lui a été élu conseiller municipal. Le pauvre homme ne profitera pas longtemps de son mandat. Il mourra peu après les élections. Il flotte dans l'air de ce coin de Bretagne comme un parfum de sorcellerie. Je suis angoissé par cet enchaînement macabre qui jalonne la piste de mon ascension vers les sommets.

Dieu sait que je n'ai pas le fonds méchant. Je ne souhaite pas la mort des gens. Et je n'ai pas besoin de la mort de mes semblables pour me faire une place sous les brumes bretonnes et pour ne pas crever de faim sur mon talus. Ciel, j'ai fait ma part de boulot pour être où je suis. Je suis ingénieur. J'ai apporté de la socialisation à ce coin de Cornouaille que j'aime comme si j'y étais né, qui m'a accueilli comme je ne l'aurais pas espéré dans mes fantasmes les plus positifs. Je ne pourrais souhaiter, ni ici ni ailleurs, la mort de mes adversaires. Pourquoi tout ça ? Pourquoi moi ? Pourquoi maintenant ?

– 24 –

Le soir de printemps s'étirait avec cette nonchalance primesautière des mois de mai quand la nature célèbre le regain et le retour des béguins. La nature, faune et flore, renaît. La sève monte et redonne vigueur. Le temps est séculaire mais il est toujours d'éternelle jeunesse. Un souffle qui passe, devient brise, vent de douceur, générateur de vie. L'esprit souffle sur la glaise et fait l'homme. C'est la bise du printemps. La vieillesse ne serait donc qu'un leurre, un éphémère. C'est la renaissance qui fait la vie. Mais je sais qu'à l'automne, mes pensées prendront une autre route. La mélancolie n'a de valeur que celle qu'on lui attribue. On peut trouver de la beauté et du charme aux rides de la vieillesse. Mais on peut aussi les analyser comme les sillons, des pistes qui conduisent vers l'extinction. Alors, pour conjurer le sort, nous rêvons de vie éternelle. Alors, on se dit que les sillons de la vieillesse conduisent vers la sagesse et ensuite vers l'éternité. On se rassure et on se console comme on peut.

Ce jour-là, j'avais regagné la mairie après mon travail à la DDE. Je refaisais souvent mon parcours mentalement, essayant de déterminer la part d'un destin tutélaire dans ce qui m'arrivait. Quelle est la part de sa vie que maîtrise l'homme et quelle est celle qui lui échappe entre la naissance et la mort ? Qu'est-ce que j'avais fait pour connaître le parcours qui était le mien ? Non que je le trouvasse plus grand que celui d'un autre. Mais on était bien obligé de constater qu'il était peu banal, qu'il avait emprunté des routes singulières. Je revoyais comment la presse s'était abattue sur moi. Je repensais à ces hommes et à ces femmes qui me sollicitaient parce qu'ils me prenaient pour un avatar, aux décès surprenants qui avaient frappé certaines personnes pendant cette période, jalonnant mon parcours d'un sillage macabre. Tous ces événements me revenaient, me tourmentaient, me perturbaient. Je ne pouvais m'empêcher de vérifier que mon image se reflétait toujours dans le miroir, que mes pieds touchaient terre et que je n'étais pas capable de traverser les murs, tous ces attributs qui, dans diverses traditions, permettaient de reconnaître les esprits.

– J'arrive !

La mairie était en travaux et nous avions établi provisoirement nos bureaux dans la cantine scolaire.

– Je t'appelle depuis une heure ! Reviens donc sur terre, monsieur le maire.

Mon premier adjoint était campé devant moi, l'air inquiet.

« Tu vas bien ?

– Mais oui !

– Il y a une dame qui veut te voir. Enfin, te voir… »

Il s'approche de moi. Après quelques œillades à gauche et à droite, il me souffle à l'oreille, sur le ton de la confidence :

– Elle veut te voir, c'est ce qu'elle a dit… façon de parler. En fait elle n'y voit que dalle, car elle est aveugle.

Je n'étais pas intrigué. Rien ne me surprenait plus dans cette nouvelle existence où le sort m'avait précipité. Qu'une aveugle cherche à me voir, cela faisait partie des grands privilèges qui m'étaient désormais accordés. Et lui permettre de recouvrer la vue faisait partie des nobles missions qui m'étaient désormais dévolues. Il suffisait de demander. Venez madame, je suis la piscine de Siloé. Votre foi va vous sauver. Quel destin m'avait fait échouer dans cette Bretagne généreuse et humaine jusqu'à la caricature ? Le Breton est un homme achevé et tout homme achevé a besoin de sa dose d'irrationnel. On a souvent pensé que cet irrationnel ne survivait qu'en l'absence du raisonnement logique. Le raisonnement logique apporterait l'explication scientifique à tous les phénomènes. C'est donc l'absence de ce raisonnement qui justifierait la survivance des croyances en Afrique.

Comme Africain, je respectais les totems, le crocodile de la mare de mon village d'origine, les amulettes accrochées aux avant-bras des lutteurs de Dakar et les talismans qui pendent au cou des pagayeurs du

Wouri. Je croyais au pouvoir des écorces et des amulettes, des incantations et du mauvais œil. J'entendais les histoires de sortilèges et d'envoûtement, de la réincarnation des ancêtres dans les nouvelles générations. Cet atavisme venait-il de l'absence d'explication scientifique ? Soit ! Mais alors, comment se faisait-il que la Bretagne demeurât elle aussi terre de foi et de croyances, de rebouteux, de sortilèges et de mauvais œil, malgré sa longue lignée d'inventeurs et de découvreurs, de capitaines d'entreprises, de capitaines au long cours et de capitaines tout court ? Et il avait fallu que le destin me fasse renaître sur cette terre dont les populations avaient la danse arrimée à la peau et les croyances chevillées au cerveau.

– J'arrive.

Je suis sorti dans la cour et je l'ai vue. Elle tournait le dos au soleil qui nimbait sa silhouette frêle d'une auréole de lumière. Ce n'est pas pour parodier le poète, mais vraiment elle semblait vêtue de probité candide et de lin blanc tellement son frêle physique reflétait sa paix intérieure. Ses yeux étaient éteints, mais son corps était incandescence, lumière vive. Je me souviens de ce film sur Ray Charles où le musicien aveugle entend le battement des ailes d'un colibri voletant à dix mètres de lui. Comme mue par ce sixième sens propre aux aveugles, ma visiteuse avait senti ma présence. Son visage s'était éclairé d'une aura de béatitude. Elle avait tendu la main dans ma direction. La tête renversée en arrière comme pour que ces yeux – ou plus exactement ses narines qui s'étaient légèrement dilatées – se positionnent au niveau où elle devinait mon visage, elle avait parlé, peu, mais dense, de sa voix tremblotante.

– Monsieur, serrez-moi la main. Je ne veux rien. Je ne suis pas venue vous demander quelque chose. Je voulais juste vous toucher. Vous êtes un homme bien. Je suis venue de Brest juste pour vous toucher.

Tout en parlant, elle faisait courir ses mains le long de mes bras, jusqu'à mes épaules, les levait vers mon visage qu'elle touchait avec une infinie tendresse. Je fermais les yeux, comme hypnotisé. Obéissant à je ne sais quelle injonction supérieure, je l'ai enlacée. Je ne sais pas exactement combien de temps dura cet instant magique : c'était une seconde d'éternité.

– Adieu monsieur.

J'ouvris les yeux. Je ne lui avais rien dit. Elle n'avait rien ajouté et je me demandais comment elle était arrivée seule jusque-là puisque je ne voyais personne qui l'eût accompagnée, pas le moindre labrador roux, et elle n'avait même pas de canne blanche. Mon adjoint l'a ramenée à la gare.

En rentrant chez moi ce soir-là, je me suis demandé si je n'avais pas rêvé. Aujourd'hui encore, je pense parfois que c'est un ange qui était descendu du firmament étoilé pour m'emporter, un court instant, dans l'immaculé de la Voie lactée. Mais les voyages mystiques ne durent qu'un instant. Rêve ou réalité, le printemps et l'avenir me réservaient encore d'autres surprises du même genre.

– J'arrive !

J'étais seul à la mairie en ce samedi après-midi, à potasser les dossiers courants qui font le lot ordinaire des petites communes. La sonnerie de la porte m'avait fait sursauter. Elle n'avait pas attendu que j'arrive comme je l'avais annoncé. Elle avait poussé la porte et s'était introduite dans mon bureau. Elle était frêle et frémissante, triste et altière à la fois, comme un croisement de lévrier de pharaon – avec ses cheveux roux – et de lévrier du Mali. Son visage était parcouru de tics nerveux et elle triturait ses mains aux doigts secs et longs d'artiste. Je dis merci à Piaf, car je n'aurais pas trouvé cette belle comparaison tout seul. Non parce que je n'étais pas aussi bon qu'un autre, mais parce que j'étais fatigué, devant réserver le plus clair de mon temps à faire les miracles que l'on me réclamait.

Ma visiteuse du soir s'est assise sans attendre que je l'y invite et s'est lancée dans une longue tirade, rauque et monocorde, un de ces galimatias qui vous laisse pantois. En résumé, cela donnait ceci.

– Il fallait que je vous voie, cher monsieur, que je vous raconte mon histoire. Mon mari m'a quittée pour sa secrétaire. Cette fois, ce n'est pas comme les autres fois. Je sais qu'il n'a jamais été fidèle et je m'étais habituée à ses frasques. Comme si cela ne suffisait pas, ma rivale, après m'avoir pris mon époux à un âge où je ne risque pas de le remplacer, m'a jeté un sort. Mes affaires ne marchent plus. Je suis artiste peintre et je ne parviens plus à vendre une seule de mes œuvres.

Quand elle se tut, je me sentis obligé de dire quelque chose.

– Euh !

Je sais que ce n'est pas génial, que c'est peu et qu'elle attendait mieux. Mais je n'avais rien trouvé d'autre. Comme si j'avais dit une grossièreté, elle a levé une main autoritaire pour m'empêcher de continuer. Elle ne me regardait même pas. Ses yeux fermés étaient tournés vers le bas. Dans cette position – corps figé, dos voûté, tête baissée, main levée –, elle présentait une rigidité quasi cataleptique. La pose était belle, puissante, et, je dois le reconnaître, elle avait quelque chose d'artistique. Un instant, elle m'a fait penser aux attitudes des smurfeurs que l'on rencontrait alors sur les places de Paris, mimant je ne sais quel robot futuriste ou quel extraterrestre tout-puissant.

– Surtout, ne me dites pas que vous ne pouvez rien pour moi, car pour en arriver là où vous êtes, il faut bien que vous soyez un être spécial.

Donc selon elle, l'extraterrestre, c'était plutôt moi. Sans être inquiet, je me demandais quand même si cette dame avait encore tous ses esprits. Elle avait ouvert les paupières, redressé le torse, baissé la main, et me regardait maintenant sans ciller, les yeux fixes et vagues.

« Madame, je ne pense pas avoir de pouvoir particulier.

– Je sais que vous pouvez m'aider. Je le sais, je le sens. Je ne suis pas folle. Vous devez connaître tous vos administrés car votre village n'est pas bien grand et vous savez donc que je n'habite pas dans le coin. Je ne serais pas venue de si loin si je n'avais pas la conviction profonde que vous pouvez faire quelque chose pour moi. »

J'esquissai un sourire. Je ne pouvais rien faire d'autre. Bizarrement, je commençais à me piquer au jeu. Cela me divertissait de lui parler. Quand j'allais à Paris, je voyais souvent, dans le métro, ces Maliens du peuple soninké qui distribuaient des tracts et se disaient marabouts. Depuis, les pasteurs et autres prophètes en tout genre se sont ajoutés à cette faune pittoresque. Parfois, le sourire moqueur, je m'arrêtais et leur demandais comment allaient les affaires. Je terminais toujours en les taquinant un peu. « Mon frère, tu es venu du pays pour tromper les Blancs ! » Généralement, ils se contentaient de sourire et poursuivaient leur manège. Mais comme on trouve des vengeurs de l'Afrique dans toutes les catégories socioprofessionnelles de France, certains me répondaient qu'ils avaient bien le droit de retirer un peu de ce bel argent que les Blancs avaient volé à leur continent d'origine. Alors je rétorquais avec compréhension : « OK, camarade, tu as probablement raison ; on se venge comme on peut. » Comment aurais-je pu deviner que j'allais moi-même, un jour, devenir involontairement l'un de ces marabouts aux yeux de certains Bretons ! Je répondis donc à la dame.

« Votre démarche n'est pas rationnelle et cela me surprend de votre part. Vous êtes artiste, certes, et comme tout artiste, je sais que vous voguez dans des mondes parallèles où l'imagination remplace souvent la raison. C'est bon pour la création artistique. Mais de là à croire que je suis capable de faire ce que vous me demandez, il y a quand même un canyon que vous franchissez allègrement.

– Mais qui vous a parlé de rationalité ? L'homme n'est pas une bête mue par le seul instinct. Il n'est pas une mécanique qui obéit à une programmation rationnelle. Je pense et je sais que vous pensez comme moi que l'homme est bien plus complexe et qu'il est régi autant par sa raison que par des forces qu'il ne maîtrise pas. Les avancées technologiques détruisent l'humain si elles réussissent à tuer en lui l'irrationnel, l'imagination. Dieu merci, beaucoup de savants continuent à croire en Dieu et aux forces de la nature. Certains se mettent à croire en Dieu parce qu'ils ont compris à travers leurs découvertes qu'ils n'arriveraient jamais à tout expliquer. N'est-ce pas Albert Einstein qui a dit que le hasard est le déguisement que prend Dieu pour voyager incognito ? »

Je me levai, fis le tour de mon bureau et posai mes mains sur ses épaules. Je me mis à débiter des mots d'une banalité absolue, dont j'étais convaincu qu'ils étaient les seuls qui seyaient à cette situation pour le moins ubuesque. À quoi m'aurait-il servi d'essayer à tout prix de la raisonner ? Puis je baragouinai une conclusion insipide.

– Vous savez, madame, il ne faut jamais désespérer. Repartez chez vous et vous allez voir que tout va rentrer dans l'ordre. Parfois il suffit de commencer par y croire.

La dame s'en est allée, radieuse. Elle en était devenue presque gracieuse. Je ne reconnaissais plus en elle la liane de nervosité qui s'était présentée à moi une heure plus tôt. L'esprit un peu ailleurs, je me remis au travail, les dossiers, le courrier, l'ordinaire d'un maire normal. Une lettre attira mon attention. Elle venait de la mairie de Paris comme l'indiquait l'enveloppe.

« *Monsieur le Maire, Cher collègue, J'ai le plaisir de vous annoncer qu'un logement a été attribué à votre protégée…* » C'était la réponse de Jacques Chirac au courrier que je lui avais adressé pour le logement de la mère de l'enfant handicapé.

Deux semaines plus tard, je recevais une autre lettre qui venait de la dame aux cheveux couleur lévrier de pharaon et au visage de lévrier malien. Elle m'annonçait son bonheur. Après notre rencontre, son mari était rentré à la maison et les affaires avaient repris à un rythme d'enfer.

J'ai résisté à la tentation de me prendre pour un thaumaturge. Cependant, dans ma trajectoire personnelle, d'autres miracles avaient eu lieu, et allaient encore se produire, sans que j'y sois vraiment pour quelque chose.

– 25 –

La campagne pour les cantonales de 1994 se préparait avec entrain. Des campagnes électorales, nous en avions connu. Des succès, nous en avions glané. Des promotions, j'en avais reçu, jusqu'au maroquin ministériel. Je regardais le temps s'écouler avec la satisfaction du devoir accompli. Être homme c'est être fier. Je l'étais. J'avais le droit de l'être. Ma femme m'aimait comme au premier jour. Mes enfants filaient du très bon coton. Le crédit de la maison était remboursé. J'entrevoyais la cinquantaine proche et épanouie. Après avoir été ministre de la République, j'avoue que j'avais l'impression de rétrograder ou d'être trop gourmand, si j'allais encore récupérer une élection de conseiller général. Il fallait laisser la place à de plus jeunes… ou alors viser plus haut, la présidence de la République par exemple ! Il faut bien rire un peu… Arrivé à ce point de ma réflexion, je m'accordais un *lol* avant l'heure. *Lol*, comme la jeunesse écrit aujourd'hui dans les textos, pour dire : « Je me marre. »

Nous tenions une réunion de section à Châteaulin. Au cours de cette réunion, il était question de choisir le candidat qui allait s'opposer au conseiller général sortant, lequel était de droite. L'affaire s'annonçait bellement compliquée et les candidats au casse-pipe ne se bousculaient pas. Nos adversaires occupaient le canton depuis sa création. Ils avaient toujours remporté le scrutin dès le premier tour. Le meilleur score de la gauche avait été de 36 %, score enregistré aux dernières élections, six ans plus tôt. C'était le seul aspect positif dans l'affaire : les scores s'amélioraient avec le temps. Mais il fallait un tremblement de terre pour bouleverser l'ordre établi. Vu sous cet angle – celui de la nécessité d'un miracle pour obtenir le changement –, il n'avait pas fallu longtemps pour que le profil du parfait candidat se dessine. Tous les regards s'étaient tournés vers moi. Je n'étais pas le chef de la section locale, mais je faisais figure de candidat idéal, auréolé de mon statut d'ancien ministre.

*
**

Ministre… Je me souviendrai toujours de cet après-midi de printemps où ma nomination est tombée comme une fleur avant la saison, comme Noël avant l'heure, comme les étrennes de concierges, de postiers ou de pompiers avant la fin de l'année. Jean-Marc était passé à la maison comme à son habitude, et nous refaisions le monde comme à notre habitude, lui philosophant, moi fulminant et m'emportant, pestant de temps en temps à cause de ses insinuations perfides et récurrentes. Le téléphone a sonné, et je suis allé dans le petit bureau du rez-de-chaussée pour répondre. L'échange a duré à peine dix secondes.

« Est-ce que tu viens de t'entretenir avec un de tes ancêtres décédé depuis des siècles, ou alors avec un extraterrestre ? Si tu voyais ta tête ! me dit Jean-Marc à mon retour.

– Je la vois, ma tête… En tout cas, je la sens. Mais figure-toi que je vois la tienne, la seule que j'aurais voulu ne pas avoir en face de moi à cet instant précis. Tu ne devineras jamais ce que je viens d'entendre, monsieur le philosophe devin. »

Au fur et à mesure que je parlais, un sourire radieux se dessinait sur mon visage, comme si petit à petit je commençais seulement à comprendre le sens de l'échange téléphonique que je venais d'avoir.

J'appelai Anne-Marie qui vaquait à ses affaires dans la maison.

– Viens ma chérie, viens et assieds-toi.

Mon enthousiasme surprenait ma femme. Jean-Marc, comme toujours, ne laissait rien transparaître de ses pensées. Il conservait son expression moqueuse et taquine.

« Tu ne sauras jamais qui je viens d'avoir au téléphone et ce qu'il m'a annoncé.

– Mais dis-moi donc, Kofi ! Ne me laisse pas languir plus longtemps.

– Laisse-moi te servir d'abord un verre. »

Je n'avais pas fini de servir à boire à mon épouse quand Jean-Marc s'est mis à parler. Il avait adopté une voix caverneuse et la posture de la pythie énonçant un oracle venu tout droit de Jupiter.

– Madame, j'ai l'honneur et le plaisir de vous annoncer que votre mari vient d'être nommé ministre de la République dans le gouvernement de France.

Le verre a failli tomber de mes mains.

« Comment le sais-tu ? demandai-je, ahuri.

– C'est donc vrai ! s'exclama Anne-Marie en se précipitant d'un bond dans mes bras.

– Mais comment il le sait ? Je ne lui ai rien dit ! »

Je ne me souviens plus très bien de la suite des événements. Les enfants sont rentrés. Nous sautions de joie. J'ai passé quelques coups de fil pour en informer les personnes qui m'étaient très proches, la famille de mon épouse, et quelques relations politiques. Tard dans la soirée, le calme revenu, j'ai revisité la journée avec Jean-Marc. En fait c'est lui qui parla le plus.

« Avec ta nomination comme ministre, la boucle est bouclée. On arrive à la fin d'une ère et on va passer à une autre. Et c'est toi qui sers de transition entre les deux.

– Explique-toi. Je ne comprends pas ce que tu veux dire.

– Nous avons souvent parlé de Senghor, tu t'en souviens ? En fait, Auguste Senghor est le symbole de la vieille France, je devrais dire, la vraie France, la France éternelle. Le Noir reste un étranger aussi longtemps qu'on ne le connaît pas. En fait, cela s'applique à tout nouvel arrivant. Certes l'exotisme visible du Noir en fait une cible plus concrète. L'étranger est souvent lui-même le premier acteur de la discrimination dont il est victime. Je me souviens de mes camarades africains de la Sorbonne. On avait l'impression qu'ils étaient des agents de publicité pour une Afrique uniforme, folklorique, hors du temps, immuable. Ils commençaient toujours leur conversation par : "Chez nous en Afrique", comme s'ils n'avaient rien d'autre à offrir. Senghor dans sa province comme toi ici n'avait qu'un objectif : faire son devoir de citoyen. Il a été reconnu pour cela. Il n'était pas un symbole, il était un notable qui devenait maire. Son élection n'interpellait personne. Comme toute élection, elle était le résultat d'un processus de conquête de la meilleure place au sein de la société à laquelle on appartient. Alors il était un maire ordinaire, comme la France en compte des dizaines de milliers. »

Jean-Marc avait tendu la main pour saisir son verre et j'en profitai pour en placer une. Le philosophe ne buvait pas comme tout le monde. En général, on prend son verre, on le porte à ses lèvres et on le repose. Jean-Marc, lui, quelle que soit la boisson qu'il buvait, même au bistrot, réclamait un verre à pied. Il le soulevait au niveau des yeux en le tenant par la base comme j'ai vu les œnologues le faire, appréciait la couleur du breuvage et, les yeux mi-clos, le portait à la bouche lentement, pour une longue rasade. C'est quand il trempait ses lèvres dans le verre que j'avais l'occasion de m'exprimer.

– Tout cela, on en a déjà parlé. Arrivons-en à la suite où moi je deviens la transition de je ne sais quoi.

Le cérémonial terminé, il posa délicatement son verre sur la table.

« J'y viens en effet. Toi aussi, tu démarres comme Senghor, pas vétérinaire mais ingénieur de la DDE au fond de la Bretagne. Tu n'es plus noir parce que tu n'agaces personne avec ta négrité. Tu ne demandes à personne, comme une faveur, de te faire un peu de place pour exister. Tu fais ton boulot, participes à l'animation du pays, te fais ainsi remarquer et, au moment du choix d'un chef, on pense à toi. Logique ! Mais voilà, la gauche est au pouvoir. Il lui faut des actes symboliques. Elle régularise ses amis étrangers que la droite giscardienne a précipités dans la clandestinité. En plus le leader de la gauche, François Mitterrand, est une bête politique. Il veut que son parti devienne un parti de pouvoir et non plus d'opposition. Il va donc affaiblir et ses amis communistes et ses adversaires de droite. Pour ces derniers, il va renforcer la capacité de nuisance du Front national…

– Écoute, Jean-Marc, je n'ai pas besoin que tu me fasses un cours de philosophie politique. Ce que je voudrais savoir, c'est en quoi je suis un maillon particulier dans cette histoire française. »

Ses considérations sinueuses me fatiguaient. Je voulais qu'il en vienne au fait car j'étais mal à l'aise. Mais un philosophe, ça ne parle pas comme un informaticien ou un ingénieur en mécanique. Ça s'écoute parler avant toute chose. Ça tourne, ça contourne, ça détourne et ça retourne l'attention. Ça s'en va et ça revient, c'est fait de ces tout petits riens qui finissent par vous pousser au crime. Mais je ne pouvais pas tuer Jean-Marc avant qu'il ne m'ait répondu.

– Jadis, les ouvriers maghrébins et soninkés n'avaient aucune prétention. Ils étaient des subalternes et accomplissaient la mission pour laquelle ils avaient été invités en France. Et la droite conservatrice ne pouvait guère voir l'immigré autrement qu'en travailleur subalterne. Aujourd'hui, la France bouge. Les enfants des immigrés ne veulent pas d'une transmission à l'identique. En 1983, ils l'ont fait savoir avec le Mouvement et la Marche pour l'égalité. On les a détournés de leur objectif, on en a fait des Beurs, on a créé SOS Racisme qui les appelle les potes. Mais cela ne peut leur suffire. La gauche est pleine de bonne volonté, mais elle ne saisit pas la profondeur et la réalité de la demande. La gauche est l'héritière de la générosité et de la charité portées par le catholicisme. Elle peut bouffer du curé au petit déjeuner, s'opposer artificiellement à Rome, elle ne sait même pas à quel point elle est le produit de la doctrine du curé. La droite a conservé la pratique religieuse, la gauche en a assimilé la doctrine. Et au moment où ils mettent en place – fort maladroitement il faut le dire – leur plan de promotion des enfants dans les banlieues des grandes villes, un électron libre et inattendu surgit de nulle part, apparaît des profondeurs de la Bretagne. Personne ne l'a vu venir, personne ne l'a formaté. Ce n'est pas un « pote » de type SOS Racisme, il n'est pas le produit des angoisses parisiennes, mais il arrive à point nommé. Il faut le récupérer. La finesse et l'intelligence politique de Mitterrand font le reste. L'homme sait reconnaître le mérite et la valeur quand il les rencontre. Il sait s'entourer. Je l'entends d'ici dire à l'un de ses fidèles, Charasse ou Fabius : « Mais d'où est-ce qu'il sort, celui-là ? Il est vraiment formidable ! Vous l'avez bien vu ? C'est de la trempe d'un Gaston Monnerville ou d'un Félix Éboué. » Je savais qu'il ne pouvait pas rater ce train. Je savais que le profit qu'il allait tirer de toi ne pouvait pas lui échapper. Alors, je t'ai prédit un jour un avenir de ministre. Tu l'as peut-être oublié, moi je ne l'ai pas oublié, camarade.

La pertinence de l'analyse de Jean-Marc était indéniable. Mais je continuais à penser que je n'avais rien demandé, qu'en ma qualité d'homme politique responsable, je pouvais bien être coopté à ce poste et je ne voyais pas en quoi j'étais le jouet de Paris.

« Mitterrand est trop fort pour se contenter du premier venu comme Nègre de service. Il lui faut de la qualité. Cela étant, même s'ils reconnaissent ta valeur, pour eux tu es un ministre noir. Ce n'est pas une mauvaise chose. L'homme a besoin de repères et de symboles. Tu fais la transition entre la première génération dont les seuls visibles étaient subalternes. Les enfants ne voudront plus être des enfants issus de l'immigration, c'est-à-dire des subalternes-nés. Alors François Mitterrand leur dit : “Je n'ai jamais pensé cela. Voyez, je nomme un ministre noir, un de vos aînés qui est comme vous.”

– Je suis comme eux… sans être comme eux !

– Je le sais, moi, que tu n'es pas comme eux. Mitterrand aussi le sait. Mais est-ce qu'on le sait à Paris ? Est-ce que ceux qui construisent la pensée française le savent ? Ceux qui créent les potes le savent-ils ? Mitterrand pose des actes. À la suite des revendications légitimes des enfants nés en France, il leur dit : “Vous pouvez devenir ministre.” Imagine un peu que dans ces espaces de cooptation, l'on suive le modèle Mitterrand et que dans chaque région on laisse une place éligible aux minorités à chaque scrutin important – législatives, régionales, européennes, cantonales –, tu vois comment les choses pourraient aller vite. Mitterrand a ouvert le chemin. Il peut choisir les ministres qu'il veut. Et il le fait.

» Mais si on ne peut pas nier que tu sois un symbole, un modèle… au moins tu n'es pas une caricature. Or tu verras que si cette gauche moins intelligente que Mitterrand se met à coopter les migrants, au lieu de choisir des militants dont les qualités dépassent leur couleur de peau, elle va se rabattre sur des caricatures de banlieue dont le seul mérite sera d'avoir fait du boucan ici ou là. Là-bas, dans la banlieue des grandes villes, tu n'avais que très peu de chances d'être un simple conseiller municipal…

– De Sarcelles ou de Montreuil, je sais.

– Exactement ! Tu n'as pas l'âge de ceux qui sont partis de Marseille pour Paris. Tu es le maillon intermédiaire, celui qui aide le fin Mitterrand en devenant un symbole, du même type que *La Marseillaise* de Jessye Norman et les percussionnistes de Doudou N'diaye Rose. Cela n'ôte rien à la qualité de ces interprètes. Le premier critère de sélection c'est la qualité. Mais les autres vont sélectionner des stéréotypes, musiciens, sportifs, danseurs, de ces enfants qui font du rap dans les maisons de quartier ou qui crient dans les manifestations, alors que dans les sections et les fédérations socialistes, il y a des vieux militants noirs de la classe moyenne, professeurs, médecins, cadres. Cela dit, je pense, en ce qui concerne ta nomination, que toute cette affaire doit être prise positivement. Le verre est à moitié plein et rien ne sera plus comme avant. Tu y contribueras énormément. Tu vois que ton travail est énorme.

– Tu as certainement raison. »

Je ressentais une bonne dose de lassitude. Jean-Marc acheva le boulot.

– Maintenant, tu es ministre, parce que tu le mérites. Tu ne m'as pas dit quel est ton ministère… Mais je suis prêt à parier que tu n'es pas ministre de l'Agriculture ou d'une quelconque compétence tienne. Tu es probablement secrétaire d'État à quelque chose comme le social ou l'intégration. Me trompé-je ? Ha ha ha !

Son *ha ha ha* me poursuit encore aujourd'hui.

– 26 –

La presse régionale avait annoncé mon refus de me présenter à l'élection cantonale. Il n'y avait pas eu de commentaire perfide. En fait, il n'y avait pas eu de commentaire du tout. C'était juste un fait divers comme un autre, entre la rubrique nécrologique et celle des chiens écrasés, à moins que ce ne soit l'inverse, je ne sais plus. Je me sentais un peu coupable d'abandonner les camarades à ce combat, comme en rase campagne, alors qu'ils me faisaient l'honneur de penser que j'étais le seul capable de réaliser un bon score. J'avais parfois l'impression d'être devenu l'homme des missions impossibles, une espèce de Tarzan invincible. Un Tarzan noir chez les Bretons ! Je divertissais mon esprit comme je pouvais. Mais tout en ressentant une légitime fierté chaque fois que l'on m'attribuait un certain mérite, je commençais à me lasser d'être l'homme providentiel. Comment saurais-je exprimer un jour l'ambiguïté des sentiments qui habitaient mon âme, ma tête, mon cœur, mes tripes.

René Maran, Noir, gouverneur colonial en Afrique et premier prix Goncourt noir en 1921, avait dû ressentir le même trouble. Lui qui était un homme au-dessus de la mêlée, au-dessus du commun, n'aspirait qu'à devenir – redevenir ? non, plutôt « être » tout simplement – un homme pareil aux autres. Mais c'est comment, un homme pareil aux autres ? René Maran se lâcha, littéralement et littérairement, dans un roman quasi autobiographique intitulé justement *Un homme pareil aux autres*. Il ne demandait rien de plus. Mais qui a vraiment compris le sens de sa demande ? À qui l'adressait-il ? Un homme pareil aux autres, oui, mais quels autres ? Quand un Noir tend à vouloir être pareil aux autres, le modèle est connu d'avance. Maran a donc intégré la suprématie de la couleur blanche, étalon à partir duquel on mesure l'humanité.

Frantz Fanon, ce Martiniquais qui, du haut de sa science de psychiatre, savait qu'il n'y a ni Noir ni Blanc ni Jaune ni Rouge, mais juste l'homme, ne pouvait pas ne pas intervenir. Il interpella Jean Veneuse – le pseudonyme que Maran se donne dans le livre – et lui dit qu'il se servait de sa couleur pour cacher sa véritable névrose. Cette névrose bien connue, c'est l'abandonnisme, la peur d'être encore abandonné, si fréquente chez les orphelins, les enfants de divorcés et ceux qui ont été séparés, très jeunes, de leurs parents. Ils penseront toute leur vie qu'ils doivent toujours en faire plus pour mériter l'amour, convaincus qu'on les a abandonnés parce qu'ils n'étaient pas assez bons. « Si tu n'avais pas été noir, lui assène Fanon en substance, tu aurais trouvé autre chose. »

Je tremble. Ne suis-je pas un peu le portrait de René Maran *alias* Jean Veneuse ? Comme lui, très jeune – lui six ans, moi sept à peine –, je suis séparé de mes parents. Abandonnique... Serais-je moi aussi abandonnique ? Comme Frantz Fanon, René Maran voulait être un Français et pas une couleur. Mais là où Fanon voulait soigner la névrose de ceux qui associaient l'homme et la culture à une couleur, Maran sollicitait la reconnaissance de cette nation – la France – dont il se sentait à peine digne. C'est derrière tous ces atermoiements que Fanon découvrit la névrose de Maran et lui dit que s'il n'avait pas été noir, il aurait trouvé un autre support pour la complainte permanente que lui impose son abandonnisme.

Je pense sincèrement que tous les migrants sont des abandonniques. Sans cesse, ils veulent faire leurs preuves auprès de ceux qui sont restés au pays en les couvrant de cadeaux au-dessus de leurs moyens réels – Voyez, je ne suis pas parti pour rien, j'ai réussi, ne m'oubliez pas ! –, et prouver leur valeur à ceux qui les ont accueillis, en se soumettant ou en se rebellant, dans l'un et l'autre cas sans véritable raison.

Le migrant, comme l'étranger, est souvent le meilleur agent de la discrimination dont il est victime. Au lieu de la rejeter et d'expliquer à l'autre qui il est, il accepte le portrait que l'on dresse de lui. Allez y comprendre quelque chose !

Non, je ne suis pas abandonnique. Je n'ai jamais accepté le poids que l'on aurait voulu me faire porter à travers mes origines ou ma couleur. Je suis fanonien dans la relation à la société désormais mienne. Je me suis fait au sein de cette société. J'évolue avec ceux qui savent qu'un homme est toujours pareil aux autres. Je sais avec Antoine de Saint-Exupéry reconnaître l'homme au-delà des apparences. Je sais que la différence est entre l'homme et la bête, en attendant de rencontrer les Martiens. Ensemble, nous soignerons ceux qui ont besoin de le comprendre. Fanon et Saint-Exupéry, vous n'êtes plus seuls. Dormez en paix.

Était-ce la fin de mes questionnements ? Que nenni ! Les angoisses prenaient parfois une autre forme et je devenais Vendredi pour de bon. Vendredi, vous savez, le fidèle captif de Robinson. Vendredi, je l'étais déjà depuis ma naissance de par le prénom dont j'avais hérité, puisque ma mère attendait une fille et que personne n'avait prévu un prénom masculin. Alors, j'avais dû me contenter du prénom de tous les garçons qui naissent un vendredi. Et dans mes moments d'angoisse existentielle, je me sentais plus Vendredi que Robinson Crusoé.

En ces moments de spleen profond et intégral, je devenais le fils des âges farouches. Je ne sais même pas comment il est, le fils des âges farouches, mais je me sentais dans sa peau. Alors, tous les Blancs des colonies, même le bon père Dauphin, pouvaient devenir à mes yeux des Robinson volontaires et infâmes. Comme ce bon vieux Robinson, plutôt que d'adopter notre mode de vie, ils nous imposaient le leur. Robinson Crusoé au moins, à son corps défendant, agissait sur une île qu'il croyait déserte. Le colon, lui, considérait comme déserts les continents d'Amérique, d'Océanie et d'Afrique, malgré les millions de personnes et les milliers de peuples qui y habitaient ! Et moi dans tout cela, je devenais le prototype de Vendredi, le bon sauvage qu'il fallait humaniser. On pouvait dire que le succès avait été total. Civilisé à l'extrême, au point d'être élu maire d'une commune de France. Qui dit mieux ? Vendredi en Cornouaille !

Pourquoi ce masochisme ? Je savais très bien que le modèle d'humanité que nous partagions aux quatre coins du monde n'était plus porté par le mythe de Robinson avec d'un côté un monde sauvage, et de l'autre un monde civilisé. C'est toute la Terre qui était devenue une vaste Esperanza, depuis que le brave Vendredi, épris de liberté et de découverte, avait laissé Robinson dans l'île de ses fantasmes colonisateurs et s'était embarqué vers le monde initial du naufragé, son maître. Je n'étais le serviteur de personne. J'étais un mari et un père de famille. Et si Vendredi – ou si vous préférez, Kofi, mais c'est la même chose – se retrouvait maire d'un village du pays de son ancien maître, avait-il le droit de se cantonner dans des récriminations anachroniques au lieu de vivre avec ses semblables, désormais concitoyens et administrés bretons ?

Après Daniel Defoe, Michel Tournier a repris le mythe de Robinson pour en faire une revanche – disons une réhabilitation – de Vendredi en écrivant *Les Limbes du Pacifique.* Après la pluie, c'était le beau temps. Il conviendrait, me semble-t-il, d'ajouter un nouveau chapitre à cette épopée. *Vendredi le retour*, et cette fois l'histoire se passerait en Cornouaille française, pour une raison connue des seuls dieux. Et de ce nouveau Vendredi, je revendique l'identité. Je serais le sauvage humanisé, *la Grèce conquise qui conquiert son farouche vainqueur et emporte les arts dans le sauvage Latium,* le cubisme des statuettes et des masques nègres, qui entre au Louvre par la grande porte, celle des œuvres de Picasso, de Matisse, de Braque. Je serais le mythe de l'homme idéal, l'homme des vallées perdues puis redécouvertes, le fils des âges farouches, l'homme sublime – ou peut-être subliminal – qui trouve en l'homme son frère.

Suis-je capable de porter sur moi-même un jugement sans concession ? Je vais essayer de m'y exercer. Ai-je jamais surexposé ma négrité comme support de mon identité ? Sans concession, je peux répondre par la négative. Arrivé en Bretagne, je me suis fait homme parmi les hommes. En cela, je n'ai rien fait de spécial. Antoine de Saint-Exupéry l'avait fait avant moi chez les Bédouins. Vous pouvez demander à Anne-Marie. Je n'ai jamais été son beau lutteur noir, exhibant ses muscles, sa belle dentition blanche et son organe de charme pour ces dames en pâmoison comme des atouts ; et de l'autre côté se plaignant d'être victime de racisme. Je n'ai jamais été statue figée du révolté ou de la damnation. Je n'ai jamais joué les cannibales de foire, roulant les prunelles d'ivoire pour le frisson des gosses. Je n'ai jamais été l'acteur à la peau couleur de suie, sanglotant sa peine sous l'œil des caméras. Je n'ai jamais cru avoir le rythme dans la peau ou le sport dans les gènes. Comme Guy Tirolien, j'aime autant écouter Beethoven qu'un virtuose de la kora ou les percussions de Doudou N'diaye Rose, car c'est pour moi – qui peut les comprendre – qu'ils déchaînent leurs orages. Je n'ai jamais essayé d'être consolé d'une quelconque angoisse existentielle par un ami ou une fiancée qui m'aurait dit que je n'étais pas vraiment noir, à peine trop bronzé, que je n'étais pas vraiment un Noir, mais un homme pareil aux autres.

Certes, j'ai souvent senti le poids d'un destin qui n'était pas mien, qui me voulait symbole, modèle ou a contrario Nègre de service, singe savant. Alors je me sentais mal à l'aise. Mais la plupart du temps, il suffisait que je rentre à la maison, que je me fasse gourmander par ma femme ou interpeller par mes enfants, ces deux diables d'anges, pour comprendre que je n'étais qu'un père de famille pareil aux autres. Je comprenais que j'appartenais à la race des petits mecs avec une petite queue – même si la mienne était supposée XXL – qui avaient baptisé la femme « sexe faible » pour conjurer le mauvais sort que ce sexe traînait avec lui depuis le jardin d'Éden et sur ma pomme d'Adam… et la peur qu'il inspirait.

Parfois il fallait un peu plus de temps et de plus gros moyens pour me rassurer. Mais cela arrivait toujours et je reprenais mon chemin, le cœur léger, les mains lourdes d'amitié pour le genre humain. Parfois – pour être exact, une fois – le secours m'est venu de bien haut, de très haut. Le secours m'est venu de « Dieu »… enfin, d'un dieu, du Sphinx.

– 27 –

– Bonjour monsieur le ministre. Le président aimerait vous voir assez rapidement. Quand pouvez-vous passer à l'Élysée ?

L'appel émanait du cabinet du président de la République. Comme tout homme bien constitué à qui l'on apprenait que le président de la République, François Mitterrand, voulait le voir, j'avais esquissé un garde-à-vous instinctif. Quand on est au téléphone, les réflexes sont pavloviens. On prend des poses respectueuses quand le correspondant au bout du fil est respectable et on sourit souvent bêtement pour faire plaisir à celui qui ne vous voit pas. Ma correspondante n'avait pas pu me préciser à quel sujet le grand patron voulait me voir. Il ne le lui avait pas dit. Elle se disait désolée. Je ne lui en demandais pas tant. Le rendez-vous fut fixé pour quarante-huit heures plus tard. La dame raccrocha, me laissant avec mes mille points d'interrogation sur la tête et, dans cette forêt de points d'interrogation tordus, un petit point d'exclamation tout droit de fierté. Qu'un président de la République vous convoque, même pour vous gourmander, ça vous pose un homme.

– Le président veut me voir, mais je ne sais pas pourquoi, ai-je soufflé à Anne-Marie.

Évidemment, mon épouse n'était pas aussi émotive que moi. C'est sa nature. Elle était la raison et moi l'émotion. Et puis, pour cette affaire, c'est moi qui étais en ligne de mire.

– Ce n'est pas la peine de te tordre les méninges. Cela ne servira à rien. Tu sauras assez vite pourquoi il veut te voir. Quant à moi, je ne peux que trouver cela positif.

Anne-Marie ne se trompait jamais quand il s'agissait de prédire mon avenir. Cela dit, c'était peut-être positif, mais ça n'en restait pas moins angoissant. L'effet de la promesse du coq que l'on va tuer me revenait avec la même force. Certes le sort du coq est scellé. Certes il ne peut s'échapper. Il y a vraiment peu de chance que cela se produise. Donc, on sait très bien que le risque de rater le festin est infime, pour ne pas dire nul. C'est l'attente qui est mortifère. Une fois encore, je ne suis pas mort.

Je suis arrivé au cabinet du président. J'ai été reçu par la directrice avec qui j'entretenais des rapports assez amicaux. Elle m'a proposé une boisson en attendant de m'annoncer. J'ai choisi un café. Mon cerveau vagabondait, insaisissable, en long, en large, surtout en travers, et moi je n'en menais pas large. Pourquoi, à cet instant précis, ai-je repensé à cet épisode lointain ? Ah les associations d'idées !

*
**

C'était un été du début des années 1980, bien avant mes aventures politiques. C'était au temps où j'étais juste un père de famille, un simple père de famille comme des milliards d'autres sur la Terre. C'était au temps où j'étais un ingénieur de la DDE, et très heureux de l'être, heureux d'appartenir à la classe moyenne française. Nous passions les vacances familiales dans les Landes, à la découverte de la France. Je me souviens qu'il faisait beau, qu'il faisait chaud, que les enfants faisaient un foin d'enfer sur la banquette arrière de la toute nouvelle Renault 16 familiale, dont ils n'étaient pas peu fiers.

Si cette anecdote avait été purement romanesque, je vous aurais décrit le décor environnant et certainement je l'aurais fait merveilleux. Je l'aurais rempli avec le chant des oiseaux, la stridulation des cigales, la couleur et l'envol des papillons éphémères, le bruissement des arbres, un ruisseau coulant en contrebas dont le bruit de l'eau sur les galets aurait été édénique. Mais je ne dirai rien de tout cela. Je n'y pensais absolument pas. Je ne me souviens plus du décor car je n'étais qu'un vacancier, pas un poète ni un promeneur solitaire. C'étaient de banales vacances françaises. Nous roulions nonchalamment sans destination précise. Je sifflotais un air à la mode en caressant le volant de cuir de ma voiture, à peine moins fier que les enfants. Anne-Marie, comme à son habitude, me tenait courageusement compagnie en luttant mollement contre la nécessité d'une sieste imposée par le passage dans un restaurant gastronomique régional. Et comme d'habitude, elle perdait la bataille. Je la taquinais de temps en temps et elle maugréait un incompréhensible reproche.

Soudain, dans les bois, au détour d'un chemin – je ne sais pas si c'était bien au détour d'un chemin ou sur une ligne droite –, Amina a poussé un de ces cris dont on a le secret à cet âge, quand tout est merveilleux, un lapin, une biche qui passe ou un oiseau qui s'envole. Mais ce n'était ni un lapin, ni une biche, ni un oiseau. C'était… C'était…

« Le président ! criait ma fille. Le président !

– Attention ! ai-je grondé. Tu vas nous causer un accident et ce n'est pas le moment. Ta mère dort. Respecte au moins son sommeil. C'est quoi, le président ?

– Là, papa ! Regarde, là ! » cria-t-elle de plus belle, au comble de l'excitation.

Je me demandais quelle mouche l'avait piquée pour qu'elle se mette à voir des présidents dans les sous-bois des Landes. Je ne connaissais pas un habitant des bois qui ait ce nom. Si encore elle avait parlé d'un grand-duc ou d'une perdrix royale… J'ai néanmoins suivi la direction de son petit doigt pour voir de quelle bête il s'agissait et en effet, là, venant vers nous, dans le sous-bois clair, comme une apparition miraculeuse, il y avait un homme et cet homme, c'était un certain François Mitterrand, le président de la République française en personne, en promeneur solitaire, accompagné de son labrador. J'ai pilé la voiture comme un détraqué, à me cogner le front contre le volant. Et Amina a encore crié : « Papa, fais attention ! » Je l'avais vu moi aussi, et je tremblais d'excitation et d'émotion. Nous étions comme médusés. Je suis sorti de la Renault 16 comme un zombie ou un *robocop* de taille moyenne, suivi des enfants, et nous avons foncé sur lui.

– Bonjour monsieur le président.

Je ne sais plus quel geste de respect j'ai pu faire. Camarade Pavlov, tu es un génie. J'ai peut-être plié légèrement le genou ou exécuté un mauvais salut militaire, le sourire niais. Il est resté impassible. Plus Sphinx que l'original, il ne manifestait aucun signe de surprise, comme si nous nous étions donné rendez-vous de longue date à cet endroit précis, et que j'étais arrivé à l'heure précise. Un sourire amical flottait sur son visage de marbre.

« On se promène en famille ?

– Oui monsieur le président. Je suis en vacances avec ma famille.

– Moi c'est Amina, a chantonné la petite. Et c'est moi qui vous ai vu la première, monsieur le président ! »

Il était vital que la France entière sache qu'elle était l'héroïne de cette rencontre. J'ai craint qu'elle ne réclame une récompense quelconque pour ce haut fait. Puis elle a ajouté, comme récitant une leçon d'histoire-géographie :

« Vous êtes le président de la France, François Mitterrand.

– En effet ! Bonjour mademoiselle. Comment le sais-tu ?

– Je vous ai vu à la télé !

– En effet ! En effet. On m'y invite de temps en temps…

– Et puis papa disait que vous étiez bien.

– Je ne sais pas si ton papa a raison. Quel âge as-tu ? »

Je n'ai pas entendu la réponse de ma fille. Pas grave, je connais son âge. Son frère s'en mêlait, lui aussi. Il s'était empressé d'annoncer au président que lui c'était Kwame, et avait poursuivi avec je ne sais plus quelle autre information sur son auguste personne. Les gardes du corps du président étaient arrivés à notre niveau et ils se tenaient derrière François Mitterrand. Je me trompe peut-être, mais je suis convaincu que je l'ai vu leur faire un signe rassurant, un geste d'apaisement, comme pour leur dire que cette famille française ne l'importunait pas.

« Vous venez d'où ?

– De Bretagne, avaient crié en chœur les enfants.

– Mais oui c'est vrai ! Le Finistère ! Je l'ai vu à votre numéro d'immatriculation. Belle région ! Bon, je vous souhaite de bonnes vacances dans la nôtre. »

Je ne sais combien de secondes a duré notre rencontre. Mais ce fut une éternité de délices.

*
**

Plongé dans mes rêveries, j'ai failli renverser le café que je n'avais pas bu quand la porte qui communiquait avec le bureau du président s'est ouverte. Le grand homme est apparu.

– Vous êtes là, monsieur le ministre ! Entrez.

Dans ma vie, bien des gens m'ont impressionné à des degrés divers. Il s'agit généralement de personnes qui ont profondément fait évoluer mon destin et ma vision des choses. La première de ces personnes est le bon père Dauphin qui est à l'origine de mon changement d'univers. Puis il y a eu Mademoiselle, ma chère institutrice, ma mère de substitution. Par la suite, plusieurs personnes ont jalonné mon parcours. Mais il aura fallu que j'en arrive à François Mitterrand puis à Nelson Mandela pour me sentir autant dominé par une personnalité, au point de vivre notre rencontre comme un retour à l'enfance. Ces personnes portent comme une flamme qui consume leurs ennemis et purifie le métal dont sont faits ceux sur qui ils ont posé leur regard et porté leur choix. Ce sont de ces personnages capables de vous convaincre que vous êtes un gagneur, que vous ne pouvez pas perdre. Ce rendez-vous avec Mitterrand allait me le prouver.

Quand je pénètre dans le bureau du président, je remarque immédiatement la coupure du journal régional qui annonçait, quelques jours plus tôt, mon refus de me présenter aux cantonales. François Mitterrand entre derrière moi et m'invite à prendre place. Nous parlons du temps. Nous parlons des femmes qui sont chez lui un sujet récurrent. Nous parlons de nos familles. Nous parlons aussi beaucoup de l'Afrique. Je me sens détendu. En fait c'est dans ce but qu'il a introduit en préambule tous ces sujets qui nous passionnent et pour lesquels j'ai une certaine expertise. Interrogez-moi sur ma famille et sur l'Afrique et vous ne pourrez plus m'interrompre. Et soudain, sans transition aucune, il aborde le vif du sujet.

– Vous ne voulez donc pas vous présenter aux élections cantonales ?

Il regarde la coupure du journal. Je ne pense pas qu'il attende une réponse de ma part. C'est un homme de pouvoir et d'autorité. Il m'a convoqué pour me demander de me présenter. Je suis très flatté. Mais pour une autre raison. Cette affaire aurait pu se régler au téléphone avec son chef ou son directeur de cabinet. Il aurait pu en charger le secrétaire national du parti socialiste, son secrétaire fédéral ou le préfet du Finistère. Il aurait suffi que l'un ou l'autre me dise que le président souhaitait – que dis-je, exigeait – que je me présente et je l'aurais fait avec grande fierté. La différence entre les géants et le commun des mortels se manifeste dans ce genre de situation. Ce que je viens de décrire plus haut c'est ce qu'aurait fait n'importe quel humain, convaincu qu'il sera obéi. Mais les grands hommes ont une touche qui vous élève à leur niveau. M'inviter pour « si peu », c'est vouloir me prouver que si je pense que le sujet abordé est anodin, j'ai tort. Car il mérite que le président de la République me convoque et qu'il me le dise face à face, d'homme à homme. Il me fait comprendre que c'est un moment hautement historique, dont la symbolique dépasse les élections cantonales.

– Pour avoir un avenir en politique, monsieur le ministre, il faut obligatoirement être élu conseiller général, reprend-il. Je connais le canton de Châteaulin. Je sais qu'il est à droite depuis toujours. Mais je sais aussi que vous pouvez le prendre. Je sais que vous seul pouvez le prendre. Personne d'autre ne peut le faire.

Cette présidentielle assurance m'honore. Mais je n'ai toujours rien à dire. Je ne sais quoi dire. Je suis revenu à l'enfance, quand nous n'avions pas le droit de répondre aux adultes. Je suis devant mon maître et je ne peux qu'écouter. Je suis submergé de bonheur. Mitterrand pense que j'ai un grand avenir politique. Je ne suis donc pas ce symbole que l'on exhiberait pour montrer que le parti est avant-gardiste ! Je suis perçu par le président comme un espoir du parti socialiste au niveau régional. Je suis perçu comme un homme capable de gagner un canton réputé ingagnable. Combien de socialistes ont bénéficié d'une telle attention de la part de ce grand homme ?

– Écoutez monsieur le ministre, insiste-t-il, il faut que vous soyez conseiller général. C'est indispensable pour votre avenir politique. Vous allez donc vous présenter. Si vous voulez, je vais vous proposer le canton voisin qui nous est acquis.

La confiance du président de la République se mérite. Il m'a reçu, il m'a montré la grande estime qu'il avait pour moi. La balle est dans mon camp.

– Monsieur le président, je vais faire ce que vous me demandez. Je vais me présenter aux cantonales.

Je vous remercie de m'offrir un canton qui nous est acquis. Mais si je dois y aller, c'est pour nous gagner un nouveau canton. Je me présenterai donc dans mon canton. Et je vais le gagner.

Un sourire à peine perceptible se dessine dans les yeux et sur les lèvres de Mitterrand.

– Je savais que vous me donneriez cette réponse.

Il a dit cela, je vous le jure. Je l'ai entendu de sa bouche. À cet instant Jean Veneuse et René Maran sont bien loin de moi. Un homme pareil aux autres ! Non, trop peu pour moi. Le président me voit comme un homme au-dessus des autres. Derrière Mitterrand, une ombre se dresse. Frantz Fanon, en peau noire et masque blanc, me regarde. Nous ne sommes plus les damnés de la Terre. Bizarrement, il a le même petit sourire que le président. Je lève les yeux sur lui et lui sourit. Il étend les bras et penche la tête en ce geste universel qui signifie « Tu vois, je te l'avais bien dit. Au bout de la course, il n'y a pas de Noir, il n'y a pas de Blanc, il y a des hommes ». Le président de la République est surpris par la direction de mon regard. Il se retourne instinctivement, mais Frantz Fanon n'est plus là. À la place, le portrait présidentiel et autres grands noms du socialisme.

François Mitterrand se lève pour me raccompagner.

« Monsieur le président, en vous attendant dans le bureau à côté, il m'est revenu en mémoire une vieille anecdote. Je peux vous la raconter ?

– Dites !

– Il s'agit de notre première rencontre. Un pur hasard, bien sûr. Il y a quelques années, je passais les vacances dans les Landes avec ma petite famille. Nous roulions en voiture non loin de Latche…

– Ah, c'était donc vous, la famille avec la Renault 16 ? »

J'en reste pétrifié. Il s'en souvient !

« Vous… Vous vous…

– Oui, je n'ai pas oublié. Je me suis souvent demandé où je vous avais déjà vu ! Voilà encore une énigme résolue. »

Il sourit au souvenir de cette rencontre. Je souris de béatitude.

*
**

À peine ai-je quitté l'Élysée que je descends de mon petit nuage. J'ai fanfaronné pour faire plaisir au président. J'ai poussé le chant de victoire avant la bataille. Je me rends compte à quel point je me suis avancé. Accepter la bataille pour faire plaisir à mon maître, c'est une chose. Prétendre l'emporter dans un bastion imprenable en est une autre. Et inconsciemment j'ai franchi cette ligne. J'ai juste le temps de faire un plat mea culpa. Il faut y aller.

J'arrive en Bretagne et à la surprise générale, j'annonce, à quelques jours du début de la campagne, que je me présente.

– 28 –

Passé l'euphorie de la rencontre avec le président, je suis redevenu lucide, et pragmatique. La campagne bat son plein. Nous travaillons comme des fous pour ne pas démériter. Nous ne pouvons pas faire mieux. La défaite est quasi certaine. Mais s'il faut qu'elle advienne, au moins nous l'affronterons avec panache.

Nous savons qu'il n'y aura qu'un tour de scrutin. Alors nous brûlons toute notre réserve des frais de campagne. Nous frôlons le plafond autorisé.

Quand, au soir du premier tour, nous réussissons pour la première fois de l'histoire à mettre l'adversaire en ballottage – 48 % pour lui et 45 % pour nous –, nous sommes très fiers. Nous nous embrassons à qui mieux mieux. Les yeux brillent d'un éclat particulier. Des larmes perlent sur les visages les plus sensibles. Nous savons désormais que nous avons le droit d'y croire. Alors, nous écourtons les effusions, il faut repartir à la bataille. Il nous reste en caisse trois mille francs – quatre cent cinquante euros – pour la campagne de deuxième tour. Ce qui, évidemment, est très peu. Nous nous mobilisons tous, même si nous sommes les seuls à cultiver l'espoir. Le préfet ne se fait aucune illusion et voudrait nous éviter de nous en faire. Il me passe un coup de fil qui se veut amical.

« Vous avez fait un score formidable, monsieur le ministre. Du jamais vu, vous avez amené la gauche au deuxième tour pour la première fois de l'histoire de ce canton. Mais vous n'avez aucune chance de gagner.

– C'est ce que nous allons voir. N'oubliez pas que nous n'avions déjà aucune chance de susciter un deuxième tour. Rendez-vous dimanche prochain, monsieur le préfet. »

Je suis incorrigible. Un préfet, cela ne se trompe pas. Et moi, je l'ai défié. Il a accepté le défi. Le lendemain lundi, nous nous réunissons, mon équipe et moi.

– Il nous reste très peu d'argent pour la suite de la campagne. Donc puisqu'on n'a pas d'argent, il nous faut des idées.

Comme s'il suffisait de demander, des idées fusent de partout, mais elles sont trop classiques pour faire la révolution ; ou alors trop farfelues pour faire un conseiller général face à un adversaire invincible jusqu'ici. Un joyeux drille insiste pour savoir ce qu'en pense le crocodile de mon village d'origine. Je lui réponds qu'il n'a pas de téléphone et que je n'ai donc pas encore pu recueillir son avis. On essaie de détendre l'atmosphère comme on peut, mais le temps presse et le temps passe. La mission paraît totalement impossible. Fidèle à moi-même, je repars dans des divagations intellectuelles qui, à première vue, n'ont rien à voir avec le sujet qui nous préoccupe. Mais que voulez-vous, c'est l'enfant qui fait l'homme et moi je retourne à l'enfance chaque fois que l'homme est coincé.

Je pense au Cid qui se prépare à affronter le comte, le père de sa Chimène bien-aimée. « Ton bras est invaincu, lui balance-t-il, mais non point invincible. » Le jouvenceau a de l'audace, mais y croit-il vraiment, quand il profère cette vantardise ? Qu'importe ce qu'il pense, il va gagner le combat. Je songe à mon propre défi, celui que j'ai lancé au préfet, ce bras invincible en matière de prédictions électorales. Maintenant, je n'ai plus d'autre choix que de gagner. Je pense encore au Cid quand il se prépare à barrer la route aux envahisseurs sarrasins qui harcèlent les côtes espagnoles. « Nous partîmes cinq cents ; mais par un prompt renfort, / nous nous vîmes trois mille en arrivant au port. » Je me demande bien comment il a pu faire. Mais je sais que c'est exactement ce qu'il faut que je fasse.

Nous, nous partons avec trois mille francs et nous voulons y croire. Nous devons gagner cinq cents voix pour arriver vainqueurs au port. En politique, on ne part jamais perdant. Je me souviens combien les rodomontades des petits partis et des petits candidats me paraissaient drôles et ridicules, avant que je ne me lance en politique. Mais j'ai compris depuis longtemps que faire de la politique, c'est croire en la réédition perpétuelle du mythe de David et Goliath. C'est avoir pour devise : « C'était impossible, alors nous l'avons fait. » Et si au bout du rêve fou, on perd quand même, comme c'était prévisible, il suffit d'une belle tournure linguistique, d'une bonne dose de mauvaise foi, d'une belle langue de bois et l'on remet cela aux élections suivantes. Tout cela, je sais désormais le faire. Mais le problème est que si je maîtrise la théorie des soirs de défaite, je n'ai encore jamais eu à la mettre en pratique, puisque je n'ai pas encore perdu une élection. Pour la première municipale à laquelle je m'étais présenté, ma liste avait perdu, certes. Mais personnellement, j'avais été élu conseiller et avec le meilleur score de toute la commune. Cette consolation n'était pas vaine. Le coup d'essai était presque un coup de maître.

Après des tours de table à n'en plus finir, nous sommes parvenus à une conclusion, la seule qui pouvait nous permettre d'être le plus efficace possible avec les moyens dont nous disposions. Et ces moyens, c'était une volonté farouche de gagner pour entrer dans l'histoire cantonale, une disponibilité totale de mes camarades, et trois mille francs comme budget de campagne et nerf de la guerre. Alors, j'ai donné des instructions.

« Nous allons répertorier tous les abstentionnistes des quatorze communes du canton. Nous trouverons les listes à la préfecture. Nous allons adresser une lettre personnalisée à chacun. Il ne s'agit pas de leur balancer un laïus de reproches sur les devoirs électoraux d'un bon citoyen. Il ne s'agit pas de leur faire savoir que le courrier est adressé exclusivement aux abstentionnistes. Il ne s'agit pas de leur faire comprendre que nous savons qu'ils sont les abstentionnistes. Il s'agit de leur dire que chaque vote compte, que leur vote compte, qu'il est essentiel et peut faire basculer le résultat, que la démocratie c'est aussi l'alternance et qu'en nous faisant gagner, ils deviennent acteurs de leur destin et modifient le cours de l'histoire. Dévier l'Alphée et le Pénée, c'est une mission digne d'un clan breton. Qu'en dites-vous ?

– Si c'est le crocodile qui t'a soufflé tout ça, nous ne pouvons que te suivre ! »

L'ambiance est excellente.

Mardi, le compte à rebours commence. Dès l'ouverture des bureaux administratifs, nous nous présentons à la préfecture. Nous nous faisons remettre les listes d'émargement du vote de dimanche. S'il n'y a pas de signature, c'est que la personne n'a pas voté. Nous avons des paquets d'enveloppes timbrées sur lesquelles nous inscrivons directement, à la main, les noms et adresses des abstentionnistes. Mercredi, le courrier est expédié. Il arrivera dans les boîtes à lettres au plus tard vendredi. Nous attendons, il n'y a plus rien d'autre à faire. Le préfet attend lui aussi et en attendant, il joue avec mes nerfs. Le vendredi, il m'appelle.

« Monsieur le ministre, les Renseignements généraux sont formels. Vous allez perdre avec les honneurs. Vous ferez 47 % et votre adversaire 53 %.

– Monsieur le préfet, vous savez que je n'aime pas les honneurs. Donc, plutôt que de perdre avec les honneurs, je vais me contenter de gagner avec modestie. Et ça, c'est un "renseignement général" très sûr que je vous donne et que vous pouvez relayer à vos services et même à la presse. »

Le préfet apprécie modérément mon trait d'humour. Je ne m'habituerai jamais à ma grande gueule de crocodile. À peine ai-je proféré cette vantardise que je la regrette déjà. Maintenant les jeux sont faits et rien ne passe plus. Toute la journée de dimanche, je suis hanté par l'image de Mitterrand. J'aimerais lui prouver que je suis comme lui, un battant. J'aimerais être digne de sa confiance. Comme le Cid, je vais de tous les côtés encourager les nôtres. Je vais aussi de tous les côtés pour essayer de décrypter, sur les visages, l'expression qui s'y dessine quand j'apparais.

Ah, l'infaillible expression des visages ! Ils ne savent pas mentir. Les mots, on en fait ce que l'on veut, on leur fait dire ce que l'on veut et ensuite son contraire. Ne croyez pas toujours celui qui vous dit que c'est bien. Les sourires, c'est comme les mots. Il suffit juste d'un peu d'exercice pour apprendre à distiller des sourires de circonstance qui expriment ce que l'on veut. Chirac disait qu'il fallait mimer *ouistiti-sexe* et d'autres jurent que le résultat est meilleur avec *cheers*. Les hôtesses chinoises s'entraînent, paraît-il, en mordant une baguette pour avoir toutes le même sourire. Tout cela marche. Par contre, personne n'a jamais réussi à dompter ses propres yeux. Quand on ment, ils contredisent les mots et les sourires. Ce sont des bêtes d'une timidité absolue qui ont cependant la charge d'être les miroirs de l'âme. Ils sont d'une probité sans faille. Quand une âme vous est hostile, le regard vous le fait savoir. Il est sale, désincarné, sombre, malodorant et fuyant.

Alors, j'allais de bureau en bureau capter les regards. Et j'en ai appris de bien bonnes. Quand j'y repense, combien de prétendus amis m'ont regardé de travers ce jour-là, le sourire ensorceleur, combien d'yeux supposés complices m'ont balancé des coups de revolver assassins…

*
**

Une chose que j'ai apprise avec le temps, c'est bien la maîtrise du temps. Autrefois, j'aurais offert un sacrifice au crocodile pour que le *fest-noz* arrive. Mais aujourd'hui, je sais laisser le temps au temps. Je sais attendre le temps du temps. Je sais supporter les supplices et les caprices du temps, des minutes qui deviennent des heures, ou des journées qui passent comme des secondes. Gémir, pleurer, prier, c'est également lâche. Quand on se prend la tête, on risque de la perdre et le temps n'en fait qu'à la sienne. Quand on tient tête au temps, il plie le dos.

Sur ces réflexions hautement philosophiques pour tuer le temps sans qu'il s'en rende compte, nous arrivons à l'heure fatidique de dix-huit heures.

– On a gagné ! hurle dans mon téléphone notre secrétaire de section.

Je dois vous expliquer quel genre d'oiseau il est, notre secrétaire de section. Il y a des avions renifleurs de pétrole et des cochons qui traquent la truffe. Il y a les chiens des avalanches et les oiseaux qui prédisent le temps. Plus que tous les Renseignements généraux de France et de Navarre, notre secrétaire de section maîtrise la science électorale et en connaît les pratiques. Il a choisi d'être assesseur dans un bureau-test infaillible. Ils ont terminé le dépouillement et nous y avons gagné. Dès lors, il extrapole sur tous les bureaux et connaît le résultat final. Alors il m'a appelé au téléphone et a crié victoire. Pendant ce temps, les Renseignements généraux continuaient d'annoncer la victoire de nos adversaires.

Ils avaient tort.

– 29 –

Notre belle victoire aux cantonales, l'un de mes derniers combat politique direct, le dernier combat pour un mandat local à ma chère terre bretonne, m'a fait beaucoup de bien. Plus tard, il y aura les élections législatives de 1997 et je serai élu député de la nation. Je ne minimiserai jamais le plaisir que cette ultime reconnaissance m'a procuré. Député de la nation, c'est si beau ! Mais parfois la nation me paraît bien loin de la simple et belle terre des hommes. Si lointaine, avec ses angoisses, ses atermoiements par rapport à l'intégration de ceux que l'on s'entête à appeler minorité ou diversité.

En méritant la confiance que François Mitterrand avait placée sur moi à l'occasion des cantonales, j'avais la nette impression d'être devenu un peu plus homme. On grandit toujours quand on s'est dépassé, quand on a vaincu ses appréhensions, ses doutes, ses peurs. Comme disait ce philosophe dont j'oublie le nom, « Tout travail – et a fortiori toute victoire – travaille à faire un homme en plus d'une chose. » Je m'en souviens parce que c'était le sujet d'un devoir de philo où j'ai eu une bonne note. Et je trouve cette phrase particulièrement belle.

Mon parcours politique, je l'ai interrompu quand j'ai eu la conviction que j'avais donné le meilleur de moi et reçu beaucoup des autres, de mes concitoyens, de ma femme, de ma famille, de mes amis et même de mes adversaires qui m'ont émoustillé, qui m'ont galvanisé, qui m'ont souvent respecté. J'ai été élu conseiller municipal, conseiller et vice-président de conseil général, député, maire, et l'on m'a fait ministre. Le destin, la République, les électeurs et les autorités m'ont comblé.

Enfant gâté de la France et des dieux, je suis retourné vers mes pénates, reprendre une nouvelle vie avec ma femme et mes enfants. Ces derniers sont devenus grands. Ils ont fondé leur propre famille. Je fais souvent du *baby-sitting* – un ami appelle cela du *papy-sitting* – les mercredis et pendant les vacances scolaires pour garder mes petits-enfants. Parfois, les soirs d'hiver, avec Anne-Marie, nous rebroussons le temps et nous nous aimons davantage. Couple domino de cette nouvelle France, mitraillant les freinages obsolètes et le repos des oiseaux de la stagnation.

Je regarde rarement en arrière. Devant, il y a tellement d'autres Bastilles à prendre. J'ai mille rêves plus fous les uns que les autres. J'ai mille combats à mener. Mais j'ai une certitude sur laquelle m'appuyer. Ce que j'ai fait, je l'ai fait avec des êtres humains. L'histoire et le destin m'ont mis là où je devais être quand je devais y être. Et ce destin m'a positionné comme un homme libre. J'ai eu un destin d'homme libre parmi des hommes libres, qui ne m'ont pas considéré comme un handicapé, une minorité, une diversité, une diversion, un divertissant. C'est vrai que quand j'entends aujourd'hui parler des minorités visibles, quand j'entends ce qui se dit sur les membres de la diversité, j'ai un peu de tristesse et je me dis que mon exemple n'a pas beaucoup servi. Mais mon expérience, je ne la changerais pour aucune autre. « Il faut donner le temps au temps », disait mon maître et mentor.

Une seule question est restée sans réponse, toujours la même : pourquoi moi et pourquoi à ce moment précis et pourquoi ici ? Je ne répondrai jamais à cette question. Personne n'y répondra jamais. Je sais que le hasard n'existe pas. Jean-Marc, mon philosophe bien-aimé, s'est hasardé à trouver des réponses à cette question hautement existentielle, sans grand succès, même s'il pense le contraire, même si ses raisonnements m'ont souvent éclairé. Je crois que chaque homme a un destin sur terre. Il peut le suivre ou y renoncer. Mais il ne doit pas s'appuyer sur les difficultés du parcours, difficultés réelles ou supposées, pour ne pas se lancer. Je crois avoir eu pour mission de faire une révolution. Mais je crois que mon mérite est d'y avoir cru, d'avoir cru en moi et en l'homme, mon semblable, mon frère, fût-il le Bédouin de Saint-Exupéry, le Bon Samaritain des Évangiles, saint Martin de France ou le sauvage Vendredi de Robinson Crusoé. Je crois, comme disait mon ami Jean-Marc, que j'ai été le maillon d'une certaine transition. Je crois l'avoir réussie, cette transition. Je crois... Je crois... Je n'ai que ce mot à la bouche !

Une image parmi tant d'autres – il fallait bien faire un choix – restera gravée dans ma mémoire. Le jour de la passation de pouvoir à la suite de mon élection comme maire, l'ancien édile considérait, peut-être à juste titre – une défaite est souvent bien lourde à supporter – que c'était le plus mauvais jour de sa vie. Dans un ultime geste d'humeur, il a jeté la clé de la commune dans le champ voisin, un petit champ de rien du tout, un pré grand comme un mouchoir de poche. Si étrange que cela puisse paraître, nous n'avons jamais retrouvé cette clé. Pourtant ce n'était qu'un petit champ, un petit champ de rien du tout, à peine plus grand qu'un mouchoir de poche. Nous avons dû faire une autre clé. Ce signe, le plus fort symbole de ma prise de fonction, je l'ai interprété à ma façon. Une ère nouvelle commençait vraiment. La cité, au sens antique du terme, renaissait indubitablement de ses cendres. Alors, à nouvelle ère, nouvelle porte d'entrée, nouvelle serrure, nouvelle clé.

Rien ne sera plus jamais comme avant en France. Saint-Coulitz a été comme le nœud coulant de la vieille ère. Saint-Coulitz a connu ce retentissement médiatique parce qu'il s'y est passé quelque chose qui grandit l'homme, le vrai, au-delà des couleurs et des origines.

TABLE DES MATIÈRES

Direction littéraire
Huguette Maure

Composition PCA
44400 – Rezé

Imprimé en Espagne
Dépôt légal : juin 2013
N° d'impression : 01
ISBN : ISBN : 978-2-7499-1768-9
LAF **1719**